내 아이가 분명해

6

내 아이가 분명해 6

ⓒ한민트 2023

1판 1쇄 인쇄	2023년 9월 1일
1판 1쇄 발행	2023년 9월 15일

지은이	한민트

펴낸이	박대일
교정	김미영
편집	이문영 · 박지해 · 임유리 · 이지영 · 김하랑 · 임지원 · 송새연
마케팅	임유미 · 백소연
디자인	디자인그룹 헌드레드

펴낸곳	파란미디어
출판등록	2004년 9월 14일 제313-2004-00214호

주소	03992 서울시 마포구 동교로23길 14 국제빌딩 6층
전화	02.3141.5589 영업부 070.4616.2012 편집부
팩스	02.6499.5589
전자우편	paranbook@gmail.com
카페	http://cafe.naver.com/paranmedia
인스타그램	@paranmedia

ISBN	979-11-93185-09-4(04810)
	979-11-92591-72-8(전6권)

내 아이가 분명해

한민트 장편소설

6

파란

contents

재판(2)

총선거는 전에 없는 열광 속에서 치러졌다.

유권자의 태반이 이번에 처음으로 선거권을 얻은 사람이었다. 부여 기준이 '세금 장부에 이름이 기록되어 있을 것'이었으므로, 투표장에 모인 사람은 전과 달리 각양각색이었다.

"허, 말세로군. 하녀들에게 선거를 하라고 해 봤자 얼굴 반반한 놈에게 표를 던지는 게 다일 텐데."

"글자도 모르는 놈들이 나랏일에 끼어들다니, 말이 되나!"

불평불만이 사방에서 터져 나왔다. 그에 반대하는 목소리도 활화산처럼 터졌다.

"지금까지 재산권을 기준으로 선거권을 주었던 이유가 무엇인가? 나라에 공헌하고 있으니 그럴 만한 자격이 있다는 뜻 아니었나?"

"똑같이 세금 내는데 여자이든 어린애이든 왜 권리가 없어?!"

사람이 셋만 모이면 싸움이 날 정도였다. 노이만 의장의 얼굴은 시시각각 거무죽죽해졌다. 괜히 미안해진 클레어가 조심스럽게 말했다.

"제 권유가 너무 섣부른 생각이었을까요? 지금까지 재산권을 기준으로 선거권을 부여해 왔으니, 그게 제일 받아들이기 쉬우면서 넓은 범위의 사람을 포용할 수 있을 거라고 생각했는데요."

"아닙니다. 옳은 말씀을 하셨습니다. 문맹인 자까지도 투표할 수 있도록 방안도 고안해 주셨고요. 저걸 받아들이지 못하는 자는, 아마 아렌인 투표자가 늘어나는 것도, 대학을 나온 여자가 투표하는 것도 받아들이지 못할 자입니다."

"타인보다 우월하다는 기분을 누리고 싶어서 그러는 것이니, 결국 지금까지 로멜 우월주의에 만족해하던 자들인 경우가 많겠지."

하원 의원은 자신을 대표할 자격이 없다며 공개적으로 선거에 불참을 선언한 공작님께서 말씀하셨다.

"이번에는 어쩔 수 없었어. 시간 싸움이었던 데다가 그런 것까지 하원에서 결정할 자격도 없었으니까."

"첫술에 배부를 순 없겠죠."

클레어는 한숨을 내쉬었다. 이 의회는 아마도 구성되자마자 새로운 선거법을 만드는 데 골몰해야 할 것이다.

남은 귀족의 다수는 클라우제너 공작을 따라 선거에 불참했다. 사실 애초부터 평민들과 똑같이 섞여 투표 따위를 하는 것에 모멸감을 느끼는 사람이 많았으므로, 클라우제너 공작의 그 발언은 그들에게 따라 할 만한 좋은 본보기가 되었다.

그걸 알고 클레어는 어깨만 으쓱했다. 이게 전통이 되면, 훗날 주권에서 배제된다는 말이 생길지도 모른다. 하지만 귀족에게 군이 권리를 챙겨 줘서 뭐 하겠는가. 어차피 대부분은, 예전보다는 덜할지 몰라도, 상원이든 하원이든 정치적 영향력을 행사할 수 있을 것이다.

그 외에도 문제는 산더미처럼 쌓여 있었다. 그러나 열기와 희망도 함박눈처럼 소복하게 함께 쌓였다.

총선거에 붙어 치러진 판사 선출의 열기도 그에 못지 않았다. 이쪽은 혼란한 하원 의원 선거보다 더 깔끔하게 치러졌다. 일단 돈을 뿌릴 만큼 부유한 자는 모두 몸을 사렸고, 마지막까지 신문의 공격을 받고 화제에 올라 있었기에 후보 검증도 상당 부분 이루어진 다음이었다.

클레어에게는 다소 낯설긴 했으나, 어차피 의회를 선거로 뽑는다면 판사라고 그러지 못할 이유도 없었다.

"다수가 올바른 판단을 한다는 보장은 없지."

에리히는 처음에 그런 말로 비난의 포문을 열었다.

"이번에는 상황이 상황인지라 몸 사리는 자가 많았지만, 결국에는 돈이 뿌려질 거야. 후원자와 학맥을 배제하는 건 불가능해. 친분도. 인간이 독립적일 수 없다는 건 네가 제일."

말하다 말고 그가 입을 막고 일어섰다. 구역질이 올라온 모양이었다. 클레어는 조용히 그의 입술 앞에 매콤 새콤한 오징어 볶음을 내밀었다. 고추장을 만드는 데는 실패했지만, 훌륭한 요리사는 그녀의 희망에 부응하여 스리라차 소스와 비슷한 느낌의 소스를 만들어 왔다. 아쉬우나마 먹을 만했다.

에리히는 눈살을 찌푸리고 클레어가 들고 있는 포크를 내려다보았다.

"클레어."

"진짜, 딱 한 입만 먹어 봐요. 이틀 내내 굶었잖아요. 내가 입덧할 때 얼마나 이런 게 생각나던지."

"……."

에리히는 얌전히 그것을 받아먹었다. 혀끝에 불이 날 것 같은데, 잘 넘어가는 게 신기했다. 어차피 진짜로 정견을 이야기하자는 것도 아니었고, 정치고 뭐고 일단 몸이 힘든 게 제일 괴로웠다.

아기가 들어서고 이미 5개월째다. 차라리 임신한 게 자신이었다면 입덧이 끝났을 시기인데, 왜 이리 길게 끄는지 모를 일이었다.

매운맛 때문에 붉게 물든 그의 뺨과 코를 보고 클레어가 까르르 웃었다. 아무튼 그녀라도 즐거우니 다행이었다.

생전 처음 투표해 보는 사람이 많았으니 잡음도 있고 질서를 유지하는 것에도 어려움을 겪었으나, 총선거는 결국 무사히 치러졌다. 결과가 나온 것은 해를 거의 넘겨서의 일이다.

모든 사람들이 짐작한 바와 같이, 하원 의원의 절반 정도는 자기 자리를 지킬 수 있었고, 많은 곳에서 지역 유지나 그 친인척, 혹은 피후원자를 뽑았다. 아무래도 이름이 알려져 있다는 것만으로도 남들보다 앞선 위치에서 출발하는 셈이다.

그러나 예상에서 어긋나는 일도 있었다. 수도에 아예 연고가 없는 당선자가 2할이 넘었다. 그리고 그들 중 많은 수가 수도에 오자마자 람스베르크 의원 사무실을 방문했다.

"인사를 드리고 싶었습니다."

디트마어는 어색한 기분으로 당선자들을 맞이했다. 자신은 그냥 당연히 해야 할 일을 했을 뿐이고, 이 모든 일을 이끈 것도 아닌데, 멀리서부터 감사의 인사를 하러 온다고 하니 기쁨보다도 당혹감이 앞섰다.

"저는 큰아이를 아편으로 잃었습니다. 그게 그렇게 나쁜 것인지 모르고, 꿀을 넣은 주스에 한 방울 타서 마시게 하면 잠을 잘 잔다고 듣고, 일을 하러 나가 있는 동안 재워 두는 데 썼습니다."

"그러셨군요."

"자식이 왜 죽었는지 알게 된 뒤에도, 그냥 주위에 먹이지 말라고 하는 것밖에 할 수 있는 일이 없었죠. 말해도 알아주는 사람도 없었고. 의원님이 그 문제를 해결하기 위해 오랫동안 의회에서 외롭게 싸우셨다는 걸 알았을 때, 저도 함께할 수 있으면 좋겠다고 생각했습니다."

한 당선자가 그런 이야기를 하고 떠난 뒤에는, 위층을 전부 빌려 사무실을 확장한 울리히가 방문했다. 그가 유쾌한 목소리로 말했다.

"방문객의 숫자를 보니 다음 회기의 의장은 따 놓은 당상이겠어."

"허튼소리를."

"제일 먼저 의장 투표부터 할 게 아닌가? 아니면, 내각 수상 자리도 괜찮지."

"나는 그런 그릇도 아니고, 그럴 자격도 없어. 이번 회기까지는 노이만 의장님이 계속하셔야지."

디트마어는 울리히의 말을 그저 놀림으로 받아들였다. 그 자리는 두루 사람을 중재할 수 있는 사람이 맡아야 한다. 자기 같은 자가 의장에 앉았다가는 하원은 순식간에 싸움으로 붕괴하거나 일방적으로 자신이 권력을 휘두를 가능성도 배제할 수 없었다.

울리히는 그의 그런 태도를 참 이해할 수 없다며 고개를 절레절레 저었다. 자신은 될 수만 있다면 절대 사양하지 않았을 것이다.

"뭐, 나는 클라우제너 공작 부인에게서 재선 축하 선물을 받은 것만으로도 만족하지만. 아, 반 나눠 주지. 사무실이 너무 삭막하군."

그가 과시하듯 제 쪽 사무실에서 가져온 커다란 꽃바구니를 가리켜 보였다. 비서가 웃으면서 그 꽃바구니에서 꽃을 일부

덜어 내었다.

디트마어는 약간 서운한 마음으로 그 꽃들을 바라보았다. 클레어는 그에게는 축하 꽃바구니 같은 것을 보내 주지 않았다. 리나를 통해서 그녀의 뜻을 전해 듣기는 했으나, 그렇다고 해서 서운한 마음이 완전히 가시는 것도 아니었다.

그녀가 한순간 남편과 아이의 복수를 위해 권력을 휘두를 작정을 했었다는 것은 알고 있다. 그러나 이제는 상황이 온건하게 마무리되었는데도, 다시 그와 교분을 가질 생각은 없는 듯했다.

이제 지원은 울리히를 통해서만 이루어지고 있었다. 귀족 후원자를 모두 거절해도 후원금이 넉넉했으므로 이제 클라우제너의 지원이 필요한 상황은 아니었으나, 사적으로 디트마어는 역시 서운한 마음을 느꼈다.

그냥 평범한 수준의 지인으로서의 친분을 유지할 수도 있을 텐데 말이다. 그는 아직 클레어에게 임신 축하 인사조차 제대로 보내지 못했다.

울리히는 반질반질해진 얼굴로 싱글거리면서, 울적해하는 디트마어를 쳐다보았다. 그는 원하던 명성과 클라우제너의 후원을 얻었고, 권력도 눈앞에 있으니 요즘 정말 살맛 났다.

"너무 그러지 말게. 다 경의 정치적 입장을 생각해서 그러시는 게 아닌가. 오늘 찾아온 사람 중에도 경이 지배 가문의 후원을 받는다고 하면 실망할 사람이 적지 않게 있을 테지."

"……."

"물론 공작 부인께서 어떤 분인지 알지 못해서 하는 말이긴 하지. 하지만 멀리서 경의 업적을 보고 믿고 따르는 사람들에게는 너무 실망감을 주지 않는 것이 좋아. 그러고 보니 초청도 받았다면서? 새로 만들 당을 이끌어 달라고."

"글쎄……. 대부분 처음 의회에 들어온 사람들이니 도움을 주어야 한다고는 생각하지만, 그런 이들을 내가 이용하는 듯한 꼴이 되는 건 원치 않아서."

"이용이라니. 경이 이용을 당하면 모를까."

"하지만 남들이 보기엔 그렇지 않겠지."

"그래, 내 말이 그 말이야. 남들이 보기에 그렇지 않으니까 공작 부인께서도 조심하시는 거겠지."

그렇게 말하면 디트마어도 할 말이 없었다. 울리히는 즐거운 목소리로 말을 이었다.

"경과 같은 걱정을 부인께서도 하고 계신다네."

"이미 알아들었어."

"아니, 그 이야기가 아니고, 처음 의회에 들어오는 가난한 노동자 출신 하원 의원들 말일세."

울리히가 꽃바구니와 함께 온 편지를 흔들어 보였다.

이번에 예상외로 노동자 계급에서 적지 않은 수의 의원이 당선되었는데, 이들 대부분이 자신의 수입 없이는 생활이 되지 않았다. 그러니 애초에 입후보할 때부터 가족을 희생시킬 각오를 한 셈이다.

지방에서 올라오는 경우에는 상태가 더욱 심각했다. 로텐부르크의 부동산 가격은 몹시 높았으므로, 이들이 의정 활동을 하면서 수도에 머무르려면 그 회기 동안 남의 후원을 받아야만 했다.

생활에 필요한 안정적인 후원금을 필요로 하게 되면 결국 귀족이나 자산가의 수중에 떨어지게 된다. 그래서 디트마어는 하원 의원의 급료에 대한 이야기를 안건으로 걸까 말까 고민 중이었다. 물론 그렇게 하는 것에도 문제가 있었다.

디트마어가 눈을 가늘게 떴다.

"뭐, 편지 정도는 상관없겠지."

울리히가 편지를 건네주었다. 초반의 안부 인사와 울리히에 대한 축하의 말을 다 빼고 나면 남는 문장은 이것이었다.

『그런데 사실 제가 예전부터 소원하던 일이 하나 있었는데, 괜찮다고 생각하면 고려해 주세요. 아마도 의회에서 현실적인 이유로 의원들에게 급료를 지급하는 일에 대해서 이야기가 나올 텐데, 이때 가장 소액의 급료를 받는 노동자와 연동되게끔 지급하면 어떨까 해요. 예를 들면 굴뚝 청소부의 두 배를 준다, 이런 식으로 말이죠.』

그게 전부였다. 클레어는 진심으로 장난스러운 욕망에서 보낸 글이었으나, 두 의원은 진지하게 받아들였다.

리나가 방문한 것은 그때의 일이다. 똑똑, 문 두드리는 소리에 이어 예쁜 얼굴이 고개를 내밀었다.

"안녕하세요, 디트마어 씨, 울리히 경."

"오, 아름다운 숙녀분께서 오셨군. 나는 방해가 되지 않도록 이만 물러가겠네."

울리히가 느물거리며 말했다. 디트마어가 혀를 차며 대꾸했다.

"글쎄, 그런 사이가 아니라니까."

"울리히 경께서도 농담을 하시는 거죠."

리나가 태연하게 미소를 지으며 말했다. 울리히가 어깨를 으쓱했다.

"별말씀을. 디트마어 경이 부러울 따름입니다."

"우정이 말이죠?"

리나는 그 말도 농담으로 받아넘겼다. 울리히는 명예욕이나 권력욕에 눈이 돌아가는 타입이지, 미모에는 별다른 관심이 없었다. 그런 측면에서 오히려 리나에게는 신선하고 대하기 편한 부분이 있었다.

울리히가 물러가고, 리나가 살짝 부탁하자 비서들도 자리를 비워 주었다. 최근에 이런 일이 없었던 터라 디트마어는 정색하고 옷차림을 다듬으며 그녀를 바라보았다. 클레어가 중요한 일로 심부름이라도 시킨 모양이라고 생각했기 때문이다.

리나가 긴장한 한숨을 내쉬고 말했다.

"예전에 제가 드렸던 카탸 슈나이더의 장부를 아직 갖고 계시지요?"

"예. 마르고트 에른스트의 법정이 구성되고 나면, 증거 자료로 넘길 생각이었습니다."

"그걸 보충할 자료가 있어요."

리나가 몇 번이나 숨을 할딱였다.

"출처는 말씀드릴 수 없어요. 아, 비밀로 하시겠다면 절반 정도는 알려 드릴 수 있어요. 이걸 정리하신 건 클레어 님이에요."

소맷자락을 만지작거리던 디트마어의 손가락이 멈칫했다.

"하지만 최초 출처는 알려 드릴 수 없어요. 나머지 절반의 출처도요."

"무엇인지부터 말씀해 주십시오."

"이것은 지난 8년 동안 원인 불명의 이유로, 아니 정확히는, 아마도 수면제 과다 사용으로 사망한 판사와 법률가들의 목록이에요."

"……!"

"그리고 이것은……, 중간 유통역을 맡았던 스테판 하인즈라고 하는 발레리노가……, 연잎 귈런과 아편 팅크 구매 대금을 지불한 계좌의 내역이에요."

디트마어는 서류를 펼쳐서 내역을 훑어보았다. 카탸의 것이 불분명한 반쪽짜리인 것과 달리, 이것은 완전한 장부였다. 아니, 아마도 클레어가 거기에 추가했을 장부는 카탸의 장부까지 완성시켰다.

"이런 것을 어디에서 얻으셨습니까?"

리나가 아랫입술을 깨물었다.

"제게 익명으로 보내졌어요."

소인조차 찍히지 않은 봉투가 마차 안에 놓여 있었으니, 아마도 직접 와서 두고 갔을 것이다.

'별이 되고 싶으면 그렇게 해.' 쪽지와 함께.

그 쪽지를 발견했을 때 리나가 가장 먼저 느낀 것은 눈앞이 아득해지는 듯한 기분이었다. 스테판은 결국 복수를 포기하지도 않았고, 제 죄를 갚을 생각도 없는 모양이었다.

얼굴을 보여 주지 않으니 설득할 기회도 없었다. 그녀는 한 달 넘게 아우구스타가 머무르고 있다는 타운하우스 주변을 기웃거려 보았으나 스테판의 그림자조차 볼 수 없었다.

도저히 감정을 가눌 길이 없었다. 리나의 눈동자에 투명한 눈물이 방울방울 맺혔다.

디트마어가 당황하여 엉거주춤 몸을 일으켰다. 그는 어쩔 줄을 모르며 손수건을 찾았지만, 안주머니에 들어 있던 손수건은 오늘 내내 자신이 손을 씻고 나서 물기를 닦는 데 사용했다. 리나의 얼굴을 닦기에는 너무 더러웠다.

그래서 그는 그것 대신 앞주머니에 들어 있는 장식용 손수건을 꺼내서 그녀에게 건넸다.

"고마워요."

회색 포켓 스퀘어로 눈가를 누르고 리나가 방긋 웃어 보였다.

"신경 쓰지 마세요. 그냥 좀 개인적인 일이 있어서요."

"리나 양……."

"아무튼 클레어 님 말씀은 이래요. 아편을 유통하면서 돈을 받지 않았다면 모르되, 그랬을 리가 없다고요. 그러니 반대로 돈의 흐름을 추적하면 어디에서 유통이 시작됐는지 증명할 수 있다고요."

카탸의 장부만으로는 아무것도 안 된다. 하지만 스테판의 장부에는 돈의 경로가 표시돼 있었다.

클레어는 그 경로의 상단 일부에 영향력을 발휘했다. 돈세탁에 이용된 상단 전체가 다 마르고트나 아우구스타의 소유는 아니었으므로, 인맥과 권력, 뇌물은 충분한 효력을 발휘했다. 그녀는 상단 장부를 입수한 다음, 거기에서 거래가 있었던 다른 계좌를 확인함으로써 이전에는 일부밖에 확인할 수 없었던 연잎 퀼런의 거래 루트를 전부 완성시켰다.

그 결과가 지금 디트마어의 손에 들려 있다. 그중에는 카탸의 장부와 일치하는 것도 있을 터였다. 그것을 파 보면 아편 제제를 이용해 실행된 음모들에 대해서 좀 더 확실히 증명될 것이다.

그 외에도 장부가 몇 개 더 있었다. 리나로서는 전부 파악할 수 없는 인물의 명단과 다른 장부들과 현재 남아 있는 부동산의 목록 같은 것들이다. 그것의 의미는 아마도 이제부터 조사해서 밝혀야 하리라. 리나는 그것은 별로 걱정하지 않았다. 재판소의 유리가 깨졌을 때부터 경시청은 이미 전면 항복한 상태였으니까.

사실 그전에 계엄군에게 짓눌렸을 때부터 이미 경시청은 마르고트의 섭정에 불만을 가지고 있었다.

리나는 잠시 손바닥으로 얼굴을 가렸다.

'무슨 생각이야, 스테판…….'

이렇게까지 모든 것을 내놓을 정도라면, 사법 거래로 형량을 줄일 수도 있을 텐데, 스테판은 굳이 그렇게 할 생각이 없는 모양이었다.

괴로워하는 그녀를 보고 디트마어가 조심스럽게 말했다.

"리나 양은, 사실은 출처가 누구인지 아시는군요."

"전……, 제가, 어떻게 해야 좋을지 모르겠어요. 제가 뭔가를 증명해야 한다면 기꺼이 증언대에 서겠지만, 이걸 제게 가져다준 사람의 이름을 말할 수는 없을 것 같아요."

"이해합니다. 그런 일로 죄책감을 갖지 마십시오, 리나 양."

디트마어가 어색하게나마 한껏 다정한 목소리를 냈다.

"옳은 일을 하겠다는 이유로 가족이든 친구든 연인이든, 자신을 믿고 약점을 맡긴 사람을 외면하는 것은 쉽지 않은 일이니까요. 당연한 겁니다."

"그렇게 말씀해 주시니 조금 덜 괴롭네요."

리나가 막혔던 숨을 겨우 내뱉으며 말했다. 그리고 푸른 눈동자를 둥글게 뜬 채 머뭇거리다가 말했다.

"사실, 저는 디트마어 씨를 돕는 일을 해 볼까 하는 마음이 좀 있었어요."

쉽지 않은 어린 시절을 보내고, 부모의 일 덕분에 귀족의 고결한 혈통에 대한 환상은 이미 깨졌다.

리나는 자기 같은 환경의 사람이 흔치 않다는 것을 알고 있었다. 우연 때문이든 운 때문이든, 그런 상황에 놓인 것도 어떤 운명 같은 게 아닐까 하는 소명감을 느낀 것도 사실이다.

하지만 안 될 것 같았다.

"이렇게 사적인 마음에 휘둘리는 주제에, 터무니없는 생각이었죠? 지금처럼 그냥 저 하고 싶은 대로 사는 게 맞는 것 같아요."

"그건 잘못 생각하고 있는 겁니다."

디트마어가 살짝 미간을 좁혔다. 원래도 깊은 눈매가 더 깊어져, 눈 밑에 그늘이 졌다.

"저라고 해서 사적인 마음에 휘둘리지 않는 게 아닙니다. 그리고 어떤 부분에서는 그걸 극복해야 한다고 기를 쓰고 있는 것도 아니고요."

"디트마어 씨……."

"세상에 완전히 정당하고 올바른 사람은 아무도 없습니다. 저는 한때 그런 사람이 되려고 애썼고, 그러지 못한 사람이 남을 이끄는 자리에 오르겠다고 나서는 것을 경멸했습니다만, 그래서는 오히려 자신이 완벽하다고 믿는 오만한 사람만 남을 테지요."

"아……."

"자신의 마음이 사감에 흔들리는 것이 아닌지 살피는 것만으로도 리나 양은 훌륭합니다. 마음 가는 대로 하십시오. 무대에 있을 때도, 이렇게 마주 보고 있을 때도 똑같이 아름다우시니, 의사당에 들어가서도 마찬가지일 겁니다."

디트마어가 아무 생각 없이 한 말이라 오히려 리나의 얼굴이 붉게 물들었다. 그가 말한 것이 단순히 얼굴이 예쁘다는 의미만이 아니라는 것을 알기 때문이었다.

재판소장 이하 구설수에 오른 고위직 판사들이 모두 사퇴하고, 판사 선거에 입후보한 변호사들이 재판소에 들어가면서 새로운 법정의 구성은 급물살을 탔다.

재판이 중지된 동안 감옥에 용의자가 넘쳐흘렀기에 신진 판사들은 빠르게 결단을 내렸다. 가장 먼저 재판정에 끌려 나온 것은 에른스트 공작이었다. 에른스트 공작가의 죄가 확정되지 않으면, 그를 따른 자들을 반역죄로 처리할 수 없었기 때문이다.

피고석의 에른스트 공작은 초췌한 얼굴을 하고 있었다. 인장 반지를 넘겨주는 순간까지도 그는 자신이 진짜로 죄인으로서 감금되리라고는 생각조차 하지 못했다.

그게 그에게는 당연한 일이었다.

본디 성품이 과격한 편이 아니다 보니 젊은 시절에 특별히 죄를 지은 적은 없었다. 하지만 그의 형제들, 숙부들, 가까운 친척들, 그 누구도, 무슨 짓을 저지르고도 재판정에 선 자가 없었다.

그들에게 가장 큰 처벌은 가문에서 쫓겨나는 것이었다. 성씨가 거두어지고 상속권을 박탈당하는 것만큼 두려운 일은 없었다. 가주에게 미움받는 것이 판결을 대신했다. 그리고 그 사실에 거의 모든 사람이 동의하고 있었다. 대귀족만이 아니라 가신들, 고용인들, 영지민들, 그것을 넘어서서 어느 평민에게 물어도 마찬가지일 것이다.

그러니 그도 자신이 어딘가의 별장에 연금되는 정도로 끝날 줄 알았다. 하지만 북방군은 단호하게 그를 탑에 집어넣었다. 한 번 면회를 왔던 에른스트 공작 부인에게 부당하다고 호소하자, 그녀는 어이없어하는 얼굴로 말했다.

'당신은 정말 어리석군요. 다른 것도 아니고 반역죄예요. 그게 가문 안에서 끝난 적은 없어요. 아주 어린 아이가 황실 모독죄 같은 것을 범하지 않은 이상에는.'

'반역하지 않았어!'

'사실 여부가 중요한 게 아니죠. 마르고트 님이 반역죄로 잡혀 있는 이상, 당연히 반역으로 연루되게 되어 있었어요. 게다가 당신은 황명 없이 군대를 모았다고요.'

'그건 마르고트가……!'

그가 아우성치는 소리는 모조리 감옥의 석벽으로 빨려 들어갔다. 공작 부인은 한숨을 내쉬었다. 공작은 그제야 원망스러운 눈으로 그녀를 바라보며 말했다.

'당신은 어떻게 그렇게 멀쩡해?'

'내가 지금 멀쩡해 보여요?'

초라한 갈색 드레스를 입은 채 머리도 그저 빗어 묶기만 한 공작 부인이 되물었다. 하지만 그녀는 제대로 세탁한 옷을 입고 있었다. 에른스트 공작 자신의 옷은 몇 달 동안 감옥 바닥의 진창과 오물에 더럽혀져 냄새나는 누더기가 된 것에 반해 말이다.

공작 부인은 조용히 말했다.

'나는 문을 열었으니까요.'

'당신 혼자 빠져나가려고⋯⋯!'

'친정도 생각해야 하고, 우리 자식들도 생각해야죠! 아니면 다 같이 반역죄로 죽어 보자는 거예요?!'

공작 부인이 그렇게 언성을 높인 것은 그때가 처음이었다.

'난 처음부터 반대였어요! 리누스를 우리 집에 맡긴다고 할 때부터 너무 싫었다고요!'

'나도 그래!'

'당신, 마르고트 님에게 그렇게 말한 적 한 번도 없었잖아요!'

에른스트 공작은 충격받은 얼굴로 그녀를 쳐다보았다. 공작 부인은 소리 지르다 못해 할딱거리며 울먹였다.

'당신, 좋아했잖아요. 마르고트 님이 가문의 영예를 드높이고 있다고. 그리고 마르고트 님이 황후가 되려고 할 때……'
'그만! 그만해!'

에른스트 공작은 고함을 질렀고, 그 뒤로 둘은 다시 만난 적이 없었다.

그리고 이제 그는 피고석에, 아내는 증인석에 서 있었다.

"증인, 안나 레아 마이닝겐 에른스트. 성서에 손을 얹고 진실만을 말할 것을 맹세합니다."

똑바로 선 에른스트 공작 부인을 보고 고함을 질렀다.

"당신, 당신! 제정신이야?!"

"정숙하시오, 에른스트 공작. 신성한 정의 앞에서는 설령 공작이라 해도 죄지은 인간일 뿐이오."

판사의 말이 끝나기 전부터 변호사들이 양옆에서, 날뛰는 에른스트 공작을 억지로 잡아 앉혔다. 이래서는 좋을 게 없었다.

에른스트 공작은 오래 날뛰지도 못했다. 금세 지쳐 의자에 늘어진 채 공작 부인을 노려보았다. 어차피 정략결혼이었고, 다정하고 금실 좋은 부부도 아니었다. 그러나 가문을 위한다는 같은 목표를 향해 움직이는 동업자라고는 생각하고 있었다.

공작 부인이 그 생각을 알았다면 코웃음을 쳤을 것이다. 당신에게 목표라는 게 있긴 있었느냐고. 아버지인 마이닝겐 공작도, 남편인 에른스트 공작도, 그저 마르고트에게서 떨어지는 이득을 탐하며 헛된 꿈을 꾸었을 뿐이다.

아니, 사실 그녀 자신도 크게 다르지 않았다. 리누스를 막맡았을 때만 해도, 차기 황제의 양육자라는 지위를 기대하고 있었을 것이다.

그녀를 실망시킨 것은 사실 리누스보다 마르고트였다. 제가낳아 제 후계자로 결정했다면 끝까지 책임지고 후계자로 만들든지, 안 되겠다고 생각이 들면 빨리 포기하든지 해야 했다.

결국 자기 자식이라서 끝까지 포기하지 않은 게 아닌가. 방계 황족이 없는 것도 아니고, 클라우제너 공작까지 암살할 각오가 있다면 다른 방법이 없지도 않았을 것이다.

'자기는 다른 사람인 척하더니.'

마르고트는 무능한 사람을 혐오한다고 말하곤 했다. 혈통보다 개인의 자질이 더 중요하다고도. 능력에 따라 권위를 배분받아야 한다는 말을 들을 때마다 에른스트 공작 부인은 자기들부부를 말하는 건가 싶어 불쾌감을 느꼈다.

이 일을 맡기 위해 스스로 판사직을 사임한 젊은 법률가가법정을 한번 둘러보았다.

"존경하는 재판장님, 용기 있게 지배 가문을 고발한 의원님, 이 중요한 재판을 지켜보게 된 시민 여러분, 그리고 가족의 정이 있음에도 불구하고 정의를 지키기로 결심한 부인."

그가 찬찬히 말하며 지난 몇 달 동안 준비해 온 서류를 폈다.

"이미 에른스트 공작의 혐의점 몇 가지에 대해 설명했고, 증거도 보여 드렸습니다만, 중요한 증인의 이야기를 듣기에 앞서서 한번 정리해 드리는 게 좋을 것 같습니다. 첫째, 의회 동의 없이 징병한 것이 사실인가."

"계엄령이 있었다고 몇 번을 말해야 하나!"

에른스트 공작이 반쯤 절규하듯 외쳤다. 그의 변호인단이 얼른 공작을 뜯어말렸다. 법률가가 여유로운 태도로 말했다.

"다만, 의회 동의 없이 군사를 소집하려면 황제 폐하의 직접 명령이 있어야 합니다. 황제 폐하의 부재 시에 내려진 계엄령이 이것을 대신할 수 있는지에 대해서는, 지금은 논할 일이 아니니 넘어가겠습니다. 둘째는, 계승법이 있음에도 불구하고 리누스 황자를 황제의 자리에 올리기 위해 음모를 꾸민 것이 사실인가."

이번에도 에른스트 공작은 날뛸 뻔했다. 법률가는 태연하게 세 번째까지 말했다.

"마지막으로 리누스 황자가 진짜 황실의 혈통이 아닌 줄 알면서도 황제 폐하와 제국을 기망한 것이 맞는가."

"……."

"이 세 번째 문제는 첫 번째와 두 번째 혐의의 전제가 되는 문제이기도 합니다. 그러니 세 번째부터 이야기를 듣고 싶습니다, 에른스트 공작 부인."

그가 증인석 앞으로 다가와 에른스트 공작 부인을 바라보았다. 그녀는 긴장하여 하얗게 된 주먹을 쥐었다. 공작의 변호사가 일어섰다.

"주장이 지나치게 일방적입니다. 아이를 낳을 수 없는 몸이라는 것은 황제 폐하의 말씀일 뿐입니다."

대담한 발언에 법정 안이 술렁거렸다. 종류를 막론하고 지금까지 그 누구도 공적인 장소에서 황제가 거짓말을 했을 가능성에 대해서 감히 언급한 일이 없었기 때문이다.

그러나 지금 에른스트는 더 물러날 곳이 없었다. 반역죄가 법정에서 법률가들을 통해 논해지는 것도 처음이었으나, 에른스트가 멸문하면 변호사도 무사할 수 없었다.

"지금 변호사는 감히 황제 폐하의 말씀을 의심하는 겁니까?"

"아내가 낳은 아이는 남편의 자식으로 추정하는 게 당연한 일입니다. 설령 불의한 일이 있었더라도, 에른스트 공작이 그걸 어떻게 알았겠습니까? 차라리 같은 여자인 공작 부인이 아셨다면 모를까요?"

변호사가 그렇게 말하면서 에른스트 공작 부인을 쏘아보았다. 파랗게 질린 공작 부인이 살짝 휘청거렸다. 변호사가 말을 이었다.

"20년 전 일입니다. 황제 폐하께서는 대체 왜 그동안 침묵하셨을까요? 리누스 황자를 아들로 인정하셨기 때문이 아닙니까? 그렇다면, 다른 이들이 그를 황자로 대우한 것은 반역죄가 아니라 황제 폐하의 뜻을 따른 결과입니다!"

젊은 법률가가 그녀를 바라보았다.

"어떻게 생각하십니까, 증인은? 에른스트 공작은 리누스 황자의 출생에 대해서 몰랐을까요?"

에른스트 공작 부인은 이런 것까지 말하고 싶진 않았다. 자신이 이런 이야기에 끼어 있는 것이 너무 비참하게 느껴졌기 때문이다. 그러나 지금 천 개 가까운 눈동자가 제게 꽂히는 속에서 말하지 않을 수 없었다.

사전에 거래를 했다. 자식들이 그 모든 것을 몰랐다는 것을 인정해 주는 대가로, 요구하는 모든 정보를 주겠다고. 그녀는 숨을 몇 번이나 뱉었다. 그리고 애써서 입을 열었다.

"리누스는 황자가 아닙니다."

변호사가 날카로운 눈으로 그녀를 노려보았다. 하지만 공작 부인은 이 말을 끝까지 해야만 했다. 주먹을 움켜쥐는 그녀를 보고, 무슨 말을 하려는 건지 깨달은 듯 에른스트 공작이 벌떡 일어서서 소리쳤다.

"당신 미쳤어!?"

"정숙하십시오, 피고!"

"날 진짜로 죽이려고……!"

그것은 스스로 죽을죄를 지었다고 자백한 것과 다를 바가 없었다. 에른스트 공작 부인은 고개를 숙이고 묵묵히 말했다.

"마르고트 에른스트는 황후가 아닙니다. 초야를 치르지 않았으므로 국혼은 성립되지 않았고, 처음부터 무효입니다."

에른스트 공작 부인은 그렇게 말해 놓고 눈을 꽉 감았다.

"그게 무슨, 말도 안 되는 소리야!"

누군가가 버럭 소리를 질렀다. 에른스트 공작 부인은 일부러 작은 소리로 빠르게 말했다. 그냥 전부 말해 버리고 한시라도 빨리 끝내고 싶었기 때문이다.

"결혼식 당일 피로연에서 제 남편이 황제 폐하를 취하게 만드는 역할을 맡았습니다. 수면제를 섞은 위스키를 마시게 했다고 들었습니다."

남편이 상담했을 때, 그녀는 끝까지 그 일을 반대했었다.

그러나 마르고트는 황제가 초야의 침대를 박차고 나가면 곤란하다며 에른스트 공작에게 그 일을 시켰고, 그도 납득했었다.

당일만 어떻게든 숨기면 될 거라고 생각했다. 설마 그 뒤로 한 번도 관계가 없으리라고는 생각하지 않았으니까. 언제 하든, 단 한 번만이라도 관계를 한다면 초야로서 성립할 터였다.

변호사가 소리를 질렀다.

"증거, 증거 있소?!"

반면, 그녀에게 증언을 시킨 젊은 법률가가 미친 듯이 책상을 두드리며 외쳤다.

"문을 폐쇄해!"

이 증언은 미리 듣지 못했다.

이걸 증명할 수 있다면, 다른 모든 일은 따질 필요조차 없었다. 마르고트 에른스트는 황후가 아니고, 계엄령을 내릴 권한이 없으며, 그녀가 한 모든 일은 국권 탈취다.

리누스는 이때 별궁에 유폐되어 있었다.

황후에 비해 그의 죄는 분명하지 않았다. 물론 자신이 차기 황제라고 주장하고 친위사단을 움직인 것은, 황제의 생존을 몰랐던 상황이라고 하더라도 충분히 반역으로 다스릴 수 있었다.

그러나 그 외의 부분은 증명할 수 없다. 그가 자신이 혼외자임을 알았는지 아닌지도 불분명한 일이다.

물론 그 모든 죄가 증명되고 나면, 중심에 있는 대표로서 처벌되지 않을 수 없을 것이다.

'황제 폐하께서 이미 아드님으로 받아들이신 게 아닌가?'

'글쎄. 황제 폐하께서 리누스 황자 전하를 꺼리신다는 건 딱히 모르는 사람이 없을 정도로 유명한 이야기가 아닌가?'

'하지만 진짜로 그 때문에 그러신 거라면, 돌아가신 황태자 전하께도 가까이하지 말라고 경고를 하셨을 텐데.'

'황제 폐하보다는 황태자 전하께 리누스 황자 전하를 염려하는 마음이 있으셨던 게 더 중한 일이지. 황제 폐하께서 심병이 드셨다는 건 모두 아는 일이 아닌가.'

아무리 소리 죽여 하는 말이라도 리누스의 귀에는 전부 들려왔다. 아니, 어쩌면 들리지 않았을지도 모른다. 그 말은 리누스의 머릿속에서 만들어지고 있을 수도 있었다.

그는 벽에 머리를 박았다. 자신의 나약함에 정말 죽고 싶었다. 그러나 진짜로 머리가 깨져 죽어 버릴 만큼 거칠게 부딪치지도 못했다.

이 방에는 자해에 쓸 수 있는 것이 아무것도 없었다. 시트를 찢어 목을 매기라도 할 줄 알았는지, 침구라고는 솜덩이밖에 없었다.

'물에 빠져 죽는 것에 성공할 뻔한 것도, 중간에 의지로 돌이킬 방법이 없었던 것뿐인 모양이군. 클레어가 구해 주지 않았어도, 너는 제대로 죽지 못했을 거야.'

에리히의 목소리가 계속 귀에 쟁쟁 울렸다. 하지만 그것도 실제로 들은 말이 아니다.

그가 참지 못하고 울분을 터뜨리며 테이블을 걷어찼다.

톡.

문간에서 소리가 난 것은 그때였다.

"뭐냐?"

리누스는 짜증스럽게 물었다. 대답이 없으니, 착각인가 싶었다.

찾아올 사람이 없었다. 재판장으로 끌어내리려는 근위대가 아니라면. 유폐된 후로 한 달 이상의 시간 동안, 리누스를 방문한 사람은 에리히뿐이었다. 그것도 딱 한 번.

먼지와 화약 냄새를 뒤집어쓰고도 멀쩡해 보이던 사람이 핏기라고는 하나도 없이 피로에 지친 얼굴을 하고 있었던 걸 생각하면, 그럴 만큼 바빴을 것이다. 무슨 이야기를 했는지는 이제 가물거렸다. 사실 무슨 말을 했어도 그의 귀에는 들어오지 않았을 것이다.

들을 마음이 없는 자의 귀에 들어온 목소리는 파도와 같다. 한순간 의식을 집중시켰더라도 밀려 나가고 나면 곧바로 모양을 기억해 낼 수 없게 된다.

애당초 지금 만나고 싶은 것은 에리히가 아니라 황제였다. 그가 무엇을 생각하고 있는지 알고 싶었다. 그렇다고 해서 딱히 듣고 싶은 말이 있는 것도 아니고, 할 말을 생각해 낸 것도 아니다.

황제가 자신의 출생을 알고 있을 줄은 리누스는 정말로 몰랐다. 그 자신도 열다섯 살에 에른스트로 보내진 뒤에야 알았다. 에른스트 공작이 허술하고 입이 가벼운 사람이 아니었다면, 아마도 끝끝내 알지 못했을 것이다.

그전에는 막연한 예감만 있었다.

물론 그는 어머니를 닮은 외모였으나, 그렇다고 해서 이렇게까지 부계 쪽으로 닮은 구석 하나가 없는 게 이상했다. 몇 대의 결혼에 걸쳐서 모아진 로멜 황실의 혈통이 어머니 마르고트의 혈관에도 흐르고 있을 테고, 그것을 물려받은 그의 혈관에도 분명히 있으련만.

그것이 리누스에게는 거울을 볼 때마다 운명처럼 여겨질 때가 있었다.

태생부터 부정당하는 것 같았다.

'어리석은……. 제러드가 몰랐을 리가 있나. 황제 폐하께서 입 무겁게 버티실 성미도 아닐뿐더러, 제러드에게 얼마나 의지하고 계셨는지를 생각하면.'

그 뒤로 에리히가 무슨 말을 했는지는 가물거린다. '그래서 그는 언제 알게 되었을까?' 하는 궁금증을 떠올린 것도 그가 떠난 다음의 일이다.

생각해 보면, 황제는 당연히 알 수 있는 일이다.

어리석었다.

아니, 그조차도 철없는 생각이다. 자신이 설령 진짜로 그의 아들이었더라도 그는 똑같이 자신을 증오했을 거다. 어쩌면 더욱 용납하지 못했을 것이다.

"아."

기억이 났다. 리누스는 문고리를 쳐다본 채로 짤막하게 신음했다.

'알면서, 왜?'

자신은 에리히에게 그렇게 물었다. 그렇게 물어서는 안 됐었다는 생각은 이제야 한다.

왜냐하면, 황제가 그렇게 제 자식을 의지한 것은 부러워하거나 당연하게 여길 일이 아니라 제러드를 동정해야 할 일이기 때문이다. 하지만 그 순간에는 리누스도 황제와 똑같이 제 생각만 했다.

'그게 뭐가 중요하지? 중요한 건 네가 받아들여졌다는 것 아닌가? 태생이 어떻든 제러드는 널 동생으로 여겼다. 그러니 황제 폐하께서는 입을 다물고 널 황자라고 부르도록 했던 거야. 당신의 아들로 받아들일 작정이었는지 어땠는지까지는 모르지만, 아마도……'

거기서 또 리누스의 기억이 끊어졌다. 정확히는 기억이 끊어진 게 아니라 발작을 일으키며 울부짖었다. 그 뒤의 기억도 가물거렸다. 미쳐 버릴 것 같았기에 잊어버렸다.

'키우다 보니 사랑하게 되었을 뿐이야.'

리누스는 무의미하게 클레어의 그 말을 반복해서 생각하고 있었다. 그럴 때마다 속이 칼질하듯 아팠다. 그는 반쯤 녹은 초콜릿을 생각했다.
그것을 먹었어야 했을까?
그는 문에서 소리가 났던 것도 잊고 생각에 골몰했다. 결국 대답을 듣지 않고 문이 열렸다. 시종 복장을 한 남자가 안으로 들어왔다. 리누스는 피로에 지친 눈으로 그를 바라보았다.

"무슨 일이냐?"

그는 오늘 에른스트 공작의 재판이 이루어지고 있다는 사실을 알지 못했다.

사실 그간의 사정을 거의 아무것도 몰랐다. 황궁 내부에 자신의 정보망을 갖고 있는 것도 아니거니와, 알려 줄 사람도 없었기 때문이다. 그의 반역죄는 마르고트 재판의 일부분에 불과하다. 황자에게 얽힌 출생의 비밀은 아주 흥미로운 가십이었으나, 아무리 신문사에서 자극적인 헤드라인을 수도 없이 찍어 내도, 유폐된 리누스에게는 관계없는 일이다.

시종은 말이 없었다. 리누스는 약간의 짜증을 느꼈다.

"용건이 있으면 말하고, 그렇지 않으면……."

시종이 손을 들어 올리더니 이마와 머리에 있던 분장을 벗었다. 갑작스러운 행동에 리누스는 깜짝 놀랐다. 그리고 상대가 생각했던 것보다 더 젊다는 것을 알아챘다.

이마의 주름과 머리칼 뿌리 부분의 흰색이 사라지자 상대는 고작 20대 중반 정도로밖에 보이지 않았다. 뺨과 눈 밑에 화장품을 발라 일부러 못난 얼굴로 만들었지만, 그게 없는 상태를 생각해 보면 분명히 아주 매혹적인 외모일 것이다.

"아우구스타가 보냈나?"

그럴 만한 상대가 그녀밖에 생각나지 않았다. 굳이 이렇게 눈에 띄는 자를 보낸 것은, 아우구스타도 쓸 수 있는 사람이 줄어들었기 때문일지도 모른다.

스테판은 낯선 기분이 된 채로 리누스를 바라보았다. 아버지가 평생 그리워했던 아들이다. 자신 앞에서 '내 하나뿐인 아들'이라고 부를 정도로.

하지만 닮은 구석은 조금도 없었다.

'아버지를 닮았다면, 황후도 조금 더 귀여워했을지도 모르지.'

위험성을 생각해서 살해했을지도 모르지만 말이다.

어쨌거나 어린 시절에 초상화를 볼 때마다 스테판은 상대는 빛 속에, 자신은 그림자 속에 있는 것이라고 상상했다. 그러나 정작 이렇게 직접 보니 지나치게 하얗고 야윈 청년은 전혀 빛 속에 있는 것처럼 보이지 않았다.

스테판은 기묘한 책임감을 느꼈다. 물론 그는 리누스에 대해서 아무런 책임도 없었다. 피가 일부 통했다고는 하지만 기껏해야 그게 전부다.

사람이 애정을 갖고 정을 들이는 데 혈연이 가장 중요한 게 아니라는 것은 아버지 덕분에 질리도록 잘 알고 있었다. 아마도 어릴 때부터 이야기를 많이 들은 탓에 그런 것이리라.

그가 리누스를 외면할 수 없을 거라고 생각한 아우구스타가 옳았다. 신경이 쓰이기 시작한 이상 진짜로 외면할 방법은 없으리라.

'어차피 할 수 있는 일은 전부 했으니까.'

그는 속으로 생각했다. 리나는 자신이 준 장부를 디트마어 람스베르크에게 갖다주었을 것이다. 그녀가 증인으로 서든, 장부를 이용하든, 적어도 법정에서 터무니없는 결론이 나지는 않으리라. 클레어 델포드가 그러지 않도록 나서서 움직일 테고 말이다.

그거면 됐다. 아쉬움은 남았으나, 리나가 용서하지 않을 거라고 생각하면 그쪽도 찜찜하긴 마찬가지였으니까.

황후를 원망하는 사람은 끝없이 많고, 그는 검은 연꽃을 통해서 그들을 이어 놓았다. 그가 직접 손쓰지 않아도 증오는 소용돌이치고 있다. 자신이 더 이상 손대지 않아도 된다.

리나는.

오로지 리나 하나만이 마음에 걸렸다. 그리고 이 동생이라 하기 어려운 존재는 마음에 걸린다기보다 발가락에 박힌 모래알 같은 것이다.

"왜 그렇게 날 쳐다보지? 넌 누구냐? 아우구스타가 보낸 게 아닌가?"

리누스가 다시 물었다.

이름을 알리는 것은 현명한 선택이 아닐 것이다. 그럼에도 불구하고 스테판은 충동적으로 말했다.

"벤자민의 아들, 스테판."

그의 성은 어머니의 것을 따른 것이다. 아버지의 성을 숨긴 것이 아니라, 아버지를 가족으로 여긴 적이 없었기 때문이다. 그러나 삶의 전반을 지배하는 것의 원인이 되었다는 점에서 그는 아버지의 아들이었다.

"너의 형이다."

리누스가 멍하니 그를 쳐다보았다.

생부의 존재를 상상한 적이 없었다. 오히려 극명하게 반대의 의미로만 생각했다. 자신의 아버지는 황제가 아니다. '아니다'라는 사실에 방점이 찍혀 있었고, 생부란 저 황궁 바깥 어딘가에 존재하면서 고통을 가져오는 추상적인 무엇이었다.

그것이 눈앞에 구체화되어 나타났다. 아무것도 실감 나지 않았다. 그가 충격을 받든 말든 스테판은 제멋대로 이야기를 진행시켰다.

"시간이 별로 없어. 탈출하려면 지금뿐이다."

"탈출?"

"에른스트 공작의 재판 도중에 황후가 법정으로 불려 나갔다. 지금이 가장 혼란한 순간이니까, 나가려면 지금밖에 없어. 자, 그 옷을 벗고 이것으로 갈아입어라."

스테판이 제가 입고 있던 시종의 복장을 벗어 건네며 말했다. 자신은 어떻게든 될 것이다. 말로 구슬리는 것도, 연기에도 자신 있었다.

"기다려. 형이라니, 무슨 소리야?"

스테판은 후회했다. 리누스가 스스로 황제의 자식이 아니라는 사실을 몰랐을지도 모른다는 생각이 뒤늦게야 들었던 것이다.

'그 이야기는 나중에 해도 됐었는데.'

스테판은 살짝 이맛살을 찌푸렸다. 이걸 어디서부터 설명해야 좋을지 알 수 없었다. 사실 이곳에 들어오는 순간까지도 그저 리누스의 얼굴을 한번 봐야겠다고 생각했을 뿐이지, 돌볼 생각도, 알릴 생각도 아니었기에 특별히 준비해 둔 말도 없었다.

'어린애도 아닌데 상관없겠지.'

그는 굳이 리누스를 돌보려고까지는 생각하지 않았다. 그래서 담백하게 말했다.

"우리가 아버지가 같다는 뜻이지. 설명이 더 필요한가?"

리누스의 안색이 납빛으로 변했다.

아이러니했다. 아렌과 로멜이 합병하고도 이미 백여 년, 생각해 보면 순혈 같은 것은 없을 터이다. 그러나 앞에 있는 남자는 누가 봐도 완전하게 아렌 혈통의 이상적인 외모를 하고 있었다. 화가가 그를 본다면, 열정과 사랑에 미쳐 금실로 짠 옷과 관을 벗어 던지고 거지의 뒤를 따르는 왕자의 이야기를 그리기 위해 계획을 바꾸고도 남을 것이다.

리누스는 제 생부가 저자를 닮았으리라는 걸 직감적으로 알 것 같았다. 어머니의 생각을 이해할 수 없었으나 동시에 이상할 정도로 납득되었다. 결국 어머니도 저와 같은 종류의 인간이었다.

그러자 모든 게 우습게 느껴졌다. 리누스는 이제 단 하나 남은 의문을 풀기 위해 물었다.

"왜?"

왜 지금 여기에 나타났는가. 왜 지금 정체를 밝혔는가. 왜 탈출을 말하는가.

앞뒤를 다 자른 질문을 스테판은 알아들은 듯했다.

"그게 중요한가? 지금이 아니면 도주할 기회가 없으니 일단 나가서 생각해."

딱히 형 노릇을 할 작정도 아니었으므로, 스테판은 말한 것을 후회했다. 실용주의자인 그로서는 지금 그런 걸 중요하게 여기는 리누스를 이해할 수 없었다.

하지만 리누스는 고집스럽게 그 자리에 서 있었다. 스테판은 한숨을 내쉬었다.

"혈육이니까."

"지금까지 난 네 존재도 몰랐어."

"하지만 난 알고 있었으니까. 딱히 목숨까지 걸려는 건 아니야. 그냥 좀 궁금했을 뿐이야."

"뭐가?"

"네가 어떤 사람인지."

아버지가 그토록 그리워하던 아들이 어떤 자인지.

결국 그것도, 저것도, 모두 환상이라는 생각이 들었다. 하지만 그러니 더욱 스테판은 그냥 돌아 나갈 수가 없었다. 그는 황후를 알고 있었다. 아우구스타의 생각과 달리 황후는 유능하다고 해서 사랑하는 사람도 아니고, 사랑한다고 해서 아끼는 사람도 아니다.

모든 어린아이는 무력하다. 그 시절을 직접 그 눈으로 목격하고도 황후가 리누스를 사랑했을 리 없었다.

우스운 일이다. 아버지는 만나 본 적도 없는 이 아들을 그토록 사랑했고, 황후는 제가 낳아 기른 이 아들에게 낮은 평가만 내렸다. 그걸 생각하면, 가엾다고까지 생각하는 것은 아니지만 조금쯤은 연민이 들었다.

"나가지 않겠다면 그걸로 됐어. 하지만 네가 무죄를 받을 확률은 없어. 아마 운이 좋아 봐야 탑에 유폐되거나 멀리 유배되는 결과겠지."

리누스가 숨을 들이마셨다.

"달아난다고 뭐가 달라지나?"

"……."

"어차피 나를 기다리는 운명은 하나뿐이야."

달아나고 싶다면, 에리히가 제안했을 때 달아나야 했다. 어쩌면, 지난번에 방문했을 때도 그는 아직 연민을 품고 자신이 결단을 내리기를 바랐을지도 모른다.

제게는 자격이 없었다. 황제의 관을 움켜쥘 야망을 위해서도 아니라, 고작해야 달아나겠다는 결단조차 하지 못해 여기 있었으니까.

스테판이 누구의 힘을 빌렸는지는 몰라도, 자신을 오래도록 숨길 능력은 없을 터였다.

"돌아가."

리누스는 그에게서 등을 돌렸다.

운명적인 만남일 테지만, 그 어떤 운명도 그에게 굳이 말을 걸지 않았다. 자신을 제 형이라고 말하는 진짜 혈육과 부친의 존재를 알았음에도 변하는 것은 없었다.

스테판은 잠시 동안 망설이다가 물었다.

"황후의 죄를 같이 받아들일 셈이냐?"

"아니. 내가 부정해 봤자 결론은 똑같을 텐데 싶기도 하고, 나는."

그는 말을 멈췄다. 도망자로 살아갈 만한 능력도 없지만, 그만큼 살고 싶지도 않다는 말을 지금 막 알게 된 형이라는 사람에게 굳이 할 필요는 없을 것이다.

"그냥 이대로 됐어."

"……."

스테판이 입술을 움직거렸다. 아마도 제 이름을 부르려다가 친하지 않기 때문에 그만둔 것이리라고 리누스는 생각했다.

"돌아가."

"황자로서 죽는 게 낫다면, 그렇게 해."

스테판이 딱딱하게 말했다. 경멸 어린 어조로 들리지 않게 하려고 애썼으나, 잘되지 않았다. 아버지도 아마 할 수만 있었다면 황족으로 죽는 쪽을 택했을 것이다. 남들과 똑같이 사는 걸 그토록 억울해하던 사람이니.

그는 벗었던 시종의 옷을 도로 걸쳤다.

그저, 마음에 남는 것이 생길까 봐 한번 보러 온 것뿐이다. 그나마도, 제정신이었다면 그저 얼굴만 보고 떠났을 테고.

'가엾은 분이라서.'

늘 그렇게 말하는 아우구스타의 목소리가 기억에 남았기 때문일지도 모른다.

스테판은 그 말에 공감하지 않았다. 그러나 스테판 자신을 연민하면서도, 그보다 리누스를 훨씬 가련히 여기던 아우구스타조차도 지금은 그를 완전히 잊고 있다.

그저 그게 전부다. 애초부터 리누스를 탈출시킬 예정이 있었던 것도 아니고, 사실 탈출시킨다고 해도 끝까지 숨기려면 무리를 해야만 했다.

숨어 사는 것보다 황자라는 신분이 낫다면 그것으로 됐다. 원래 상관없는 사이였다는 것을 확인한 것뿐이다.

스테판이 분장을 다시 붙였다. 이마에 주름을 만들고 흰머리를 고정시킨 다음 다시 고개를 들었다. 리누스는 이미 돌아선 다음이었다.

인사는 필요 없으리라. 하긴, 리누스 입장에서는 증거도 뭣도 없이 나타난 모르는 사람이 형이라고 주장한 셈이다.

그가 가려는데, 리누스가 문득 말했다.

"……고마워."

스테판은 대답하지 못했다. 들을 거라 생각도 하지 못한 말이었고, 무엇 때문에 고맙다고 하는지도 이해하지 못했기 때문이다. 탈출하면서 하는 말이라면 또 모를까.

그래서 그는 말없이 밖으로 나갔다. 그를 통과시킨 근위대원은 이미 교대되었는지, 낯선 얼굴이 의아한 얼굴로 그를 바라보았다.

스테판은 어깨를 구부정하게 한 채 꾸벅 고개를 숙여 인사하고 종종걸음으로 복도 저편으로 사라졌다. 입 안에서 쓴맛이 맴돌았다.

리누스는 잠시 창가에 서 있었다. 근위대원이 잠깐 문을 열고 들어와 안을 확인하고 물었다.

"시종을 부르셨습니까?"

"내 주제에 그게 되겠나."

그는 짤막하게 대꾸했다. 근위대원이 사죄하듯 정중하게 고개를 숙이고 다시 물러났다.

찰칵. 문이 잠겼다.

리누스는 창가에 잠시 멍하니 서 있었다. 스테판에게 고맙다는 건 진심이었다.

생각해 보면 늘 잊히는 게 두려웠다. 관심과 사랑을 받고 싶었다. 궁 안에서도 버려지는 게 두려웠고, 그다음에는 에른스트에 버려졌다고 생각했다.

운명 따위는 느끼지 못했지만, 그래도 자신이 자신을 버린 사람들에게만 집착했다는 건 알 것 같았다.

'네 가족을 만들어.'

클레어가 한 말이 아마 그것이었던가. 그 비슷한 말이었던 것은 분명한데.

그 말이 옳았다. 생각해 보면 항상 옳은 말만 해서 짜증 났다. 아니, 그건 사실은 클레어가 아니라 에리히 쪽이었지만.

그는 긴 한숨을 내쉬었다.

삶에 책임을 져야 하는가. 그는 그럴 만한 삶을 갖고 있지도 않았다. 그가 책임져야 하는 것은 오로지 죽음뿐이다. 이제 도망치는 건 지긋지긋했다.

임시 중지되었던 에른스트 공작의 재판이 다시 시작되었다. 이미 너덜거리도록 지친 공작은 거의 끌려 나와 피고석에 앉아졌고, 쓰러진 공작 부인은 쉴 수 있도록 허락받았다.

재판정 안은 왁자지껄 시끄러웠다. 공작 부인의 발언이 가져올 여파를 생각해서 밖으로 소식이 전해지지 못하도록 문을 폐쇄했지만, 고작해야 문틈 정도라 해도 빠져나가지 못하는 말은 없다.

방청객으로 들어오지 못했으나 재판 과정이 궁금해서 기웃거리던 사람들 사이에 순식간에 마르고트에 관한 이야기가 돌았다.

징병권이나 계엄령보다도, 초야를 치르지 않았으니 황후가 아니라는 말은 황자가 사생아라는 말만큼이나 본능적인 반향을 불러일으켰다. 죄인을 처형하라는 외침이 이내 구호처럼 하나로 합쳐졌다.

방청석에 있던 노이만 의장이 축축해진 이마를 손수건으로 눌렀다. 판사의 요청으로 불려 온 디트마어가 바깥의 함성을 들으며 염려스럽게 말했다.

"이건 좋지 않습니다."

"나도 아네."

"아니, 의장님의 생각보다 훨씬 더 좋지 않습니다. 마르고트 에른스트는 아편을 퍼뜨리고 시민을 노예로 만들며, 계엄령으로 국권을 탈취했다는 죄목으로 처벌되어야 합니다. 감히 황후도 아닌 주제에 황후인 척했다는 게 아니라요."

"으음……. 하지만 저걸 막을 수 있겠나?"

치안대는 재판소 앞에 모여든 시위대를 막으려 했지만, 그럴 만한 숫자가 아니었다. 누가 시작했는지, 목재를 실어 나르고 금세 수백 명이 달려들어 조립했다.

교수대였다.

클레어는 재판을 방청하러 가지는 않았으나 소식은 계속해서 듣고 있었다. 응접실에 손님과 마주 앉은 채로도 전령이 가져온 쪽지를 받은 것은 그 때문이다.

그리고 디트마어와 같은 생각을 했다.

'황후의 죄목은 그런 것이어서는 안 돼.'

황제가 죽은 전 황후를 얼마나 사랑했는지는 그리 중요한 문제가 아니다. 또 그 때문에 마르고트를 거절한 것도, 마르고트가 황후냐 아니냐 하는 것도 마찬가지였다.

그런 건 그저 흥밋거리에 불과하다. 초야가 결혼을 성립시키느냐 마느냐 하는 것 자체가 가문의 후계자를 낳는다거나, 두 가문의 피와 살을 섞는 것에 너무 집중한 시대의 이야기다. 어차피 증명조차 하기 어려운 일이다.

지금도 이게 황실의 일이 아니었다면 초야의 여부 따위를 따질 사람도 별로 없을 터이다. 하지만 사람들이 거기에 집중할 것은 불을 보듯 뻔했다.

지금까지 만인 위에서 군림하던 여자를 성적인 문제로 끌어내리는 것은 얼마나 흥미로운 일이겠는가. 자식이라도 없었으면 모를까, 리누스가 있으니 금세 성적 타락에 대한 비난까지 섞일 것이다.

이건 지금은 비난 여론을 크게 일으킬 테지만, 시간이 흐른 뒤에는 역으로 황후를 재평가할 기회를 만들어 줄 수도 있다. 그것이 얼마나 오랫동안 나라를 좀먹을지 클레어는 잘 알고 있었다. 그런 사적인 문제를 뒤집어씌우지 않더라도 황후는 충분히 죽을 만한 죄를 지었다.

'논점을 전환해야 해.'

클레어는 한숨을 내쉬고는 자리에서 일어섰다. 그리고 문간의 콘솔로 자리를 옮겨 짧막하게 몇 줄의 편지를 휘갈겨 썼다.

『지금부터 마르고트 에른스트의 숨겨진 재산 목록을 공개하시면 어떨까요? 돈 문제는 사람을 흥분시킬 수 있으니까요.」

돈만큼 부패의 결과를 확실하게 보여 주는 것은 없는 법이다. 클레어는 편지를 봉투에 넣어 봉인하고는 전령에게 넘겼다.

"이걸 노이만 의장님께 전해 주세요."

"예."

전령이 봉투를 받아 들고 서둘러 바깥으로 나갔다.

클레어는 일부러 동요를 내보이지 않으려고 애쓰면서 천천히 손님 쪽으로 돌아섰다.

응접실 테이블 저쪽에 앉아 있는 것은 아우구스타였다. 그녀는 이맛살을 찌푸린 채 여기가 어디인지도 잊고 생각에 잠겨 있었다. 깨물고 있는 아랫입술에 피가 맺혀 있었다. 아마도 그녀와 같은 소식을 이미 들었으리라.

클레어는 좀 묘한 기분이 된 채 아우구스타를 바라보았다.

솔직히 그녀는 아우구스타가 마르고트를 배신하리라고 생각했었다. 마르고트만 없으면, 그동안 비밀리에 축적된 모든 재산이 전부 아우구스타의 손에 남을 것이다.

수괴를 쓰러뜨리고 나면 추진력은 한풀 꺾일 것이다. 마르고트의 재판을 위해 증거를 모으는 사이에 아우구스타가 남은 재산을 제 것으로 만드는 데 집중한다면, 뒤늦게 거기까지 재산을 환수하는 것은 어려울지도 모른다고 생각해서 클레어는 오히려 그쪽에 집중하고 있었다.

결국 공범인데, 그 손에 부를 남겨 주어서야 될 말인가. 클레어는 다른 것보다도 오히려 그걸 더 참을 수 없었다.

하지만 아우구스타는 재산의 명의를 제 것으로 돌리거나 숨기는 데 집중하지 않았다. 공범으로 재판받을 것을 두려워하며 달아나거나 하지도 않았다. 오히려 그녀는 장부와 기록을 제거하고 증인이 될 만한 자들을 숨기는 일에 골몰했다.

'이미 배신자가 있는데.'

마르고트를 처벌하기에 충분한 증거가 리나를 통해 이쪽에 넘어와 있다. 어쨌거나 아우구스타는 지금도 낯빛을 새파랗게 하고 어쩔 줄 몰랐다.

"그래서, 어떻게 하실 작정인가요?"

클레어는 말을 걸어 아우구스타의 생각을 끊었다. 그녀는 표정을 다듬지 못한 채 클레어를 올려다보았다.

"오해하고 계실 것 같아 먼저 말씀드리는데, 오늘 일을 부추긴 것은 제가 아니에요. 저는 황후께서 끌려 나와 교수대에 걸리는 일은 없었으면 해요."

아우구스타가 그게 진심이냐고 추궁할 때를 대비해 클레어는 마음속으로 말을 만들어 놓았지만, 아우구스타는 다른 것을 묻지 않았다. 대신 이런 말을 중얼거렸다.

"아직도 황후라고 부르시는군요."

"이유가 무엇이었건 결혼 서약서에 서명했어요. 누구도 증명할 수 없는 초야보다 서약서가 더 중요한 게 당연하죠."

"마르고트 님께서는 그것을 원치 않으십니다."

"황후께서 그걸 원하지 않으신다는 게 중요한가요? 황후가 아니었으면 얻지 못할 권위와 힘을 가지고 죄를 지었으니, 오히려 황후인 채 벌을 받아야 옳지요. 물러나고 싶을 때 아무렇게나 물러날 수 있다면, 그게 어떻게 고귀한 자리라고 할 수 있겠어요?"

아우구스타가 미묘한 눈빛으로 그녀를 쳐다보았다. 클레어는 무덤덤하게 다시 말했다.

"찾아오신 목적을 말씀하세요."

"구명을 청하러 왔습니다."

"잘못 오셨군요. 재판장으로 가셔야 할 것 같은데."

"많은 것을 바라지 않습니다."

아우구스타가 가지고 있던 큰 봉투를 내밀었다. 클레어는 그것을 열어 보지 않았다.

"거기 들어 있는 것 전부를 부인께 드리겠습니다. 단지, 목숨을 잃지 않게만 힘써 주세요. 부인과 클라우제너 공작 각하의 힘이라면 충분히 하실 수 있을 줄로 압니다."

"역시 잘못 오셨어요. 레이디 아우구스타, 제가 이 재판에 뭔가 손을 쓰고 있다고 생각하시나 본데, 그렇지 않아요."

그녀가 손쓴 것은 재판까지 계속해서 혁명 분위기를 이끌어 가야 한다고 슐츠에게 이야기한 것이 전부다.

이미 내부 분위기가 바뀐 이상 아우구스타가 손쓸 방법이 없어졌겠지만, 그것은 클레어 쪽도 마찬가지였다. 지금 재판소의 판사들은 그 어느 때보다도 기백이 넘쳤다. 아마 에리히의 영향력도 잘 듣지 않을 것이다.

그게 옳다. 앞으로도 계속해서 타락과 싸워야 하겠지만, 적어도 지금 이 순간만큼은 재판소는 재판소다웠다.

"그리고 황후 폐하께서 가진 것이 결코 적지 않으리라는 것은 알지만, 이런 것을 욕심낼 만큼 제가 가난하지는 않습니다."

"클라우제너 공작 부인, 그러지 마시고."

"원인을 만들었으면, 결과도 받아들여야 하는 법이죠. 두 분은 고귀하게 살고자 하셨으니, 끝까지 고귀한 사람답게 책임을 지셨으면 좋겠네요."

클레어가 '고귀함'을 종종 비난으로 쓴다는 사실을 모르는 아우구스타는 당황한 얼굴로 그녀를 바라보았다.

무슨 이야기를 하려는지 궁금해서 만나 봤지만, 역시 의미 있는 대화는 아니었다. 그저 좀 신기한 기분만은 아직도 남아 있었지만 말이다. 클레어는 나가려다가 멈칫 발을 멈췄다.

"그러고 보니."

"……."

"리누스를 구명하시지는 않는군요."

아우구스타가 당황한 듯 입을 벌렸다. 얼굴이 잿빛이 되었다. 잊고 있었던 모양이다.

만일에 리누스에 대한 탄원이라면, 에리히에게 의견 정도는 물어볼까 싶었던 클레어는 한숨만 내쉬었다.

어차피 리누스의 죄는 자신을 납치했던 것과 황자인 척했다는 것이 가장 크다. 그리고 후자는 리누스 자신이 원했던 것이 아니다.

그 두 가지 죄를 제외하고 재판하면 퍽 가벼워질 터였다. 하지만 지금까지 아무도 그에 대한 이야기를 묻지 않았다. 한순간은 그를 주군으로 섬길 것 같았던 친위사단도 마찬가지였다.

"공작 부인!"

그제야 리누스를 떠올리기라도 한 듯 놀란 아우구스타가 따라 나오려 했으나, 클레어는 피곤해져서 일부러 그녀의 앞에서 응접실 문을 닫아 버렸다.

'하긴, 사람마다 중요한 것은 전부 다른 법이니까.'

에리히가 죽은 줄 알았을 때, 자신도 다른 일을 돌볼 만한 정신은 남아 있지 않았으니까. 주군을 상대로 그렇게 된다는 게 좀 신기한 기분도 들었으나, 어차피 남의 인생이다.

클레어는 한숨을 내쉬고 밖에서 대기하고 있던 요안나에게 물었다.

"리나 양은?"

"재판소로 갔습니다."

"혹시, 리누스의 소식은 알고 있어?"

재판 과정에서 마르고트가 끌려 나왔다면 리누스도 마찬가지일 것 같아서 묻자, 요안나가 어두운 얼굴을 했다.

"무슨 일 있어?"

"공작님께서 기다리고 계세요."

"뭐?"

큰일인 모양이다. 클레어는 빠른 걸음으로 에리히의 방으로 향했다. 그러다가 로비로 나오고 있는 에리히와 마주쳤다.

"에리히, 무슨 일이에요? 요안나가 당신이 기다린다고……."

"지금 입궁할 거야. 리누스가 다쳐서 사경을 헤맨다는군."

"뭐라고요?"

자해를 시도하지 못하도록 창문을 잠그고, 방 안에서 날붙이가 될 만한 것이나 위험한 것은 모조리 치우게 했을 터이다.

에리히가 입을 열었다가 다물었다. 너무 자세한 이야기를 하는 것은 임신 중의 클레어에게는 좋지 않을 것 같아서 염려했기 때문이다.

"아무튼 다녀올게."

"나도 같이 가요."

"그냥 있어. 어차피 리누스는 의식이 없고, 당신이 그놈을 신경 써 줄 이유도 없으니까. 내가 가는 건 그냥 의무감 때문이야."

"……."

"마지막으로 한 대 걷어차 주려고 가는 거라도 말릴 거고."

"그런 거 아니에요."

클레어가 복잡한 마음으로 한숨을 내쉬었다. 에리히가 그녀의 뺨에 가볍게 키스하고, 밖으로 나갔다.

황궁은 조용하여 어둠에 잠긴 듯했다.

그게 그리 놀라운 광경은 아니었다. 지난 5년 동안, 황후궁을 제외하면 황궁의 모든 곳이 늘 이런 상태였으니까. 클라우제너 공작저를 방문할 때는 웃음꽃을 피우는 황제도, 황궁에 머물러 있는 동안에는 아직 전과 크게 다르지 않았다.

마차에서 내리면서 에리히는 기다리고 있던 시종에게 물었다.

"황제 폐하께서는?"

시종이 감히 대답하지 못하고 고개만 살짝 저었다. 오늘도 마찬가지인 모양이라 생각하며 에리히는 혀를 찼다. 황제에게 리누스를 용서하라고 말할 생각은 없었으나 씁쓸한 마음이 드는 건 어쩔 수 없었다.

그가 안으로 들어가기 전에 마차 한 대가 다급히 들어왔다.

"에리히."

마차에서 내린 빅토리아 대공이 애써 침착한 목소리로 그를 불렀다. 그러나 안색을 보니 마음이 몹시 초조한 모양이었다.

"이모님도 오셨군요."

"이게 어찌 된 일이냐? 리누스는?"

"저도 지금 막 도착했습니다."

두 사람이 동시에 시종을 바라보았다. 시종이 송구스럽다는 듯 고개를 숙였다.

"머리를 창문의 빗장 쪽에 부딪치셨는데, 피부가 못에 걸려 크게 찢어졌습니다. 자해인지 사고인지는 불분명합니다."

"암살일 가능성은?"

"그랬다면 좀 더 확실하게 했겠지."

빅토리아 대공이 말했다. 에리히는 그녀의 말에 동의했다. 암살이 목적이라면, 확실하게 숨통이 끊어진 것을 확인하고 떠났으리라.

세 번째 마차가 도착했다. 다급히 내린 것은 맨프레드 대공의 딸 베티나였다.

"고모님! 에리히 오빠!"

"너도 왔구나."

빅토리아 대공도, 에리히도 다소 의외로운 기분으로 그녀를 쳐다보았다. 맨프레드 대공은 리누스를 받아들이지 않았을 것이다. 딱히 그에 관해 이야기해 본 적은 없었지만, 충분히 짐작하고도 남음이 있었다.

그는 옛날부터 리누스를 별로 좋아하지 않았던 데다가, 계엄령이 내려진 후에 맨프레드 대공의 가족은 크게 박해당하기도 했다. 황권의 경쟁자로 여겨졌기 때문이다.

그전에 아편의 유해성이 논란이 되었을 때부터 이미 마르고트에 대한 감정이 좋지 않았다. 대공비가 종종 처방받아 온 수면제에 아편이 들어 있었기 때문이다.

"베티나."

만일에 베티나가 원망의 말 같은 것을 하러 온 것이라면, 만나지 못하게 하는 게 낫겠다 싶어 에리히는 그녀를 냉정한 목소리로 불렀다. 하지만 생글생글 잘 웃고 남에게 붙임성 있게 굴어도, 근본이 사촌 오빠와 닮은 구석이 있는 베티나는 변함없는 목소리로 말했다.

"리누스가 크게 다쳤다면서."

"그렇긴 하다만."

"걱정되어서 왔어. 이런저런 일이 있었지만……, 그래도 가까운 친척이니까. 오빠도 그런 마음으로 온 거잖아?"

"그럼 됐다."

가까운 친척이라는 말에 맨프레드 대공은 동의하지 않을 테지만, 베티나가 그렇게 받아들였다면 그걸로 되었다. 에리히는 짤막하게 대답하고, 안내하라고 시종에게 고갯짓했다. 시종이 고개를 숙이고 세 사람을 안으로 안내했다.

황궁 안에서 싸늘한 바람이 느껴졌다. 차라리 먼지가 내려앉아 있는 쪽이 더 인간미가 있을 것 같은 느낌이었다.

병실에서는 여덟 명의 근위대원이 방 안을 빈틈없이 경계하고 있었다. 커다란 침대에 누운 리누스의 뺨은 붉었다. 열이 오르는 듯했다. 이마에 두른 붕대에 붉은 핏기가 번져 있었다. 대기하고 있던 궁의가 공손히 말했다.

"할 수 있는 조치는 모두 취했습니다."

"설마 자해는 아니겠지?"

"……유서는 발견하지 못했습니다."

빅토리아 대공의 질문에 시종이 조심스럽게 답했다. 에리히가 입가를 비틀었다.

"쓰고 싶어도 쓸 수 없었겠지. 펜과 종이를 주지 않았을 텐데."

"송구합니다."

시종이 몇 번째인지 모를 사죄를 입에 담았다. 빅토리아 대공이 물었다.

"상태는 어떤가?"

"발견이 늦어진 편입니다. 일단 상처 자체가 사망에 이를 만큼 심한 것은 아니지만, 아무래도 감염되었을 가능성이 높습니다. 패혈증이라고 부르는 병인데, 내일까지 열이 떨어지지 않는다면 위험합니다."

궁의가 설명했다.

"약이 아직 실험 중인 수준의 것이라, 듣는다고 확신하기 어렵습니다. 스스로 이겨 내셔야 하는 부분이 아주 많습니다."

"그런가."

에리히는 짤막하게 대답했다. 제 손으로 죽일 작정도 했었으나, 결단을 내릴 수 있느냐 없느냐의 문제를 떠나 이렇게 정작 죽어 가는 모습을 마주하고 보니 마음속이 복잡했다.

리누스가 열 오른 숨을 색색, 가쁘게 내쉬었다. 평소에 원체 혈색이 없는 얼굴이라, 이렇게 보니 오히려 평소보다 더 살아 있는 것처럼 보일 지경이었다.

재판소 경비대장은 바짝 긴장하고 있었다. 무슨 일이 있어도 시민에게 총구를 겨누지 말라는 명령을 받기는 했으나 상황이 아무래도 너무 흉흉했다. 곧이라도 소요 사태가 일어날 것만 같았다. 재판장 안으로 군중이 뛰어들기라도 하면 어찌하겠는가.

노이만 의장으로부터 그냥 두라는 별도 지시가 있었으나, 재판장 문이 닫혀 있는 시간이 길어질수록 조용하던 사람들까지도 술렁거리며 불온한 분위기를 풍겼다.

안에서는 어떻게 할지 결정하지 못한 것 같았다. 경비대원과 지원을 온 치안대원들이 두 겹으로 서서 몸으로 재판장의 입구와 창문 쪽을 막고 있었으나, 행여나 선동하는 사람이라도 하나 있으면 곧바로 뚫고 들어오려는 시도를 할 것이다.

그렇게 되면 자신은 어찌해야 하는가. 그때도 위협용으로도 총을 들어서는 안 될까? 하지만 저쪽에도 총을 가진 자가 있다는 것을 계엄령 때 이미 서로 알게 되었다.

몸으로만 잘 막을 수 있을지 경비대원도, 치안대원들도 겁에 질려 있었다. 계엄군 중에도 시민과 대치하다가 죽은 사람이 있었다. 총에 맞아 죽은 것이 아니라 맞거나 깔려 죽은 사람이 있다는 소문마저 있었다.

교수대가 나온 뒤로 일촉즉발 같은 긴장 탓에 오히려 구호가 흐트러졌는데, 누군가가 소리 지르기 시작하자 오히려 소리가 또 하나로 합쳐지기 시작했다.

끼이익.

그때 문이 열렸다. 일부러 낸 듯, 오래된 건물의 경첩이 내는 소리가 길게 울렸다. 동시에 창문도 일제히 열렸다. 법복을 갖춰 입은 판사가 일어서 있었다. 그가 맑은 소리를 내며 나무 망치를 몇 번이나 두드렸다.

"증인의 목소리가 들리지 않으면 재판이 지속될 수 없습니다. 그렇게 되면 언제든 재판을 무기한 중단할 예정입니다."

그 말에 깜짝 놀란 듯이 앞에서부터 파도치듯 소리가 뒤로 퍼져 나갔다.

"조용히 해 봐!"

"조용히!"

"조용히!"

그리고 약간의 술렁임은 남았으나, 혼란에도 불구하고 목소리가 들릴 만큼 조용해졌다. 판사가 말을 이었다.

"문과 창문을 모두 연 채 진행하겠습니다. 다만, 혼란을 방지하기 위해 미리 허가받은 방청객 이외에는 재판장 안으로 들어오지 마십시오."

재판 따위는 필요 없이 찢어 죽이는 것을 바라는 자도 많이 있었으나 시민들 대부분은 판사의 말에 동의했다.

기자들이 앞으로 나서서 창문에 달라붙었다. 판사가 큰 소리로 말했다.

"주요 참고인으로서, 황후 마르고트 에른스트 로멜을 소환합니다. 단, 이는 결혼 무효 재판이 아닙니다. 결혼 무효 재판은 배우자가 직접 신청해야 하는바, 황제 폐하께서 청구하시지 않으면 성립하지 않으므로 황후의 지위는 유지됩니다."

실망한 신음이 탄식처럼 흘렀다. 그러나 판사의 말에 굳이 반박하여 날뛰는 자는 없었다. 계속 이어지고 있었기 때문이다.

"이 재판은 어디까지나 에른스트 공작의 재판인바, 이에 관련된 항목 중 아편과 노예상에 에른스트 공작이 관여하고 있었는가를 판결하기 위해 사실 관계를 규명합니다."

이는 노이만 의장을 통해 들어온 제안을 판사가 받아들인 것이었다. 그 역시도 자신이 다루게 될 역사적인 재판이 결혼 무효 재판이기를 원치 않았다. 오히려 나중에 이루어졌을 마르고트의 재판을 자신이 먼저 해 버리는 셈이라, 이쪽이 더 그에게는 이익이었다.

판사가 침착한 목소리로 말했다.

"참고인과 관련된 에른스트 공작가의 죄목은 다음과 같습니다. 황후 마르고트와 공모하여 아편을 재배, 거래 하였는가. 시민을 노예로 만들어 영지 내의 사업에 부렸는가."

"이를 통해 에른스트 공작가가 얻은 이익은 다음과 같다고 추정합니다."

판사가 앉고, 젊은 법률가가 나서서 두꺼운 문서를 넘기며 외치듯 말했다.

"뢰어라흐의 공업 도시 기반 시설 공사 전반의 인건비, 하겐부터 보세까지의 철도 공사 인건비, 에센 성의……."

"전부 억측입니다! 증거도 없이!"

변호사가 소리쳤지만, 법률가는 개의치 않고 목록을 읊었다. 초반에는 침착하게 받아 적던 기자들이, 마르고트의 부동산 목록에 이르자 호외를 내기 위해 뛰어나갔다.

그러는 사이에 검은 마차가 당도했다. 죄인 호송용 마차였다.

기품 있는 거악은 존재하는가.

기품이 인격적 고상함을 의미하는 것이라면, 악인이 기품 있다고 표현하는 것은 그 자체로 모순이다.

그러나 사람은 타인을 판단할 때, 대개 면밀한 이성적 평가보다는 오감의 느낌으로 먼저 받아들이게 마련이다. 그렇기에 다듬어진 자세와 움직임, 우아한 목소리, 말하는 방식, 손짓 같은 기술적인 방법으로 품위 있는 인상을 줄 수 있는 법이다.

적지 않은 이들이 마차에서 내릴 사람을 여전히 경외할 마음 가짐을 갖추고 있었다. 마르고트 에른스트는 오래된 지배 가문의 적통으로서, 태어날 때부터 고귀한 존재였고, 여자의 몸을 넘어선 힘과 권위를 가지고 나라를 통치했다. 그러니 선악을 떠나 저 높다란 옥좌 위에 올라선, 그런 위대한 인물이리라고.

하지만 마차에서 내린 것은 그들이 기대했던 사악한 품격을 갖춘 지배자도, 우아한 위엄을 두른 황후도 아니었다.

머리가 온통 잿더미 같은 회색으로 변한 자그마한 여자가 간수의 손에 이끌려 마차 밖으로 나왔다. 온몸을 벌벌 떨며 식은땀을 흘리고 있었다. 부석거리는 피부에 얼룩덜룩 버짐이 피었고, 주름도 몇 배나 늘어난 듯했다. 등과 허리가 굽어지니 안 그래도 왜소한 체구가 더욱 작아 보였다.

한순간에 늙어 버린 듯, 중년이라기보다 노인에 가까운 모습이 되었다. 총기를 잃은 눈동자가 쉬지 않고 눈꺼풀 안에서 굴렀다.

"황후 폐하, 이쪽으로."

행여 무슨 일이라도 생길까 봐 우려하며 경비대장이 조심스럽게 그녀를 안내했다. 하지만 마르고트는 어깨를 떨며 눈을 굴리다가, 기묘하게 일그러진 얼굴로 물었다.

"누구의 재판이냐?"

"에른스트 공작의 재판입니다. 참고인으로 오신 겁니다."

"오라버니? 대체 또 무슨 짓을 저지른 거지."

마르고트가 에른스트 공작을 오라버니라고 부르는 것을 들은 사람은 거의 없었다. 아마 아주 어릴 때나 그랬으리라.

그러는 동안에도 마르고트의 손발이 떨리고, 식은땀으로 축축한 이마가 번들거렸다. 초점 흐린 눈동자가 여기저기에 꽂혔으나, 현재 상황을 알아보지는 못했다. 섬망이 온 것이다.

그리고 이 자리의 많은 사람이 저 모습이 의미하는 바를 알고 있었다. 금단 증상이다.

모습만 보아도 그녀가 상당히 중증의 중독자임을 짐작할 수 있었다. 그리고 그것은 누구도 기대하지 않았던 모습이었다.

악한 것보다 초라한 것이 더 추했다. 위대한 증오가 가슴 떨리게 하는 일은 이제 없었다.

"하."

누군가가 조롱에 가까운 웃음을 흘렸다.

"어찌 보면, 몰라서 팔아 치웠다는 주장도 틀린 것은 아니겠네."

"제정신으로 할 만한 짓이 아니다 했더니, 진짜로 제정신이 아니었잖아?"

"의회는 저런 자를 황후라고 받들어 모시면서 그 말을 따랐단 말인가?"

"친위대는 또 어떻고!"

비난과 조소가 사방에서 올랐다.

싸늘하게 식은 군중 속을 마르고트는 경비대장과 간수의 손에 이끌려 가로질렀다. 바깥바람을 쐬는 사이에 머리가 맑아져, 재판장 안으로 들어설 때는 다소나마 호흡도 규칙적이 되었다.

법정 안의 모든 사람이 일어서서 그녀를 맞이했다. 형식적인 예의였으나, 그에 마르고트의 눈빛에 총기가 돌아왔다.

"황후 폐하. 지금 이곳이 어디인지 아시겠습니까?"

"손수건을 빌려주겠나?"

참고인석 앞에 서 있던 경비가 허둥지둥 안주머니를 뒤져 깨끗한 손수건을 그녀에게 건넸다. 마르고트는 그 손수건으로 식은땀이 미끄러지는 관자놀이를 누르다가 자신의 손이 심하게 떨리고 있는 것을 알아챘다.

심장도 쿵쾅거리고 불규칙하게 뛰었다. 배 속이 텅 비어, 그 안에서 마치 공이라도 튀듯 모든 장기가 제멋대로 꿈틀대는 것 같았다. 하지만 마르고트는 그것을 인정하지 않았다.

'약 때문이야.'

결코 자신의 문제가 아니다.

'모두 그 빌어먹을.'

거기까지 생각하다가 마르고트는 또다시 혼란스러워졌다. 누가 제게 이런 짓을 했는지 기억나지 않았다. 머릿속이 엉망

진창으로 뒤엉켜 그녀는 한 손으로 앞머리를 쓸어 잡으려다가, 제 손이 먼지와 재로 얼룩덜룩한 것을 알아챘다.

이런 상태로 법정으로 불러내다니 어이가 없었다. 아니면, 이것도 자신에게 모욕을 가하기 위한 술책인가?

마르고트가 분노와 수치로 몸을 떨었다. 재판소까지 끌려온 것부터가 참을 수 없이 모욕적인 일이다. 아우구스타는 대체 뭘 하고 있는 건가? 제때 자신을 빼내지 않고. 보석이든, 협상이든, 무엇이든 가능했을 터인데.

아니, 역시 그녀가 배신한 것이 틀림없었다.

어쨌든 현상 파악이 최우선이었다. 마르고트는 혼란한 눈으로 판사를 바라보았다. 법률가가 말했다.

"에른스트 공작은 황후 폐하와 공모하여 시민에게 아편을 퍼뜨리고, 불법 노예를 이용해 이득을 편취했다는 혐의를 받고 있습니다. 또한, 황후 폐하께서 사사로운 감정으로 부당하게 국가 예산을 에른스트에게 밀어주었다는 것도."

"사사로운 감정이라니."

마르고트가 위엄 있는 목소리로 끼어들어 법률가의 말을 끊었다. 그러나 불행하게도, 위엄 있게 말했다고 생각한 것은 그녀 자신뿐이었다. 손발이 떨리는데, 목과 성대라고 떨리지 않았을 리가 없다. 불안정하고 새된 목소리가 공기를 긁었다.

"균형 있고 빠른 발전을 위해 필요한 적절한 조치였다."

"아편을 이용해 시민을 불법 노예로 삼는 것이 말입니까?"

법률가가 흥미롭다는 듯이 물었다. 에른스트의 변호사가 황급히 앞으로 나서서 법률가와 마르고트 사이를 가로막았다.

"이 질문은 부당합니다. 참고인이 불려 온 것은 어디까지나 사실 관계를 확인하기 위해서입니다. 착란을 일으키고 있는 숙녀에게 유도 신문을 하는 것은 옳지 않습니다!"

"무엄하다!"

마르고트가 호통을 쳤다. 착란을 일으키는 숙녀라는 말에 분노를 느낀 탓이다.

그녀의 눈동자가 어지럽게 굴렀다. 재판장이 일그러진 시야 너머로 비쳐, 마치 꿈을 꾸는 것 같은 느낌이 들었다. 단상 위에 앉은 판사가 죽은 제러드로 보였다. 허튼 질문을 하는 법률가는 얄미운 클레어 델포드다. 피고석에 앉아 충격받은 얼굴로 자신을 지켜보고 있는 오라비는 언제나와 똑같은 바로 그 오라비였다.

마르고트는 클레어 델포드를 똑바로 쳐다보았다. 예전에도 이 비슷한 대화를 나누었던 기억이 난다. 그리고 그때는 그녀를 포섭해야겠다고 생각했기에 하지 못했던 말을 했다.

"나라를 이만큼 끌어올린 게 누구라고 생각하는 건가? 첫 번째 철도가 놓인 뒤로 20년 넘는 세월 동안 늘어난 노선은 고작해야 1천 킬로미터 수준에 불과했어."

마르고트는 기억 속에서 자신의 업적을 퍼 올렸다.

"내가 아니었으면 이렇게 단기간에 많은 철도를 깔고 도로를 정비할 수 있었을 것 같나? 그러지 않았으면, 지금까지도 남쪽이고 북쪽이고 땅이나 파먹고 살고 있었겠지. 공장이 세워지지 않았다면 그 잘났다는 클라우제너의 부도 만들어지지 않았을 것이다."

"황후 폐하, 우리는 아편과 불법 노예에 관한 이야기를 하고 있습니다."

"어차피 내가 아니어도 다들 쓰고 있었어. 나는 유통 경로를 통제하려고 했을 뿐이야. 인건비를 제어하는 것도, 낮잠이나 자는 놈들을 공사장으로 끌어내는 것도, 빠른 발전을 위해 반드시 필요한 일이었어."

황후가 빠르게 말했다. 그 말이 공감을 얻기 전에, 법률가가 말했다.

"그러니 통치 행위라고 주장하시는 거군요."

"당연합니다. 아까 에른스트에 국가 예산을 밀어주었다고 했지만, 그게 부당하다는 증거 또한 없습니다. 비교 우위가 있는 북방에 공업 도시가 생기는 것은 당연한 일이고, 계획적으로 도시를 세운다면 큰 강을 끼고 있는 평야가 있되 행정력이 우수한 곳을 선택하는 것 또한 당연한 일이지요."

황후 대신 변호사가 말했다. 그러자 법률가가 길고 긴 목록을 펼쳤다.

"그렇다면, 이 목록은 무엇입니까?"

리스트를 일부러 두루마리로 준비한 것은 시각적인 효과를 위한 일이었다. 그는 최상단부터 목록을 읽었다.

"가치 순서대로 나열하죠. 로텐부르크 남부대로에 있는 제퍼슨 콘도미니엄 건물 열네 동, 집의 개수로 따지면 백열여덟 채.”

방청객들이 숨을 들이켰다.

“상업용 건물 열한 개, 아카데미 인근의 타운하우스 일곱 채, 저택 열두 채. 물론 모두 로텐부르크 중심가에 있는 것 중, 에른스트와 관계없이 황후가 되신 후 소유하시게 된 것만 따진 겁니다. 필요하다면 주소도 전부 불러 드리죠.”

법률가가 말을 이었다.

“주요 철도역 인근의 땅과 건물, 사우스랜드 곡물상에 보관되어 있던 1억 골드 가치의 채권, 오스카르 상단의 차명 계좌로 갖고 계신 금괴 약 1억 골드, 그 외에도…….”

목록이 끝이 없었다. 변호사가 반박했다.

“문서로 제출하십시오. 시간 낭비일뿐더러 그것 전부가 다 황후 폐하의 소유라고 증명된 것도 아니지 않습니까!”

“증명은 지금부터 할 예정입니다. 사리사욕을 탐하지 않은 통치 행위였다고 주장하기에는, 너무 많은 재산이 그에 연관되어 있지 않습니까!”

“인정합니다.”

판사가 대답했으나, 이미 늦었다. 이 리스트를 듣고 그녀가 사리사욕을 추구하지 않았다고 주장할 수 있는 사람은 없었다.

리스트를 읊는 동안 재판소의 하급 서기관들이 움직이며 법정 안에 불을 밝혔다. 사람이 많은 탓에 공기가 매캐했다. 황후는 ‘벌써 해가 졌구나’ 하고 생각하며 그 목소리를 아득히 멀리 듣다가, 그 자리에 쓰러졌다.

정작 마르고트 본인의 재판은 2심까지 이루어지는 동안 거의 아무런 의미도, 상황 변화도 없었다.

에른스트 공작의 재판 때 결론이 이미 난 것과 다를 바 없었다. 아니 그 이전에 교수대가 재판소 앞에 설치되었을 때 났다. 판사와 법률가들은 두려움 때문에 결론을 내린 것이 아니라고 자존심을 세웠으나 아무도 그 말을 믿지 않았다.

그 누구도 또 한 번 물리적 충돌이 일어나 피가 흐르는 것을 원치 않았다. 그건 의회도, 시민들도 마찬가지였다. 사람들은 분노가 치솟을 때마다 그것을 표출할 다른 방법들을 찾아냈다.

재판소의 벽이 온통 페인트로 뒤덮이고, 의사당의 창문이 또다시 깨어졌으며, 새총이 불티나게 팔렸다.

어떤 신문이 '새총과 교수대의 형태적 유사성'이라는 장난 같은 사설을 실은 이후로, 재판소 앞에 세워진 교수대 옆에는 큼직한 새총 모형들이 세워졌다.

사람들은 마음에 들지 않는 귀족이나 의원의 집 문 앞에 장난감 새총을 심어 놓곤 했다.

그러니, 판사들은 모든 일정을 포기하고 재판을 연이어 했다. 그러나 쓰러진 황후는 다시 재판장에 출석하지 않았으므로, 그 법정은 거의 증거를 읊고 증인이 자백하는 과정에 가까웠다.

다급하게 새로 구성된 의회는 의장을 뽑기도 전에 먼저 황후와 에른스트의 것으로 추정되는 재산을 동결하는 특별법을 만들었고, 그에 따라 장부에 실린 재산이 압류되었다. 이 중에는 황후에게 명의를 빌려준 것이 아니라 진짜로 자기 것이라며 항의하는 자도 많았으나, 판사들은 망설이지 않고 모든 재산을 동결한다는 서류에 서명했다.

재판소에서 그런 일을 하는 동안, 디트마어는 카탸와 스테판의 장부를 의회에 공개했다.

이것은 재산만큼 자극적이지는 않았으나 귀족과 정치가, 그리고 고위직에 앉아 있는 중류 계급들에게 더 큰 파문을 가져다주었다.

청문회에 불려 온 검은 연꽃 소속의 조직원들은 하나같이 평범한 태도로 말했다.

"명령대로 물건을 전달했을 따름입니다."

"특별한 일은 하지 않았습니다. 그저 연잎 궐련을 권했을 뿐이에요."

"수면제를 찾으시기에 권해 드렸습니다."

"맞습니다. 콘라트 의원의 은퇴를 요구한 것은 모던 자작입니다. 방법에 대해서는 지정을 받지 않았기에, 명예가 실추될 일을 조작하여 은퇴시켰습니다."

상속 분쟁과 귀족 가문 내부의 권력 다툼, 정적 제거가 타인의 손을 통해 이루어졌다는 사실이 드러나면서 사방팔방에서 품위를 내던진 고성이 오갔다.

클레어는 그 이야기를 전해 듣고 한숨만 내쉬었다.

"왜 안이하게 굴었는지 이해가 될 정도인데⋯⋯. 이 정도까지 많은 사람의 약점을 쥐고 있다면, 적어도 귀족이나 의원 중에 정치적으로 공격하는 사람은 없었겠어요. 단순히 돈만 먹였던 게 아니군요."

"사실상 청부업자가 됨으로써 남의 약점을 만든 셈이기도 하고. 정말 실망스럽군."

에리히는 이맛살을 찌푸리고 그렇게 말했다.

"몇 건 정도는 짐작하고 있었지만⋯⋯."

"당신은 황후가 귀족적이라고 생각했었으니까요."

"그래. 그 몇 건까지 포함해서 그렇게 생각했었지."

권력에 탐욕스러운 자가 다른 것에 탐욕스럽지 않을 리가 없다. 돈이 권력이 되는 세상이니, 신념이 있지 않고서는 부패할 수밖에 없다.

"그나저나, 또 돈을 갈퀴로 쓸어 담고 있다면서."

"새총을 사려고 사람들이 줄을 설 줄 누가 상상이나 했겠어요?"

"새총을 다듬어진 목재로 만들어서, 가죽을 씌워서 팔아먹는 네가 더 이상하지."

"유행이니까. 어차피 돈 많은 사람은 뭘 해도 사요."

새총만이 아니라 여러 가지 투척 무기들이 유행하고 있었다. 인테리어용이라는 이름을 붙이면 생각 이상으로 수집할 만한 게 늘어나는 법이다.

이왕 재미 삼아 집에 장식할 거라면 예쁜 게 좋지 않겠는가.

게다가 수도 인근에서는 새총을 만들기에 적절한 나뭇가지가 모조리 꺾여서 산이 헐벗는다는 소리가 나올 지경이었다.

"그래서, 이제 전부 끝난 건가?"

에리히는 그녀를 끌어안으며 물었다. 클레어는 고개를 절레절레 저었다.

"내가 할 일은 끝난 지 오래였어요. 나머지는 사람들이 알아서 하겠죠."

"역사의 뒤안길에서 사적인 행복이나 즐기도록 하지. 6개월이면 꽤 안전하다던데……."

이제 누가 봐도 무럭무럭 자라 있는 클레어의 아랫배를 은근한 손길로 쓰다듬으며 에리히가 낮은 목소리로 중얼거렸다.

"살 만해졌다고 그 생각부터 하는 거 봐."

"너는 아닌가?"

"음. 잘 모르겠고, 마사지는 받고 싶네요."

클레어가 그의 팔을 잡고 무릎에 드러누우며 말했다.

"특히 이쪽."

"아."

에리히가 짤막하게 신음했다. 기쁜 소리를 내는 것은 겨우 숨겼으나 거절할 마음 따위는 없었으므로, 그는 가볍게 아내의 몸에 손을 올렸다.

아우구스타가 황후를 만날 수 있었던 것은 3심 직전의 일이다.

그녀는 그동안 철저히 무시되었다. 관리하던 재산은 거의 동결되어 압류당했고, 부동산에는 치안대가 빈틈없이 지키고 있다. 의사당에 들어가기는커녕 자신이 관리하던 사람들조차 만날 수가 없었다.

물론 그녀 자신의 몫이었던 재산은 남았다. 만약 원한다면 모르는 척하고 혼자 수도에서 먼 곳으로 가거나 재산을 챙겨 나라를 떠날 수도 있었다.

하지만 아우구스타는 그럴 수 없었다. 문제는, 그녀가 그러지 못할 사람이라는 것을 아무도 믿지 않는다는 것이었다.

"아우구스타 님께서 배신하지 않고서야 이런 일이 일어날 리가 없지."

달리 살길이 없었기에 아직까지 그녀 곁에 붙어 있는 심복 하녀들마저 소곤거리며 그런 의견을 나누었다.

"같이 잡혀갈 게 아니라면 제일 먼저 참고인으로 불려 가야 하는 것 아니야? 그런데 증인으로 부르는 일조차 없잖아."

"쉿, 조용히 해. 그러다 너 진짜 죽어."

"아니면 그런 장부가 어떻게 다 재판소에 들어갔겠어?"

"오토 경이겠지. 행방불명됐잖아."

아우구스타의 회계사 이름을 대며 다른 하녀가 속삭였다.

"너 몰랐니? 오토 경은 죽었어. 장부를 훔쳐서 고발한 게 오토 경이라면, 어째서 강에서 떠올랐겠어?"

흉흉한 시대다. 하루에도 몇 구씩 나오는 신원 불명 시체 중에 하나에 불과했으나, 오랫동안 같이 일해 온 사람들까지 못 알아채는 건 아니었다. 이곳에서 행방불명되어 배신을 걱정하기 시작한 지 사흘 만의 일이기도 했다.

"지금은 그냥, 위선을 부리는 거겠지."

"우리 마님이면 그러셔도 돼. 솔직히, 그렇게까지 헌신하는데도 헌신짝처럼 여긴 게 누군데."

"헌신짝이라니. 그런 소리 함부로 하지 마."

"사실 우리 모두 알고 있었던 거 아니야? 조금씩 마님 이야기를 무시하거나 멀리하거나 하고……. 앗."

아우구스타의 모습을 본 하녀들은 재빨리 입을 다물었으나, 그녀는 그런 일에 신경 쓸 겨를도 없었다. 진짜로 믿을 수 없었다. 오토가 배신했다고 해도, 지금 재판소와 의회가 확보한 수준은 말이 안 된다.

카탸의 장부는 진즉 저쪽에 넘어간 것을 알고 있었지만, 그 외에도 저쪽이 가진 게 너무 많았다.

'역시 스테판이? 복수하려고?'

믿기지 않지만, 진짜로 복수심 때문에 그러는 거라면 왜 자신은 내버려 두고 있는 건가. 아니, 내버려 두고 있다는 말은 옳지 않다. 그녀는 의도적으로 무시되고 있었다.

내분을 일으키려고 하는 일인가? 그러나 황후가 구속된 시점부터 이미 아우구스타는 아무것도 할 수 없었다. 그러니 이제 와 내분을 일으켜서 무얼 하겠는가.

법정이든 청문회든 어느 쪽이든 들어가야 했다. 가서, 재산을 모아들인 것은 자신이 저지른 죄라고 자백할 작정이었다.

그러나 그녀는 철저히 출입을 금지당했다. 치안대에 가서라도 이야기해 보려 했지만, 치안대장은 친절하게 웃는 낯으로 차를 대접하고는, 못 들은 것으로 하겠다고 무시했다.

심지어 그녀는 자신이 직접 끊은 가족의 인연이라도 빌리려고 했다. 하지만 후작위는 이미 헤르만의 것이고, 남작령으로 옮겨 간 호르스트는 힘이 없었다.

『죄송합니다, 고모님. 이미 루덴도르프와 고모님의 인연은 끊어졌습니다. 루덴도르프는 이미 수치를 입을 만큼 입었습니다. 이 이상 집안의 치부가 드러나는 것이 두렵습니다.

이왕 일이 이리되었으니, 한동안 외국으로 여행이라도 다녀오시지요. 그리고 일이 잠잠해지면 저희 영지로 오십시오. 환영한다고 말씀드리기는 어렵겠지만, 조용한 생활을 하실 수 있을 겁니다.

아기가 귀엽습니다. 분명히 고모님께서도 그렇게 생각하실 겁니다.

호르스트 드림.』

그녀는 이 모욕을 참을 수 없었다. 아니, 호르스트가 자신을 모욕했다는 것이 아니다. 마르고트가 가장 신뢰하는 심복 시녀였던 자신이, 아무것도 아니라는 사실이 모욕적이었다.

그리고 그녀를 더 참을 수 없게 하는 것은 황후가 금단 증상에 빠져 있다는 소문이었다.

그녀는 그것을 제 눈으로 볼 수도 없었다. 아무리 해도 재판소로 들어갈 수 없었기 때문이다.

복수

아우구스타가 탑에 들어갈 수 있었던 것은 마르고트의 재판 3심 전날의 일이다. 그 자리를 주선한 것은 경시청장이었다. 아우구스타는 그 한 번의 만남을 위해 비밀리에 갖고 있던 저택 두 개와 가진 보석 대부분을 사용했다.

인정하기는 싫으나, 돈이면 거의 모든 일을 해결할 수 있다는 클레어 델포드의 말을 그녀는 인정하지 않을 수 없었다. 지금까지 쌓아 온 그 어떤 인연도, 권력을 통해 입혀 온 은혜도 싹 사라진 지금, 남은 것은 돈뿐이었고 그것은 실제로 효과를 발휘했다.

"이렇게 말씀드리기는 그렇습니다만, 레이디 아우구스타, 그냥 포기하시는 편이 좋습니다."

경시청장은 아우구스타가 뇌물로 건넨, 금에 노란 다이아몬드를 둘러 장식한 시계를 앞주머니에 꽂고 있는 주제에 희한한 사람을 보듯이 그렇게 말했다.

그도 얼마 전까지만 해도 아우구스타가 황후를 배신했으리라고 생각한 사람 중의 하나였다. 아무도 그녀를 건드리지 않고 있는 것에는 자신도 모를 만큼 '윗분'의 지시가 있지 않으면 안 된다. 그러니 분명히 거래가 있었을 터였다.

그러나 이렇게 직접 만나 보자 그 생각이 사라졌다. 아우구스타의 머리칼은 고통으로 희게 세었고 얼굴에는 주름이 가득져서, 이 몇 달 사이에 수십 년은 늙어 버린 것처럼 보였다.

"재산이 아직 있으니, 그것을 가지고 은퇴하시는 게 낫지 않겠습니까?"

"호의를 가지고 해 주는 충고라는 건 잘 알고 있어요, 청장. 하지만 내겐 이미 남은 게 거의 없답니다."

이번에 경시청장에게 준 뇌물을 마지막으로 재산이라는 것도 얼마 남지 않았다. 알게 되면 마지막까지 남은 하녀들도 모조리 도망가고 말 것이었다.

그러나 아우구스타는 아직 희망을 버리지 않았다. 제국 의회와 내각이 모든 일을 해결할 수 있다고? 절대 그럴 리가 없었다. 경시청과 치안대도 무능하다고까지는 못하겠지만, 지금까지 자신은 그렇게까지 일을 대충 해 오지 않았다.

노예 거래는 제멋대로 생긴 일이지만, 연잎 궐련은 그렇지 않았다. 신중하게 통제하고 있던 다른 수면제와 진정제들은 그렇다 쳐도, 광범위하게 유통한 연잎 궐련을 다루는 조직은 장부만으로는 전부 찾을 수 없을 것이다.

약에 대한 권리도 그렇다. 30년에 걸쳐 연구된 아편 제제다. 이 중에는 진짜 쓸 만한 약도 많았으며, 연구 과정에서 얻은 화학과 약학에 대한 특허도 있었다.

그것으로 거래할 수 있을 것이다. 더 바라지 않는다. 오로지 처형만 피하면 된다.

그 이야기를 먼저 마르고트에게 전하여, 3심에서 올바른 발언을 하도록 설득할 작정이었다. 1심에서 했던 발언은, 그녀도 전해 들었지만, 너무 위험한 수준이었다.

마음 같아서는 황후 대신 자신이 모든 걸 알아서 하고 싶었지만, 철저하게 무시당하고 있기에 의사를 전달하는 것도 쉽지 않았다. 하지만 법정에서 마르고트가 직접 발언하는 것은 무시되지 않을 것이다.

'황제에게는 전달되지 않겠지만 빅토리아 대공과 클라우제너 공작이라면……'

탑 위로 올라가는 동안 그림자가 길게 벽에 너울거리며 아우구스타의 불안한 마음을 만지작거리는 듯했다.

"20분만입니다. 돌아갈 시간을 생각하면 그 이상은 어렵습니다."

경시청장이 말하면서 손수 감옥 문을 열었다. 미리 다른 일을 시켜 보냈으므로 간수는 그 자리에 없었다. 경시청장이 계단을 내려가 자리를 비켜 주었다. 아우구스타는 문안으로 들어섰다.

마르고트는 책상 앞에 앉아 뭔가를 쓰고 있다가 인기척을 들고 고개를 들었다. 그러고는 눈을 반짝 빛내며 팔짝 일어섰다.

"아우구스타, 왔구나!"

"……황후 폐하?"

아우구스타는 그녀의 표정과 몸짓을 보고 머뭇거리며 조심스럽게 불렀다.

"황후라니, 대체 무슨 소리야? 끔찍하게."

"끔찍하다니요."

"조지랑 결혼하게 된단 소린데, 그것보다 끔찍한 소리가 어디 있어? 그보다 이거 부탁 좀 하려고 기다리고 있었어."

마르고트가 스스럼없이 그녀의 손을 잡아 침대 쪽으로 이끌었다.

"에두아르트 교수에게 보낼 편지를 쓰고 있었는데, 대신 좀 부쳐 줄 수 있어? 아무래도 아버지가 또 화가 나신 모양이라……."

"마르고트, 님?"

"왜? 아, 왜 근신령을 받았느냐고?"

마르고트가 소녀처럼 깔깔 웃었다.

"또 멍청한 오토와 조지 때문이지. 둘 다 과제 따윈 팽개쳐 놓고 나갔는데, 내가 해서 칭찬받았으니까."

아우구스타는 숨을 꺽꺽거렸다. 그런 일이 있었던 게 몇 년 전인지도 기억나지 않을 만큼 옛날이다. 이것은 기억 상실이 아니다. 마르고트는 늙은 자신의 얼굴을 보면서도 아무렇지도 않게 아우구스타라고 부르고 있지 않은가.

마르고트의 손발은 여전히 떨렸다. 목소리는 명랑한 듯했으나 눈알은 쉬지 않고 굴렀고, 말하다 말고 깜박 제가 무슨 말을 하려 했는지조차 잊은 듯 갑자기 잠잠해졌다.

"마르고트 님……."

"……아파. 가려워."

마르고트가 제 몸을 감싸고 발발 떨었다. 아우구스타는 저도 모르게 달려가 제 외투를 벗어 그녀를 덮어 주고 끌어안았다. 체온을 조절하는 능력을 잃은 몸은 추위와 더위를 동시에 느끼기라도 하는 듯, 피부에서 땀을 흘리며 동시에 소름도 돋았다.

"나는 누구의 밑에도 있지 않을 거야. 누구도 날 내려다보지 못하게 만들 거야."

마르고트가 흔들리는 목소리로 말했다. 목소리의 떨림이 추위 탓인지 두려움 탓인지 분간할 수 없었다.

그녀는 돌아올 수 없다. 지금까지 약을 직접 썼고, 연구를 관리해 온 만큼 아우구스타는 그것을 알 수 있었다. 이런 상태에서 기대할 수 있는 가장 최상의 상태는, 그저 좋은 곳에서 요양하며 더 고통받지 않도록 또다시 약으로 관리해 주는 수밖에 없다.

"세상에, 마르고트 님……."

그녀가 탄식했을 때, 감옥 문 밖에서 목소리가 들려왔다.

"인과응보가 있으리라는 생각은 단 한 번도 한 적 없나?"

쿵!

말한 자가 지팡이로 돌바닥을 내리찍었다. 아우구스타는 깜짝 놀라 뒤를 돌아보았다. 아렌 공왕이었다. 그 뒤에는 무어 공작이 시립해 있었다.

그 순간에 아우구스타는 누가 이 일에 개입하고 있었는지 깨달았다. 누가 자신을 무시하도록 하고, 누가 진짜로 감옥의 문을 열어 주게 했는지. 경시청장에게 뇌물이 통했던 게 아니다. 그저 이 상태를 확인시켜 주고 싶었던 거다.

아우구스타는 얼굴을 일그러뜨렸다. 공왕의 말이 맞다. 이런 결과가 오리라고는 단 한 번도 생각한 적 없었다.

"교수대에 목이 걸리거나 총탄을 맞아 죽는 일이라면 모를까, 이런 식으로 사람을 망칠 줄은 몰랐습니다. 명예를 위하는 분들이."

"하. 염치도 없이."

무어 공작이 헛웃음을 쳤다. 아우구스타는 개의치 않았다. 지금 염치 따위가 문제인가. 마르고트가 제 품 안에서 비참한 몰골로 벌벌 떨고 있는 판에.

"목적을 위해 무엇이든 하기로 한 저 같은 자와는 달리, 정의로운 분이 아니셨습니까?"

"재밌군, 레이디 아우구스타. 나처럼 정의 따위가 아무짝에도 쓸모없다는 사실을 오랫동안 겪어 온 사람이 어디 있단 말인가?"

아렌 공왕이 말했다.

"참는 건 진즉 그만두기로 했다네. 두 번이면 충분히 참았어."

클레어의 말이 옳다는 건 알고 있었다. 황실이, 왕가가 오랫동안 살아남으려면 이제 시민과 부딪쳐서는 안 된다. 군사력으로 지배를 유지하기에는 나라가 너무 커졌고, 부유한 자가 너무 많이 생겼다.

그러니 엘리엇을 위해서라도 세상이 조금 더 나아지는 방향으로 움직여야 했다. 가문의 명예, 사적 복수, 이런 것은 모두 늙은이의 생각이 되어야 한다.

권력은 위험한 것이다. 그러니 엘리엇의 미래에는 명예만 남고 권력은 남지 않는 쪽이 좋다. 지배력은 평화롭게도 유지할 수 있다. 클라우제너와 델포드의 돈은 그것을 증명했다.

하지만 아렌 공왕은 끝끝내 그것을 마음속으로 전부 받아들일 수 없었다.

딸이 죽었어도 참았고, 손자가 죽었어도 참았다. 딸은 선량했었기에, 살아 있었다면 분명히 제 팔을 잡고 그러지 말라고 호소할 것 같아서. 손자는 희망을 가진 아이였기에, 그가 꿈꾸는 미래에 피가 흐르지는 않았을 것이라서.

그러니 증손자의 미래를 위해서도 참을 작정이었다. 음모를 꾸미고 손을 더럽히는 할아비보다 정의롭고 명예로운 할아비가 나을 게 분명하니까.

하지만 세 번까지 참을 수는 없었다. 그리고 이제는 증언도 있었다.

'헨리에타 황후를 죽인 것은 단추였을 겁니다.'

그에게 그 말을 해 준 것은 리누스였다.

클라우제너 공작의 다급한 호출을 받아 갔을 때, 리누스는 고열에 들떠 말도 제대로 잇지 못하고 있었다. 패혈증으로 사경을 헤매다가 겨우 눈을 뜬 참이라고 들었다.

'말할 수 있을 때 하고 싶다고 해서 모셨습니다. 제가 전달할 일이 아닌 것 같아서.'

빅토리아 대공과 베티나 공녀도 고개를 끄덕였다. 아렌 공왕은 스스로는 평생 관심을 둔 적 없는 손자의 의붓동생을 처음으로 내려다보았다. 그는 열에 갈라진 입술로 말했다.

'증거가 있는 건 아닙니다. 다만, 제 몸에 닿는 옷에는 단추가 있었던 적이 없습니다. 끈도, 매일 입기 전에 하인이 전부 손으로 훑었습니다.'

그건 아무 의미도 없는 말이었다. 이제 와 증거를 찾을 수 있는 것도 아니고, 없던 심증이 생긴 것도 아니다.

옷은 황제도 의심했던 것이다. 그러니 새로운 정보라고는 그 무엇 하나 없었는데도, 아렌 공왕의 머릿속은 그 순간 끓는 점을 넘은 것처럼 열에 곤죽이 되었다.

'나는 늙은이이지.'

이게 늙은이의 생각이라는 게 무슨 상관인가. 마르고트를 세상에서 제일 비참한 꼴로 만들어 주고 싶었다. 리누스는 알지 못했으나, 만일에 그가 어머니에게 복수하고 싶었다면 최고의 선택을 한 것이다.

아렌 공왕은 난생처음으로 타인을 고통과 절망에 빠뜨리기 위해 고민했다. 결코 즐거운 고민은 아니었다. 누군가의 멸망을 상상하면서, 슬퍼하기는커녕 기뻐하는 마음조차 없이, 냉정한 마음으로 전략을 짜는 자신이 추하게 느껴져서 견디기 어려웠다.

사람을 죽인 적이 없는 건 아니었다. 군에서 직접 손에 피를 묻힌 일도 있고, 어떤 사람을 살리고 어떤 사람을 죽일지 결정을 내린 일도 있다. 아마도 부당하거나 잘못된 판단으로 인해 간접적으로 사람을 죽인 것은 더 많았으리라.

하지만 이처럼 누군가를 죽이기 위해 생각을 짜내는 것은 처음이었다.

'그냥 죽여 버리는 건 너무 쉬워.'

그는 황제처럼 유약하지 않았다. 다가가 총을 꺼내 머리를 쏴 버리는 건 충분히 할 수 있었다. 합법적으로 죽이는 것도 얼마든지 가능하다.

일단 수중에 넣었던 남방군은 아직 공왕의 손에 있었다. 이번 일에 공왕은 주도자 중 한 명으로서, 의회에서 모든 일을 행하기로 결정했다고 해서 그의 공적과 영향력이 퇴색하는 것도 아니다. 그러니 아마 재판에 영향력을 행사하는 것도 충분히 가능할 것이다.

하지만 그건 너무 쉽다. 교수대에 걸리도록 하는 것도 쉽다. 노골적으로 말해서, 처형이나 암살하는 것만으로는 성에 차지 않았다.

황후를 아편에 중독시킬 생각은 미처 하지 못했다. 그러나 생각해 내지 못했을 뿐이지, 그래서는 안 된다고 생각했던 것이 아니다. 재판장에서 황후가 망가진 모습으로 나타났을 때, 그는 왜 자신이 먼저 그 생각을 하지 못했을까 하는 마음마저 들었다.

'잔악한 자에게는, 제가 한 행동이 그대로 돌아가는 것이 가장 옳지.'

아렌 공왕은 그렇게 말하며 고개를 숙였다. 에리히는 그런 그를 보고 씁쓸한 표정을 했다. 제러드가 살아 있다면, 저것과 닮은 얼굴을 했을까 하고 생각하면 차마 마주 쳐다볼 수가 없었다.

'도와 달라는 말을 하는 나를 용서하게.'

'아닙니다. 누가 공왕 전하를 책망할 수 있겠습니까? 다만, 리누스의 이야기를 듣지 않으시는 편이 좋았을까 하는 생각은 듭니다. 그게 고통을 더할 뿐이라면 말입니다.'

'아니야. 그렇지 않네.'

공왕은 떨리는 손을 쥔 채로 중얼거리듯이 말했다. 그때 자신의 눈이 얼마나 붉었는지, 스스로는 알지 못했다.

'모르는 것보다 괴로운 일은 없어. 심증만 있는 것보다, 알고 있는 게 나아.'
'리누스의 말도 제대로 된 증언은 아닙니다. 진짜 암살 방법을 알아낸 것이 아님은 물론이고, 하다못해 누군가에게서 들은 것을 전하는 말도 아닙니다.'
'그래도, 처음으로 납득할 만한 말을 들었어. 나는 처음으로 악몽을 스스로 끝낼 수 있었다네.'

딸이 죽어 가는 것을 반복해서 보는 악몽을 그는 끝낼 수 있었다. 옷을 모조리 손으로 훑었어야 했다는 황제의 망상처럼, 공왕 역시 꿈속에서 그렇게 했다.

제 손으로 딸의 옷을 모두 훑고 단추를 뜯었다. 헨리에타는 왜 그러느냐고 당황하면서도 웃었는데, 그때 그는 꿈에서 깨어, 그 일 이래 제 꿈속에서 딸이 웃은 게 처음이었다는 것을 깨달았다.

에리히가 보기에 그의 악몽은 끝난 것처럼 생각되지 않았다. 그러나 그는 결국 이렇게 말해 줄 수밖에 없었다.

'배신을 맛보게 하시지요.'

'뭐?'

'저는, 황후를 이해할 수 있는 종류의 인간입니다.'

에리히는 눈동자가 검푸르게 보일 정도로 그늘을 드리우고 말했다. 실행했느냐 아니냐의 차이가 있을 뿐, 타인이 대개 무력하고 무능하니 자신이 이끌어야 한다고 생각한 것은 그 자신도 똑같았다.

운이 좋아 공작가의 장남으로 태어났다. 그는 클레어의 그 말에 결국 동의했다. 그러나 몇 년짜리 입씨름 끝에 동의하기 전까지 한 번도, 자신이 클라우제너의 주인 되는 것이 운 좋은 일이라고 생각했던 적이 없었다.

그것이 타고난 운명이며, 천품이며, 당연한 일이라고 생각했다. 힘과 권위와 자기 자신은 같은 것이고, 그런 자신을 자랑스럽게 여겼던 시절이 분명히 있었다.

그가 황후를 이해할 수 있다는 말에 공왕의 얼굴이 흐려졌다.

'아니, 공은 달라. 고고한 것과 오만한 것은 다르고, 위에 서서 타인을 이끌고자 하는 것과 짓밟아 제 뜻을 따르게 하는 것도 다르지.'

'그렇지 않습니다. 제가 무슨 말씀을 드리는지 아실 겁니다. 저는 오만했고, 후자도 어느 쪽이든, 남의 삶을 제가 마음대로 할 수 있는 권리가 있다고 믿는다는 점에서 비슷하지요. 황후도 자신이 남을 이끌고 있다고 생각했을 테고, 아마 공왕 전하께서도 타인의 삶을 좌우할 힘을 전하의 권리로 여기셨던 시기가 있었을 겁니다.'

'…….'

'다만 차이가 있다면, 저나 공왕 전하에게는 삶이 뒤집힐 계기가 있었고, 황후에게는 없었다는 점이겠지요. 그래서 그녀에게 배신을 안겨 주자고 말씀드리는 겁니다.'

'어떻게?'

'아우구스타를 배신시키면 어떻겠습니까?'

물론 별것 아닌 일로 치부될 수도 있었다. 하지만 사람의 마음이 오로지 한 방향으로만 흘러가지는 않는다는 것을 에리히는 배웠다. 그는 제아무리 오만한 자도 마음을 배신당하면, 골수까지 파이는 고통을 맛볼 수 있다는 것을 알고 있다.

그렇게 해서 그녀의 세계가 부서지면 좋다. 그렇지 못하더라도 고통은 똑같이 남는다. 자기중심적인 만큼, 그 고통에는 억울함과 분노가 포함되리라. 황후에게 맛보여 주기에는 딱 좋은 감정이 아닌가. 그것이야말로 지금 그녀를 바라보는 이들의 감정일 터이다.

게다가 아우구스타와 황후 사이에는 몇 년짜리 우정이 있는 것이 아니다. 수십 년에 걸친 시간이 있다. 신뢰는 상대의 인품을 믿고 하는 것이다. 단순한 애정의 문제가 아니다.

그녀는 자기 자신이 쌓아 올린 시간과 능력에도 배신감을 느낄 것이다.

 '그렇다면, 아우구스타를 놓아주라는 건가?'
 '아닙니다. 황후는 제멋대로 실망하고 절망할 겁니다. 하지만
아우구스타가 진짜로 배신한 게 아니라면, 이번에는 황후의 그
런 태도가 그녀에게 배신이 되겠지요.'
 '아우구스타가 진짜로 전향한다면?'
 '꼭 배신의 대가를 치러 줄 의무가 있는 건 아니지 않습니까?
제멋대로 오해하게 내버려 두면 됩니다.'

 마지막으로 말하면서 에리히는 씩 웃었다. 그건 에리히 클
라우제너답지 않은 태도였으므로 아렌 공왕은 무심결에 약간
미소를 지었다. 입덧까지 따라 하는 남편이 아내를 닮아 가지
않을 리가 없었다.
 아렌 공왕은 그의 제안대로, 자신이 미칠 수 있는 영향력을
모두 동원하여 아우구스타를 고립시켰다. 그녀가 진짜로 배신
하거나, 하지 않거나, 어느 쪽이든 만족스러운 결과를 갖고 오
길 기대하면서.
 아우구스타가 갈라진 목소리로 말했다.
 "이제 만족하셨습니까?"
 "충분하지 않군. 제가 무슨 짓을 저질렀고, 어떻게 실패했는
지 절절하게 깨닫고 떠나기를 바랐는데. 하긴, 치러야 할 응분
의 대가가 내 것만 있는 것도 아니니, 전부 내 뜻대로 할 수만

은 없겠지.”

“…….”

“교수대는 너무 관대한 처사라고 생각하지만.”

아렌 공왕은 진심으로 그렇게 생각했다.

그러나 그가 그렇게 말하는 이유를 알면서도 아우구스타는 망설임 없이 일어서서 공왕 앞에 무릎을 꿇고 엎드렸다. 손발을 모두 늘어뜨려 완전한 굴종의 자세를 취했다. 교수대가 관대한 처사라는 말에서 희망을 보기라도 한 것처럼 말이다.

“하신 말씀이 모두 옳습니다. 증오하시는 게 마땅합니다. 하지만 저는 쓸 만한 사람입니다, 공왕 전하.”

“레이디 아우구스타.”

“알고 계실 겁니다. 공왕 전하께 쓸모가 없다 해도, 소중한 손자분의 양부모에게는 분명히 쓸모가 있을 겁니다. 정치를 하면서 손을 더럽히지 않기란 불가능합니다. 황실은 지금 위태로운 지경에 있으니, 황태손 전하를 지키기 위해서라도 저 같은 자가 필요하실 겁니다.”

“레이디 아우구스타, 내가 아직까지 신사적으로 행동하려고 애쓰고 있다는 걸 고맙게 생각해야 할 걸세. 그러지 않았다면, 지팡이로 머리를 후려갈겼을 테니.”

“그렇게 하십시오. 하고 싶으신 일을 모두 하시고, 다만, 마르고트 님의 목숨만…….”

“교수대에 걸어야겠군.”

그게 자신이 결정할 일은 아니었으나 아렌 공왕은 그렇게 말했다. 너무 쉽게 죽이는 게 아닐까 하던 망설임마저 싹 사라졌다. 어차피 제정신이 아닌 마르고트야 후회하고 절망하는 것도 제대로 하지 못할 테고, 아우구스타에게는 그것이 절망적인 일인 모양이니.

"이 모든 일은 전부 그대들이 한 일이 그대로 돌아온 거야."

그가 발길을 돌렸다. 그러고서 밖에 대고 말했다.

"레이디 아우구스타를 정중하게 댁까지 모시게."

굳이 그녀를 처리할 필요는 없을 것 같았다. 지금처럼 무시하고 살려 두는 게 좋겠다. 자신이 오래도록 절망을 짓씹었듯, 그녀도 그리하도록.

3심에서 논란이 된 것은 마르고트를 처벌하느냐 마느냐가 아니었다. 그녀를 황후로 처벌할 것인가, 황후가 아닌 에른스트 공녀로 처벌할 것인가 하는 문제였다. 또다시 초야 문제로 되돌아온 셈이다.

재판소는 결국 이 문제를 황제에게 묻는 수밖에 없었다. 황제의 뜻에 따라 판결을 내리는 것처럼 보일까 봐 우려되긴 했으나, 판결문에 적힐 신분은 중요한 문제이기에 어쩔 수 없었다.

황제는 판사의 편지를 펼쳐 훑자마자 대뜸 말했다.

"마르고트가 내 아내일 리 있나."

"그러지 마세요. 황실의 미래나 국체를 생각해서 말씀하셔야 합니다."

마침 그때 황제를 알현하고 있었던 클레어는 조심스럽게 말했다.

그의 두 번째 결혼은 귀족원에 의해 강요당한 것이고, 감정적으로든 실질적으로든 결혼 생활이 이루어진 적은 없었다. 그러나 그건 사생활이다. 황제가 곧 국가였던 시대는 이미 지났으니, 황제의 사생활과 직위 또한 분리되어야 마땅했다.

그리고 판결문에 넣고자 하는 황후라는 단어가 애초부터 황제의 아내를 의미하는 것도 아니다.

"마르고트가 황후라는 권위를 가지고 모든 죄를 저질렀으니, 그 이름으로 책임져야 한다는 의미로군. 알겠네."

황제가 수월하게 대답했기에, 설득할 말을 준비하고 있었던 클레어는 오히려 놀랐다. 최근 퍽 평화로워진 황제는 온화한 미소를 지은 채 말했다.

"나는 범용한 사람이지만, 그래도 한 가지는 확실하게 알고 있다네. 나보다 나은 사람의 충고는 따르는 게 낫다는 거지."

"……."

무조건 따르기만 하는 것은 그것대로 군주로서는 위험한 일이 아닐까 생각했으나, 죽어도 제 고집대로 하는 사람보다는 나아 보이긴 했다.

'그리고 어차피 이제는 진짜로, 뭔가 할 수 있는 상황도 아니게 되었고.'

어렴풋이 먼 나라의 입헌 군주제를 구경만 할 때와 달리, 클레어는 앞으로도 의외로 왕의 이름이 여러 가지를 할 수 있으리라는 것을 배웠다. 에리히가 의회에 들어가지 않아도 원하는 정책을 관철할 수 있듯이, 아마 황실의 힘도 그런 식으로 남을 것이다.

그러나 전제 군주로서 황제는 진즉 끝났다. 황후를 법정에서 처벌했다는 기록도 남는다. 어차피 한 차례만으로 미래가 오지는 않을 테지만, 그래도 한 번은 피를 많이 흘리지 않고 시민들이 권리를 가져간 셈이다.

그리하여, 3심 법정이 내린 판결은 다음과 같았다.

"황후 마르고트 에른스트 로멜은 국권 탈취와 축재를 위해 마약을 퍼뜨리고 시민을 노예로 삼았으며, 계엄령을 꾸며 내전을 일으켰다. 또한, 하수인을 이용해 수십 건의 살인을 교사하였다. 이는 용서할 수 없는 범죄인바, 제국법에 의거하여 교수형에 처한다."

"감히 하급 판사 따위가 감히! 여기가 대체 어디냐? 아우구스타는 어디 갔느냐?"

일시적으로 의식이 돌아온 건지, 아니면 또다시 발작을 일으킨 건지 분간할 수 없는 상태로 황후가 미친 듯이 소리를 질렀다.

"아우구스타를 불러와라! 감히 내가 서 있는데, 저기 앉아 있는 저자들을 모조리 잡아들여! 나는, 나는……!"

간수가 양옆에서 그녀의 팔짱을 끼어 잡고 강제로 끌어내는 동안에도 소란은 멈추지 않았다.

사람들이 기대한 것처럼 그 자리에서 끌려 나가 교수대에 목이 매달리지는 않았다. 하지만 사흘 후, 하원 의원과 판사, 법률가와 신청자 중 임의로 선발한 시민 대표가 입회한 가운데 형이 집행되었다.

에른스트 공작을 위시하여 심복 여럿이 내란죄로 처형되었다. 시신은 효수되지 않았으되, 원하는 자라면 볼 수 있도록 의사당의 홀에서 공개적으로 합동 장례가 치러졌으며, 모두 공동묘지에 이름도 없이 죄인으로서 묻혔다.

기념물은 황후를 위해서가 아니라 계엄군에게 죽은 시위대를 위해 세워졌다. 아렌 지역에서는 델포드 남작이 제일 먼저 위령비를 세운 이후로 곳곳에서 부유한 자들이 기부금을 내어 위령비를 세웠는데, 사실상 위령비라기보다 아편의 위험성을 경고하는 역할을 하게 되었다.

이는 실은 자신도 노예를 부리고 있거나 빚을 지워 착취하는 방식으로 인건비를 아끼던 자들이 제 발 저려서 한 일이었지만, 어쨌든 확실하게 경고는 되었다.

이런 모든 것은 어른의 일이다. 아직 자기가 무엇인지도 정확히 모르는 엘리엇은 요즘 너무 신이 났다.

"히히!"

황제 할아버지는 자주 초코 쿠키를 집어 주었고, 매번 눈을 부라리며 노려보던 무서운 대장님도 상냥해졌다.

물론 슬픈 일도 있었다.

"아가, 그렇게 과자를 많이 먹어서 저녁은 어쩌려고?"

엘리엇의 입가에 묻은 쿠키 부스러기를 털어 주며 황제는 다정하게 말했다. 그게 꾸중이라거나 주의를 주는 일이라고 생각하지 않은 엘리엇은 자신의 계획을 신나서 말했다.

"물놀이를 할 거예요! 그러면 금방 배고파져서 저녁밥도 많이 먹을 수 있어요!"

"보모가 그렇게 해도 된다더냐?"

"안 돼요?"

그제야 그 말이 순수한 질문이 아니라는 걸 깨달은 엘리엇이 눈을 도르르 굴렸다. 황제가 미소를 지었다.

"안 되는지 아닌지 나는 모르지. 하지만 내 생각에는……, 물놀이를 하기에는 저녁 시간이 너무 금방 올 것 같구나."

"앗."

엘리엇이 그제야 깜짝 놀라 벽을 보았다. 클라우제너 저택에는 곳곳에 괘종시계가 걸려 있었으나, 엘리엇은 아직 시계를 보는 법을 잘 알지 못했다.

숫자는 배웠지만, 시계 판에 쓰여 있는 것은 하필이면 엘리엇이 아는 숫자가 아니었다. 엘리엇은 손가락으로 열두 시 자리부터 바의 숫자를 꼽아 가며 중얼거렸다.

"일, 이, 삼, 사, 오……. 일은 오이고……. 히잉."

"다섯 시 삼십오 분이란다."

"앗, 큰일 나요!"

삼십을 넘으면 큰 숫자다. 엘리엇은 바동바동 높다란 의자에서 기어 내려갔다. 이 뒤에 일정이 있다면 어련히 알아서 사람이 부르러 왔겠지 싶으면서도, 그 모습이 귀여워 황제는 웃음만 머금었다.

"큰일이라니? 무슨 큰일?"

"찰스 삼촌이 늦으면 망아지는 혼자 보러 간다고 했어요!"

"망아지?"

황제는 결국 아이를 손수 안아 바닥에 내려 주며 물었다.

"네! 마구간의 말이 아기를 낳았대요!"

"귀엽겠구나."

엘리엇은 그 말을 들을 정신도 없는 양 벌써 뛰어나가고 있었다. 자신에게 인사를 하는 것도 잊어버린 모양이었다.

하지만 짤따란 다리로 우다다 문까지 뛰어갔다가, 갑자기 생각났는지 홱 멈췄다. 그러다가 넘어질 뻔해서 시종과 근위대원들을 모조리 식겁하게 했으나, 황제는 웃음만 머금었다.

엘리엇이 폴짝 돌아서더니 잠깐 우물우물하다가, 오른손을 들었다가 왼쪽 가슴에 대며 무릎과 허리를 구부렸다.

"그러면, 저는 먼저, 음, 먼저 가 보겠습니다."

"그리하려무나."

입놀림에도, 몸놀림에도 어색한 곳이 있었으나 그래도 형태는 그럭저럭 갖추어진 예법이었다.

아이는 정말로 빨리 자란다. 처음 만나고 이제 7개월 정도 지난 것 같은데, 벌써 팔다리도 제법 길어졌다. 오래지 않아 제 아비와 똑같이 우아한 청년으로 성장할 것이다.

황제는 본을 보이듯 똑같은 자세로 마주 인사해 주었다. 그러자 엘리엇이 신나서 두 팔을 흔들며 팔짝 뛰고, 후다닥 밖으로 달려갔다. 그 모습은 여전히 어린애였다.

"이제 집에 가고 싶은데."

마구간에 웅크리고 있는 찰스는 울적하게 중얼거렸다. 전 같으면, 일없이 마구간에서 시간을 보내다니 품위 없는 일이라고 꾸짖었을 제임스도 함께 있었다.

황제가 방문할 때마다 등골이 서늘했다. 영광으로 여기는 것도 한두 번 만날 때의 일이다. 황제는 뻔질나게 드나들었으며, 심지어 온 집 안을 헤집고 다니는 엘리엇을 따라 어디에서 출몰할지 알 수가 없었다.

이래서는 애를 차라리 황궁에서 키우는 게 낫지 않겠느냐는 소리가 목구멍까지 올라왔다. 그러나 이제 제임스는 감히 클레어에게 뭘 따져 물을 수가 없었다.

딱 한 번 시도해 보긴 했다.

'황제 폐하를 여기까지 오시게 하는 게 말이 되느냐? 네가 엘리엇을 데리고 황궁으로 가야지.'

'제가요?'

그의 훈계에 클레어는 기가 막힌다는 듯이 되물었다. 사실 불평을 한 거지, 제임스도 그게 되리라고는 생각하지 않았다.

우량한 클라우제너의 후계자는 이제 7개월인데도 어머니의 배 속에서 존재감을 과시하고 있었다. 진짜 쌍둥이 아니냐고 클레어가 의사를 붙잡고 몇 번이나 물어봤지만, 아니라는 확답만 받았다. 어쨌든 힘들어 보이는 건 확실했다.

'숙부님이 데리고 가시면 되겠네요. 믿을 만한 친척이 돌봐 주는 게 제일이니.'

'아니, 보모도 있고, 교육관도…….'

'엘리엇 귀에 들어가면 안 될 이야기가 황궁에는 아주 많을 것 같은데요.'

제임스는 그 말에 입을 다물 수밖에 없었다. 흉흉한 시절인 것도 그렇지만, 클레어가 그와 찰스를 굳이 저택에 머물게 하는 이유도 알고 있기 때문이다.

엘리엇은 아직 죽음을 배우기에 너무 이르다. 하늘에 있는 엄마, 아빠라고 가르치긴 했어도, 그게 진짜로 무슨 말인지 알고 있는 것은 아닐 것이다.

출세를 꿈꾸는 것도 배짱이 좀 있어야 하는 일이다. 황제와 아렌 공왕 옆에 가서 아부하고, 여태껏 만만하게 생각해 온 조카 손주를 잘 구슬려 명예를 좀 얻어 보겠다는 생각은 제임스가 잠자리에 누워서 이런저런 고민을 할 때나 떠오르는 일이었다.

그리고 그렇게 해서 자신과 찰스에게 이익이 될 거 같지도 않았다. 그렇게 생각할 수 있는 것만으로도 제임스로서는 진일보한 것이긴 했다.

근래 일어나고 있는 일은 그로서는 받아들이기 어려웠다. 괴짜 조카딸 덕에 해괴한 일에 꽤 익숙해졌는데도 그랬다.

그건 사실 그가 클레어의 보호 아래 평화롭게 지내 왔다는 뜻이기도 했다. 생존이든 증오든, 어느 한쪽에라도 목숨을 걸 필요가 있는 자들에게는 세상이 내가 젊을 때와 다르다고 한탄할 여유조차 없기 때문이다.

"말세야."

제임스는 마구간 구석에 놓인 작은 의자에 앉은 채 신문을 들고, 최대한 품위를 유지한 채 말했다. 설령 황제라 하더라도 군령을 내리기 위해서는 반드시 의회의 비준이 필요하다는 법이 제정되었다는 기사가 적혀 있었다.

"재판소장을 황제 폐하께서 임명하시기 위해서는 의회 추천이 필요하다고 할 때도 황당했는데, 이제는 아예 이걸 투표한다고 하질 않나. 선거 전에 후보가 반드시 사진을 길거리에 걸고 종잇장에 연설문을 적어 돌려야 한다는 법을 만들질 않나."

"아버지."

"그냥 이름을 써서 내면 될 걸, 글도 모르는 자들에게 선거권을 주겠다고 투표용지를 뭐 따로 인쇄하고 어쩌고. 게다가 뭐, 특별한 스탬프를 만들어? 이런 낭비를 보았나."

제임스는 혀를 찼다. 법률가니 상단주니 하는 놈들이 정치에 관여한다고 해서 기가 막혔던 게 엊그제 같은데, 신법은 한 술 더 떴다.

귀족원 명부에서 지워진 이름이 얼마나 많은지는 더 말할 것도 없었다. 물론, 제임스도 황후파였다가 찍혀 나간 사람까지 편들 생각은 없었다. 하지만 재정 문제 때문에 영지를 판 가문까지 쫓아내는 것은 너무했다. 보조를 해 주지는 못할망정 말이다.

대신 그 자리를 채운 것은 해당 지역에서 또 투표로 선발된 자들이었다. 이 투표는 지주들이 하는 것이었지만 말이다.

찰스가 우물대며 반박했다.

"우리랑은 상관없지 않습니까? 어차피 아버지는 귀족원 의원도 아니셨고."

"이 녀석!"

제임스는 지팡이를 휘두르려고 했지만, 찰스도 이제 쫄지 않았다. 그는 겁쟁이였으나, 전처럼 아버지가 두렵지는 않았다.

찰스만이 아니라 세상 대부분의 사람들이 그런 분위기에 휩쓸려 있었다. 딱히 윗사람이 무섭지 않았던 것이다.

"어휴."

제임스가 한숨을 내쉬었을 때였다.

마구간에 어울리지 않는 새로운 손님이 들어왔다. 제아무리 클라우제너의 마구간이 널찍하고 깨끗한 편이라고 해도, 귀족 셋이 담화를 즐길 만한 곳은 아니니 마부들이 쩔쩔매지 않을 수 없었다. 심지어 이번 손님은 아렌 공왕이었다.

"공왕 전하……!"

제임스가 깜짝 놀라 벌떡 일어섰다. 찰스가 그 뒤를 따랐지만, 표정을 관리하지 못해 부루퉁한 얼굴까지는 어쩔 수 없었다. 아렌 공왕은 그런 것을 책망하지 않았다.

"두 사람 다 이런 곳에 있었군."

"여긴 어쩐 일이십니까, 공왕 전하?"

혹시 엘리엇이 끌고 왔나 싶어 슬쩍 살폈지만, 공왕은 시중인 한 사람만 거느린 채였다. 그가 평화로운 미소를 지었다.

"별것은 아니고, 엘리엇이 하도 망아지가 예쁘다고 야단이라 구경하러 왔다네. 방해가 되었다면, 나중에 다시 올까?"

"아닙니다."

찰스가 공손하게 대답하고, 바로 뒤에 있는 마장으로 공왕을 안내해 주었다. 눈처럼 하얀 어린 망아지 한 마리가 어미 옆에서 풀을 박차고 놀다가 찰스를 보고 탈래탈래 다가왔다. 아렌 공왕이 웃었다.

"순하구나."

"아직 워낙 어려서요."

"자네 망아지인가?"

"그렇진 않습니다. 제가 워낙 말을 좋아해서 마구간에 오다가다 하다 보니 낯을 익혀서 그렇습니다."

"그렇구먼."

공왕이 아쉬운 얼굴을 했기에 제임스가 의아한 듯 물었다.

"왜 그러십니까? 무슨 문제라도……."

"아니, 엘리엇이 이 망아지를 정말 좋아하는 것 같아서."

공왕이 손을 내밀어 망아지를 어루만지며 말했다.

"찰스 경의 것이라면, 내가 사서 선물해 주려고 했지. 하지만 클라우제너의 것이라면 그러기도 애매하군. 클라우제너의 것을 사서 클라우제너에게 선물할 수는 없으니."

말하다가 그는 제임스의 머뭇거리는 얼굴을 보고 고개를 갸웃했다.

"왜 그러는가?"

"아니, 클라우제너는 클라우제너고, 황실은 황실 아니겠습니까?"

"글쎄. 우리 같은 늙은이 생각은 그렇지만……, 내가 델포드 남작과 오래 알고 지낸 사이는 아니라도, 그 말을 하면 그녀가 화를 내리라는 건 충분히 짐작이 가는군."

"요즘 애라서."

"아버지."

찰스가 그에게 눈치를 주었지만 제임스는 뭐 못 할 말 했느냐는 듯 고개를 꼿꼿이 들었다. 아렌 공왕은 웃음만 머금은 채 말했다.

"그러고 보니 엘리엇이 델포드에 있는 강아지와 자네의 말을 몹시 그리워하던데."

"엘리엇이 동물을 좋아하긴 하지요. 쥐잡이 테리어와 시시한 시골말이라서 공왕 전하 눈에는 차지 않으실 겁니다."

"데려오라는 이야기는 아니라네. 이제 정세도 좀 안정되고

평화로워졌으니, 엘리엇이 바빠지기 전에 한번 델포드를 방문
해 보는 것도 괜찮지 않을까 해서."

"영광입니다."

바짝 긴장한 태도로 제임스가 대답했다. 찰스가 머뭇거리다
말했다.

"하지만 클레어는 요즘 움직일 수 있는 형편이 아닌데……."

"이 녀석! 그게 중요한 일이냐? 너와 내가 모시면 되는 일이지!"

"델포드 남작의 의향은 델포드 남작에게 물으면 될 일이지
만, 어쨌든 해산 직후에 위의 아이까지 마음 쓰는 건 너무 힘든
일이니까 말일세."

"이렇게 마음 써 주시니, 클레어도 영광으로 알 겁니다."

글쎄, 클레어가 그럴 것 같지는 않았다. 고마운 마음과 영광
으로 생각한다는 건 완전히 다른 일이다.

아렌 공왕은 그것이 기분 나쁘지 않았다. 오랜 세월에 걸쳐 드
디어 그는 다른 의미에서 공왕인 자신에게서 벗어난 것 같았다.

아렌 공왕이 그다음으로 발길을 향한 곳은 아이 방 쪽이었
다. 큼직한 주머니에는 작은 기차 모형이 들어 있었다. 사실 그
걸 넣기 위해 주머니가 큰 옷을 입기도 했다.

이제 아렌 공왕의 방문에 익숙해진 이들은 크게 놀라거나
과례를 취하지 않았다. 대신 조용히 인사만 올리고 제 할 일을

하러 갔다. 딱 한 명, 유모라는 마사 부인만이 난처한 얼굴로 어찌할 바를 모르고 복도를 서성거리고 있었다.

"헉, 전하!"

"무릎 꿇지 말게. 그보다, 안이 소란한 것 같은데."

말이 끝나기가 무섭게 안에서 고함 소리가 터졌다.

"엄마 미워!!"

콰당!

문이 열렸다. 뛰쳐나온 엘리엇이 앞도 보지 않고 달리다가 공왕의 무릎에 부딪혔다.

"아고고고!"

"이런, 조심해야지."

아이가 뒤로 넘어지기 전에 아렌 공왕은 얼른 보듬어 붙들었다.

"공왕 할아버지!"

세상에서 제일 서러운 목소리를 내며 엘리엇이 그에게 응석 부리듯 안겨 들었다.

"엘리엇 델포드! 엄마 말을 끝까지 들어야지!"

클레어가 화를 내며 뒤따라 나오다가 아렌 공왕과 눈이 마주치자 멈칫했다. 얼굴에 잠깐 갈등이 스쳤다. 하지만 손님 앞이고 뭐고 훈육은 해야겠다는 결론에 다다른 모양이었다.

"공왕 전하, 죄송하지만 응접실에서 30분 정도 기다려 주지 않으시겠어요?"

"싫어! 공왕 할아버지는 내 손님인데 엄마가 왜!"

"엘리엇, 착한 아이는 떼쓰는 거 아니라고 했지!"

"나쁜 아이 할 거야! 세상에서 젤루 나쁜 아이 할 거야!"

엘리엇이 주먹을 불끈 쥐고 외쳤다. 공왕은 아이를 안아 주지도, 그렇다고 밀어내지도 못한 채 어색하게 말했다.

"엘리엇, 엄마 말씀 잘 들어야지."

"그치만 싫어요! 나 혼자서는 궁전에 안 가!"

엘리엇이 소리쳤다가, 이번에는 울먹거리기 시작했다.

"엄마, 나 쫓아내지 마, 흑!"

아렌 공왕은 무심코 해명을 요구하는 눈빛으로 클레어를 바라보았다.

"아무 일도 아니에요. 황제 폐하께서 황궁에 엘리엇의 방을 꾸며 준다고 하셔서, 가서 하루 자고 오라고 했더니 밥을 굶겠다는 거예요."

클레어가 머리를 짚었다. 아렌 공왕은 난처한 웃음을 머금고 말했다.

"이렇게 싫어하는데, 안 가도 되지 않을까?"

그저 좋아하는 일만 하게 해 주고 싶기도 했지만, 아렌 공왕에게도 이제 황궁에서 남은 기억 중 썩 좋은 것이 없었다.

그것 보라는 듯 엘리엇이 공왕의 품에 더 파고들었다. 클레어가 툭 말했다.

"아기 아니라더니?"

"우……!"

엘리엇이 투정 부리는 소리를 냈다. 훌륭하고 멋진 형이나 오빠가 되려고 했지만, 또 그러라고 하니까 서러웠다.

아렌 공왕은 여전히 엘리엇을 안아 주어야 할지 아닐지 결정하지 못한 채로 '이런' 하고 탄식했다. 엘리엇이 황궁에 가기 싫다는 마음이 이해되었다. 아마 엄마 아빠가 둘 다 없었던 시기가 너무 길어서, 집에서 떠나는 게 무서운 것이리라.

공왕은 그런 마음을 읽어 주길 바라면서 클레어를 쳐다보았다. 그러면서 이런 생각도 했다.

'조부모가 오냐오냐해서 아이를 망친다더니.'

영원히 황궁에 가지 않을 수는 없는 노릇이다. 엘리엇은 황태손이다. 양육을 클라우제너 공작가에서 하더라도, 행사니 의전이니 하는 문제로 종종 황궁에 방문해야 한다. 그때마다 클레어가 붙어 있어 줄 수는 없다. 그리고 행사가 없어도, 제러드의 것을 상속받으려면 결국에는 황궁에 있어야 한다.

그래도 아이 방을 만든 것은 황제가 너무 서두른 것일지도 모른다.

"엘리엇 입장에서는, 갑자기 황궁에 자기 방이 생겼다고 하면 당황스럽기도 하겠지."

"황궁을 좋아했으면 해서, 거기에 놀이방을 만들었으면 한다고 제가 말씀드렸어요. 그리고."

클레어가 눈을 매섭게 뜨고 엘리엇을 꾸중했다.

"가기 싫으면 싫다고만 말하면 되지, 밥을 안 먹겠다고 하는 건 잘못이야."

"흐윽⋯⋯."

"울지 마. 너 그냥 엄마 마음 아프게 하고 싶어서 그런 거잖아."

엘리엇이 울먹거리면서 아렌 공왕의 품에 더 파고들었다. 하지만 이 문제에는 아렌 공왕도 망설임 없이 클레어의 편을 들었다.

"그건 안 되지."

"할아버지도 미워."

"잘 먹어야 튼튼하고 건강한 아이가 되지."

공왕이 다정하게 엘리엇의 머리를 쓰다듬었다. 엘리엇은 그 말에 갈등했다. 착한 아이는 그만하기로 했지만, 튼튼하고 건강한 건 착한 것과는 다르지 않은가.

건강한 게 제일 중요하다는 이야기를 늘 들어 와서 헷갈렸다. 엘리엇은 어릴 때 엄마가 '건강하게만 자라 다오'라고 혼잣말로 흥얼거리곤 했던 것을 기억하고 있었다.

뚜벅뚜벅 복도를 걸어오는 발소리가 엘리엇을 고민에서 구원했다. 엘리엇은 공왕의 팔을 잡은 채 그 뒤를 빼꼼 내다보았다가 얼굴을 환하게 했다.

"아빠!"

당연히 아빠가 제 편을 들어 주리라고 믿는 아이만 보일 수 있는 표정이었다. 에리히는 무뚝뚝한 얼굴로 다가와, 조르르 제 다리에 매달리는 엘리엇의 머리를 쓰다듬으며 먼저 공왕에게 인사를 건넸다.

"안녕하셨습니까, 공왕 전하."

"또 실례하고 있네. 매번 너무 많이 찾아와 민망하지만……."

"별말씀을. 언제든 오시라고 말씀드리지 않았습니까? 그런데 엘리엇, 너 또 뭔가 저지른 모양이구나."

어떻게 봐도 엘리엇이 클레어에게 혼나다가 공왕에게 매달려 있던 형국이라, 에리히는 희미한 미소를 지으며 말했다. 클레어가 입술을 삐죽거리며 미운 다섯 살 이야기를 했던 게 어젯밤의 일이다.

"아빠, 나 황궁 안 가면 안 돼?"

"황궁에? 가야지."

"아빠아아아!"

엘리엇이 떼를 썼다. 에리히가 클레어 쪽을 바라보자, 그녀가 어이없다는 듯이 말했다.

"황궁에 가느냐 마느냐가 문제가 아니라, 그걸로 밥을 안 먹겠다고 협박했다고요."

"그건 안 되지, 엘리엇. 잘 먹고 잘 자는 건 협상 거리가 아니다."

"엄마는 고자질쟁이!"

"진짜로 저녁밥 안 먹을 거야? 아, 알았다. 너 또 쿠키 먹었지?"

합, 하고 엘리엇이 손바닥으로 입을 가렸다. 지난번에 초콜릿이 앞니에 묻어서 걸렸던 게 기억났기 때문이다. 클레어가 이마를 짚었다. 괜히 황제와 한 묶음으로 미안해진 아렌 공왕이 조심스럽게 말했다.

"간식을 함부로 주지 않도록 내가 잘 이야기하겠네."

"네, 꼭 좀 부탁드릴게요."

아이 입에 뭘 넣어 주는 게 얼마나 즐거운 일인지는 클레어도 알고 있었다. 하지만 황제가 어리광을 받아 주는 일은 도가 지나쳤다.

아이가 하고 싶어 하는 일을 못 하게 한 게 한 맺힌 사람처럼, 그는 엘리엇이 좋아하거나 하고 싶어 하는 일은 무작정 전부 들어주려고 했다. 그 마음도 이해는 했으나, 지지해 주는 건 쿠키 먹이는 거랑은 다른 문제 아닌가 싶었다.

에리히가 손을 내밀어 엘리엇을 달랑 안아 올렸다.

"황궁에 가자."

"싫어."

"그러면 기차 방에는 나 혼자 가야겠군."

"기차?"

좋아하는 단어가 나와서 엘리엇이 깜짝 놀랐다. 엘리엇은 아직까지도 가끔 신혼여행을 따라다닐 때 에리히와 함께 기차 난간에서 바람을 맞은 이야기를 하곤 했다.

"기차 방이요?"

클레어도 처음 듣는 이야기라 되물었다.

"아이 방을 만들면서 황궁을 정리 중인데, 기차 모형이 꽤 여러 개 나왔다더군. 시종장이 어찌할까 묻기에, 그냥 장난감으로 쓰는 것보다는 아예 방 하나를 비워서 모형실로 만드는 게 어떠냐고 권해 보았지."

"아."

모형실 자체는 대단한 게 아니다. 클레어는 에리히가 말하지 않은 부분까지 알아들었다.

아이 방을 만들면서 황궁을 정리했다는 게, 이미 죽은 지 오래된 제러드의 방을 정리했다는 의미는 아닐 것이다. 지금 정리되고 있는 것은 황후궁이다. 그리고 황후궁에 있던 리누스의 방도.

리누스는 마르고트의 재판이 3심에 이를 무렵에 죽었다. 사인은 패혈증이었다. 최신 개발된 항생제는 그를 낫게 하기는커녕 고통스러운 시간을 연장했을 뿐이다. 잠깐 열이 떨어졌나 싶다가도 다시 오르고, 또다시 오르고 하기를 반복한 끝에, 마침내 더 이상 듣지 않게 되었다.

'죽는다고 죄에서 달아날 수는 없을 텐데, 왜 이런 어리석은 짓을 했지?'

빅토리아 대공도, 베티나 공녀도 떠난 다음에야 에리히는 그런 책망을 했었다. 그는 리누스가 늘 그랬듯이 조소하리라고 생각했다. 하지만 그는 조롱조로 말하긴 했지만, 진짜로 전처럼 모든 것을 비웃고 있지는 않았다.

'공작께서는 죄인의 입장이라는 걸 잘 모르시는군. 나는 무시되고 있었어.'

'무시?'

'경비원도, 밥을 가져다주는 시종도 말을 전해 주지 않았으니 까, 형을 불러내려면 이 수밖에 없었어.'

에리히는 어느 쪽에 먼저 반응해야 좋을지 알 수 없었다. 아 렌 공왕이 고립시킨 것에 리누스도 포함되었다는 사실에 놀라 야 할지, 그가 형이라고 부른 것에 놀라야 할지.

열에 들뜬 리누스는 자기가 무슨 말을 하고 있는지도 잘 이 해하지 못하는 것 같았다.

'지금은 그렇다 해도, 황후의 재판이 끝나면 다시 외부와 연 락이 되었을 거야. 이렇게 무리해서까지…….'

'해야 했어. 재판이 끝나기 전에.'

리누스는 몇 번이나 기침을 하고, 열에 신음하다가 겨우 말 했다.

'내가 증언할 수 있어. 어머니가 형을 죽였다는 걸.'

'……'

'들었으니까. 당일에……'

그는 몇 마디를 두서없이 늘어놓았다.

하지만 리누스가 생각하는 것만큼 결정적인 증거 같은 건 아니었다. 사실 그건 이미 끝난 일이며, 이번 재판에서 논점도 아니었다.

황후가 제러드를 죽였다는 심증은 누구에게나 있다. 다른 일이 벌어지지 않았다면, 리누스가 증인이 됨으로써 싸움을 시작할 법도 하다.

하지만 황권 다툼을 이유로 황후를 처벌하는 것은 옳지 않다는 뜻에 에리히는 이미 동의하고 있었다. 그러니 리누스가 내놓은 증거가 설령 물증이었다 하더라도 그는 이것을 굳이 밖으로 전달하지 않았을 것이다.

하지만 이게 리누스가 혼신의 힘을 다해 하는 고해라는 건 이해할 수 있었다. 줄곧 도망만 치던 놈이 처음으로 제 입으로 저로 인해 벌어진 일을 알고 있었노라 고백한 것이다.

리누스는 착란을 일으킨 채 여러 가지를 고해했다. 그 고해 대부분은 에리히가 들을 것이 아니었지만, 어차피 대답이 필요한 이야기도 아니었다. 그리고 굳이 네겐 막을 능력이 없었던 거라고 잔인하게 말하지도 않았다.

그게 마지막이었다.

제 손으로 죽일 각오까지 한 번 했었지만 그렇다고 해서 동생으로 여겼던 이의 인생에 아무런 생각도 들지 않는 것은 아니었다. 에리히는 여전히 리누스가 어린아이인 채 죽었다는 생각을 버릴 수 없었다.

하지만 어쨌든 그는 고백하고 싶은 말은 전부 고백했으리라. 들어야 할 사람은 자신이 아니었을 테지만 말이다.

리누스의 죽음을 애도하는 이는 아무도 없었고, 마르고트의 죽음처럼 세상에 무슨 영향을 남기는 일도 없었다.

마르고트가 황후로 죽은 이상 그도 황자인 채였다. 그러나 사적으로 황제가 아들이 아니라고 선언해 버린 상황이다. 죄를 묻기도, 묻지 않기도 애매했다.

때문에 누구도 리누스의 죽음을 마음 쓰지 않았고, 마치 건드리면 골칫거리가 쏟아지기라도 할 것처럼 멀리서 감시만 했다. 생전과 마찬가지였다. 밀랍처럼 희게 변한 리누스의 얼굴은 평안해 보였으나, 에리히는 그가 진정으로 원하는 것을 손에 넣었는지 아닌지 알 수 없었다.

친인의 죽음은 그에게 이상한 회한을 가져다주었다. 부친의 죽음 때와 마찬가지다.

물론 가신들은 자신이 죽는다면 슬퍼할 것이다. 아마 영지민의 다수가 조문소에도 방문하리라. 하지만 그것은 에리히 클라우제너라고 하는 인간 개인의 죽음을 애도하는 것과는 조금 다르다.

그는 제러드와는 다른 부류의 사람이다. 부친의 죽음을 진심으로 슬퍼한 사람이 자신과 슈나이더 백작밖에 없었듯이 자신의 죽음도 마찬가지였을 것이다.

만일에 클레어를 만나지 못했다면.

그렇게 생각하면, 리누스 역시도 누군가의 애도를 받아야 했다. 그가 슬퍼해 주기를 원하는 단 두 사람은 아마도 엘리엇과 클레어일 테지만, 그건 아이가 잠깐 알았을 뿐인 삼촌을 위해 짊어져야 할 부담은 아니었다.

클레어가 한동안 엘리엇을 황궁에 혼자 보내지 않았던 것도 같은 이유에서라고 그는 생각했다. 황궁에 남아 있는 죽음의 그림자를 아이에게 보이고 싶지 않았기 때문이리라.

'그래도, 내가 장례에 참석해야 할까요? 아는 사람 자체가 몇 명 없을 텐데.'

'오지 마.'

에리히는 그날 밤 침대에서 아내를 끌어안고 누운 채 고요히 있다가 그렇게 대답했다.

'어리석고 불쌍한 놈이라고는 생각하지만, 그렇다고 해서 납치당할 뻔한 당신이 마음 쓸 일은 아니지.'

'하긴 그래요. 당신이 죽었다고 생각했을 때를 떠올리면 괘씸하기도 하고.'

클레어는 그의 어깨를 베고 누운 채 중얼거리듯이 말했다.

'하지만 당신이 혼자 장례식에 서 있는 건 싫어서.'

'나도 가지 말까?'

'하고 싶은 대로 해요. 나는 신경 쓰지 말고.'

클레어는 다정하게 말했다.

'당신 손으로 죽일 각오도 되어 있었다고 했지만, 그건 책임감에서 나온 이야기일 테고, 사실은 동생으로 여겼던 거잖아요. 원래 슬픈 일에는 남이 함께해 줘야 하는 거예요.'

'글쎄. 빅토리아 이모님은 불쌍하게 여기시지만, 그건 리누스가 어리석은 짓을 하는 걸 가까이에서 보지 못하셨기 때문이라고 생각해.'

'자기가 얻고 싶었던 것을 사실 이미 전부 갖고 있었음에도 아무것도 몰랐다니, 불쌍하다는 생각은 들어요.'

클레어는 더 이상 아무 말도 하지 않고 조용히 에리히를 끌어안아 주었다.

그 애도는 침실 안에서, 오로지 하룻밤만 짧게 이루어진 것이다. 황제는 여전히 리누스에게 관심이 없었고, 모든 사람의 시선은 엘리엇에게 쏠려 있었다.

그러니 황후궁은 금세 정리되었다. 황후궁에 있었던 리누스의 옛 거처도.

장난감이 꽤 여러 개 나왔는데 대부분 기차 모형이었다. 황자에게 진상된 물건답게 대부분 정교하고 좋은 물건이었기에 그대로 처리하는 것도 아까워서, 에리히는 황제에게 그것으로 모형 방을 만들어 주라고 권유했다.

안 그래도 엘리엇도 한창 기차에 빠져 있었다. 기차를 타는 걸 좋아하는 건지, 기차 자체를 좋아하는 건지는 아직 좀 불분명해 보이긴 했다. 하지만 엘리엇이 좋아할 만한 공간이 생기는 것은 좋은 일이다.

제국 전체 지도와 철도 노선을 보여 주는 것은 교육적으로도 의미가 있을 것이다. 엘리엇이 자라서 더 이상 쓸모가 없게 되면, 그대로 떼어다가 박물관에 전시하기로 했다.

'이제 황제가 통치하는 세상이 지나갔다 하더라도, 위에 선 자라면 자신이 다스리는 땅이 어떤 형상인지 머릿속에 그릴 수 있어야 마땅합니다.'

에리히의 말에 클레어는 흐흥 웃었지만 말이다.

'통치와 다스린다는 건 같은 뜻이잖아요. 알아 두는 게 나쁠 건 없지만요.'

그래서 시작된 간단한 꾸밈이 마무리되었다.

"황제 폐하께서 아이 방 말씀만 하셔서 그런 줄 알았는데, 기차 방도 완성되었군요."

"기차 방?"

전혀 모르고 있었던 엘리엇이 혹했다.

"어, 엄마."

이제 와서 가겠다고 하자니 계속 우기던 것을 어기는 셈이

라 엘리엇이 더듬더듬 말했다. 아렌 공왕이 미소 지으며 엘리
엇을 도와주었다.

"그거 멋지구나. 나도 같이 가 볼까?"

"진짜요?!"

"왜 그런 것으로 거짓말을 하겠니?"

"아빠도?"

"널 데리고 가야지."

"그럼……."

엘리엇이 손가락을 꼬았다.

"엄마도, 같이 가면 안 돼?"

"나도?"

클레어가 번거로운 마음을 숨기고 되물었다. 엘리엇의 불안
감을 생각하면 자신도 가야 하지만, 몸이 무거워서 황궁까지
걸음 하는 게 내키지 않았다.

"안 돼요?"

엘리엇이 세상에서 제일 불쌍한 아이처럼 눈을 치뜨며 클레
어를 올려다보았다. 그냥 에리히와 다녀오라고 하고 싶었지만,
어쩔 수 없었다. 클레어는 한숨을 내쉬었다.

"엄마 옷 갈아입어야 되는데……."

"그냥 가지, 새삼."

"당신은 그게 예복이지만 나는 이렇게 펑퍼짐하게 입고 있
다고요."

황제가 자택을 방문했을 때 맞이하는 것과는 또 문제가 달

랐다. 황제에게 존경심을 갖고 있다거나 알현을 거창하게 생각하는 것은 아니다. 하지만 굳이 예법을 파괴해서 논란을 만들 생각은 없었고, 황궁 같은 곳에 외출하려면 또 그 나름대로 옷매무새를 갖춰야 하는 법이다.

"그대로도 예뻐."

"그거는 당신이 그렇게 생각하는 거고, 설령 내가 미인이라도 얼굴 이야기를 하는 건 아니에요."

"어차피 가족의 집에 가는 거야. 앞으로 엘리엇을 데리고 자주 다녀야 할 텐데, 일일이 궁정용 드레스를 갖춰 입었다가는 감당할 수 없게 돼."

"남자옷은 궁정용이나 평상용이나 그렇게 차이도 없으니까 그렇죠."

"편하게 해. 너 권위 무너뜨리는 거 좋아하잖아."

"그거랑은 또 다르다니까요."

클레어는 또 한 번 한숨을 내쉬었다. 하지만 편하게 가는 게 좋겠다는 에리히의 충고는 고맙게 받아들이기로 했다. 임신이라는 핑계가 있을 때 편하게 입고 드나드는 연습을 하는 게 좋을 것 같았다. 그리고 황제에게 긴히 해야 할 이야기도 있었다.

"그럼 나 황궁 갈래! 엄마랑 아빠도 같이 자고 오는 거야?"

"그건 좀 생각해 보자."

저녁 식사까지는 귀찮을 것 같기도 하고 말이다. 그 황제 폐하께서 엘리엇이 있는데 자리를 비켜 줄 리 없었다. 엘리엇이 신나서 팔짝 뛰었다.

황제는 기차 방 앞에서 기다리고 있었다.

"왔구나, 우리 아가."

그가 벙글거리고 웃으며 엘리엇을 맞이했다. 오전에도 봤는데, 또 봐도 반가운 모양이었다. 손자란 올 때 반갑고 갈 때는 더 반갑다는 말이 있지만, 황제와 아렌 공왕에게는 해당되지 않았다. 물론, 보모가 있으니 그런 것이기도 했다.

황제가 손수 방문을 열어 주었다. 큼직한 방에, 엘리엇이 30보는 걸어야 가로 길이를 전부 채울 수 있는 거대한 디오라마가 있었다.

"와, 멋지네요."

실제 비율을 맞추어 산맥과 평야가 대부분 표현되어 있었다. 그 위에 철도를 얹고 기차를 얹어 놓은 모습은 진짜로 나라를 작게 축소시켜 놓은 것처럼 보였다.

"디오라마는 원래 있던 것을 가져온 거야. 전시용으로 만들었다는군."

"이거 군사용으로 쓰이는 거 아니에요?"

"교육용이야."

에리히는 그렇게만 말했다. 황후가 옛날에 리누스의 교육을 위해 만들게 했다가, 리누스가 에른스트로 보내지면서 방치되고 있던 것을 완성시킨 것이었다.

엘리엇이 신나서 철도 모형 쪽으로 달려갔다.

"이거 만져도 돼요?"

"기차만."

아렌 공왕이 웃으면서 말했다.

"사실 엘리엇에게 줄 게 하나 있었는데, 가져오길 정말 잘했군. 오늘 주기 딱 맞아."

"선물이에요?!"

엘리엇이 깜짝 놀라 뒤돌아보았다. 아렌 공왕이 주머니에서 작은 증기 기관차 장난감을 하나 꺼내서 엘리엇의 손에 쥐여 주었다. 빨간색과 검은색으로 알록달록하게 칠해진 장난감 증기 기관차가 엘리엇은 마음에 더욱 쏙 들었다.

"이거 내가 탔던 거랑 똑같아!"

엘리엇이 신나서 외쳤다. 그리고 모형 위를 들여다보려고 애썼다. 모형이 진열된 테이블 높이는 아이 눈높이에 맞게 낮게 만들어져 있었지만, 보는 것은 몰라도 중앙 쪽에 손을 대려면 발돋움을 해도 쉽지 않았다.

"금방 자라 버릴 테니까."

황제가 미소를 지었다.

에리히가 엘리엇을 안아 주었다. 아이는 모형 위에 놓인 철도를 고심하며 들여다보았다. 어디가 자신이 지나간 자리인지 궁금한 모양이었다.

"여기."

에리히가 클라우제너로 통하는 산맥 사이의 철도를 가리켰다. 그러자 엘리엇이 장난감 기관차를 쥔 팔을 힘껏 뻗었다.

"붕!"

에리히는 엘리엇이 기관차를 밀 수 있도록 몸을 구부려 줘야 했다. 다른 어른들은 웃으면서 그 모습을 쳐다보았다.

황제가 친근한 웃음을 지으며 말했다.

"이렇게 와 줘서 고맙네, 클레어. 힘들 텐데."

"낮에 다녀가시고 저녁에 다시 부르시니, 임부에게는 조금 가혹한 일정이긴 해요."

"솔직하군."

황제가 미소한 채로 말했다. 이 정도면 거의 에리히에 필적하는 솔직함이었다. 본인들은 인정하지 않을지도 모르지만, 이렇게 비슷한 사람끼리 만나는 것도 쉽지 않은 일이다.

"하지만 꼭 드리고 싶은 말씀도 있었으니, 괜찮아요."

클레어는 방긋 웃으며 황제를 바라보았다.

"다름이 아니라 엘리엇 이야기인데."

"어흠."

황제는 다소 과장된 태도로 헛기침을 했다. 클레어가 무슨 이야기를 하려는 것인지 구체적인 내용까지는 모르지만, 무엇이 되었든 좋은 이야기는 아닐 것이다. 그 역시 엘리엇에게 지나치게 오냐오냐했다는 자각이 있었다.

오늘 간식을 배부르게 먹여 버리기도 했고 말이다. 어린아이의 뱃구레는 왜 이리 작은지, 마음 같아서는 세상에 맛있는 것이라고는 전부 입에 물려 주고 싶은데, 간식 한 접시만 먹여도 벌써 안 된다고 했다.

클레어는 황제의 헛기침 정도에 할 말을 못 할 사람은 아니었다. 황제도 그 사실을 알았으나, 오늘은 클레어의 환심을 살 수 있는 확실한 카드를 갖고 있었다.

"그러고 보니 그대에게 주고 싶은 게 하나 있다네."

"네?"

"엘리엇을 잘 지켜 주고 돌봐 준 보답이라고 생각해도 좋아."

"아니요. 제게도 조카이고, 제 아이인걸요. 지난번에도 말씀드렸지만, 그렇게 말씀하시면 제가 민망하고 곤란합니다."

"물론 그것도 잘 알고 있지만 그래도 내 마음을 부디 거절하지 말아 주게. 그대가 엘리엇의 어머니 대신이라는 것은 알고 있고, 또 에리히가 아버지 역할을 아주 잘해 주고 있다는 것은 알지만."

황제가 미소를 지었다.

"엄밀하게 이건 누구의 역할, 저건 누구의 역할 하고 따지자는 것은 아니지만, 이모로서 엘리엇을 키워 준 것이 그대의 동생 대신이었다면, 내 아들의 빈자리를 채워 준 사랑도 있었지 않나."

"그렇게까지 말씀하신다면 받겠습니다."

양육비라고 생각하면 못 받을 것도 없다. 굳이 돈 자체가 문제가 아니라 그런 식으로 정성을 보여 주는 게 고마웠기 때문에 클레어는 기꺼이 고개를 끄덕였다.

"그러니 제가 맡아 가지고 있다가 소중하게 엘리엇에게 물려주도록 할게요."

"아니야. 제러드의 것은 당연히 엘리엇에게 상속될 테고, 그 걸로 충분하다고 생각한다네. 그것은 아직 먼 이야기이지."

황제가 그렇게 말하면서 봉투 하나를 클레어에게 건네주 었다.

"고맙다는 의미에서 그대에게 주는 선물일 뿐이야. 아직 내 게 뭐라도 힘이 남아 있을 때 주고 싶었거든. 사실 이걸 얻어 내기 위해서 내각과 꽤 여러 가지 협상을 거쳐야 했다네."

그가 웃었다. 클레어는 그 웃음에 조금 놀라면서 봉투를 열 어 보았다. 안에 들어 있는 것은 델포드의 전신 사업권 특허장 이었다. 설비에 투자하는 조건으로 향후 30년 동안 델포드와 에머슨의 전신 사용권을 보장한다는 내용이다. 클레어는 깜짝 놀라 황제를 쳐다보았다.

"이걸 많이 탐냈다지?"

"폐하!"

"어차피 설비는 모두 그대가 해야 하니 선물이 되지는 못 할까?"

"설마요. 감사합니다!"

안 그래도 균형 발전을 위해 당분간 남부에 집중적으로 전신 이 설치될 예정이었다. 델포드에서 가까운 도시가 최우선 지역 중 하나였으므로, 거기에서부터 델포드까지만 연결하면 된다.

그러면 에머슨 공단과 델포드를 전신으로 연결할 수 있다. 그걸 자유롭게 사용할 수 있다면, 사업에 말할 수 없이 큰 도움 이 될 것이다.

그러다가 클레어는 잠깐 움찔하기도 했다. 생각해 보니, 이제 델포드에서 1년 중 며칠이나 머무를지 모를 일이었다.

"그대의 고향이기도 하지만, 엘리엇의 고향이기도 하지 않은가. 멀리하지 않았으면 좋겠군."

"감사합니다."

클레어는 활짝 웃었다. 그러다가 힐끗 쳐다보자 에리히가 얼굴을 구긴 채 쳐다보고 있었다.

"클라우제너 공작님께서 전부터 저더러 자기한테 로비를 해 보라고 하시던데, 굳이 그럴 필요가 없었네요."

그 말에 황제와 아렌 공왕이 둘 다 너털웃음을 터뜨렸다. 엘리엇만 혼자서 '로오비가 뭐야?'라고 묻다가 에리히가 대답해 주지 않자 또다시 토라지고 말았다.

후일담

출산은 두려운 일이다.

산달이 되자 클라우제너 공작저에 팽팽한 긴장이 맴돌았다. 출산으로 인한 사망률이 10%에 가까운 시기다. '다들 잘 낳고 잘 살아'라고 말하기에는, 공작 부인이 너무 귀한 몸이었다. 신분이 귀한 것이 아니라, 누구도 대체할 수 없는 존재라는 점에서 그랬다.

그럴 일은 없겠지만, 공작 부인이 잘못되기라도 하는 날에는 클라우제너 공작가도 끝일 것이다. 누구나 다 짐작할 만한 일이었다.

"건강하면 괜찮아. 의사에게 손 잘 씻으라고 말도 했고, 소독제도 만들었고, 외과 의사도 대기하고 있고."

클레어는 주위에 그렇게 말했지만, 그래도 긴장을 완전히 숨길 수는 없었다. 엘리사가 출산할 때도 이 정도의 준비는 했었다.

"입술이 파래, 클레어."

배가 무거워서 자꾸 뒤척거리는 그녀 곁에 앉아 어깨를 감싸 안고 있던 에리히가 조심스럽게 말했다.

이것만은 어떻게 해도 나눠 질 수가 없는 일이다. 그는 진심으로 아이를 원했으나, 클레어가 이렇게 괴로워하는 것을 보면 조금씩 후회도 들었다.

"그런 얼굴 하지 마요. 그렇다고 아예 아기를 안 갖겠다고 생각하는 것도 아니잖아요."

"그럴 방법이 있다면."

"당신의 인내 말고는 방법이 있을 리가."

에리히의 코끝이 찡그러졌다. 클레어는 그 코를 손으로 꾹 눌러서 더 찌그러뜨리고, 기분 전환 삼아 물었다.

"그래서, 딸이 좋아요? 아들이 좋아요? 아직도 대답 안 했어요."

"……."

"그렇게까지 고민할 일이에요? 아니면, 공적 입장을 생각하면 아들을 원할 수밖에 없으니까, 고민한다는 건 결국 딸이 좋은 거예요?"

"아니."

에리히는 짧게 대답했다. 자신을 닮은 아들이 태어나 클레어의 무릎에 안겨 있는 것도 묘한 기분이 들 것 같긴 했다. 그렇다고 해서……

"널 닮은 딸이면 좋겠다 싶긴 하지만, 나중을 생각하면 싫은 마음도 들어서."

"태어나기도 전부터 사윗감한테 진상 부릴 생각부터 하는 거 봐."

"진상이라니."

"아버지가 살아 계셨으면 좋았을 텐데. 그러면 당신한테 어느 쪽을 걱정해야 하는지 알려 주셨을 거예요."

클레어는 그렇게 말했지만, 이내 웃고 말았다.

"아니 근데 생각해 보니, 당신을 보셨으면 날 걱정하셨을 거 같긴 하네."

"내가 뭘. 아버님이 현명하셨군."

에리히는 무뚝뚝하게 대답했다. 클레어는 웃다 말고 문득 허리가 아픈 것을 느끼고 몸을 조금 들썩였다.

"널 닮은 아들도 좋겠군. 키우기는 힘들겠지만."

"아주 똑똑하고 훌륭한 공작감이네. 좋아요, 날 닮은 아들을 힘껏 낳아 볼게요."

에리히는 결국 피식 웃고 말았다. 클레어가 그 얼굴을 보고 또다시 잘생긴 콧대를 가볍게 쥐었다. 이걸 꺾어 놨어야 했는데 결국 실패했으니, 아들이든 딸이든 얼굴은 당신 닮는 게 낫겠다는 말은 하지 않았다. 물론 성격은 좀 사양하고 싶었다.

'진짜 닮은 아들이라도 나오면 알아서 키우라고 떠넘겨야지. 딸이면……, 예쁘겠다.'

도도한 공주님을 키울 생각을 하면 당장의 힘겨움도 잊고 행복해졌다.

손을 꼬집으려던 손가락이 붙들려 에리히의 입술 사이로 들어갔을 때, 문득 밑이 축축해졌다.

"클레어?"

"아!"

다음으로 진통이 찾아왔다. 클레어는 배에 손을 올렸으나 허리를 꺾지도 못하고 신음했다. 에리히가 깜짝 놀라 일어섰다. 소파까지 말간 양수로 젖어 있었다.

아직 예정일까지 열흘은 남아 있는 시점이었다. 에리히는 황급히 클레어를 안아 들었다. 산실을 일찌감치 만들어 둔 것이 그나마 다행이었다.

"의사를 불러와."

그는 문을 걸어차 열면서 문밖에 대기하고 있던 하인에게 말했다. 잠깐 통증이 잠잠해졌나 싶었던 클레어가 '산파도'라고 말하려다가 또다시 신음 소리를 냈다.

"브란트 선생님, 브란트 선생님을 모셔 와! 공작 부인께서 산실에 들어가십니다!"

하인이 달려가며 고함을 질렀다. 에리히는 그 무례에 신경 쓸 겨를이 없었다.

공작저 전체가 거대한 소란에 휩쓸렸다. 하녀들이 뜨거운 물을 끓이고, 하인이 산파를 부르러 뛰어나갔다. 에리히는 클레어에게 충격을 주지 않도록 조심하면서도 빠른 걸음으로 그녀를 산실까지 옮겼다. 하녀들이 새로 삶은 시트를 침대에 깔았다.

"산파는? 적어도 한 사람은 있어야 해."

"지금 불렀습니다!"

"왜 대기시켜 두지 않았나!"

어쩔 수 없었다. 산실 옆방에 산파가 들어오기로 한 것은 사흘 후 예정이었다. 대신 마사가 깨끗하게 삶은 흰옷을 입고 들어왔다.

"공작님, 나가 계세요!"

마사가 전에 없이 그에게 강경한 태도로 말했다. 그건 남편이 산실에 있어서는 안 된다는 전통적인 이유에서 한 말이었으나, 에리히는 비로소 자신도 소독해야 한다는 데 생각이 미쳤다.

"아, 으, 아!"

그러는 동안 클레어의 비명 소리는 점점 더 커졌다.

"조금만 기다려. 의사가 곧 올 거야."

의사가 온다고 해서 고통이 사라지는 것은 아니지만, 그래도 할 수 있는 말이 그것밖에 없었다. 에리히는 클레어를 달래듯이 그렇게 말하며 땀이 줄줄 흐르는 이마에 입술을 한 번 눌렀다.

클레어는 그걸 거의 인지하지도 못했다. 엘리사는 가진통을 거의 이틀이나 겪었다. 그나마도 아팠다 안 아팠다 했기 때문에, 결국은 초주검이 되었지만 처음에는 견디기 수월했고 마음의 준비를 할 시간도 길었다.

그러나 그건 자신이 당사자가 아니었기 때문에 그렇게 생각한 걸지도 모른다. 클레어는 정신을 잃고 소리를 질렀다. 아플 것은 알았지만, 무엇을 상상해도 그 이상이라더니 진짜였다.

솔직히 그나마 견딜 만했던 짧은 시간이 끝나고 나자 자신이 무엇을 느끼는지조차 알 수 없었다. 그녀는 손에 걸리는 것을 무작정 움켜쥐었는데, 에리히는 그것이 자신을 찾는 것인 줄 알고 다정하게 고개를 숙이며 달랬다.

"괜찮을 거야, 클레어. 내가 여기 있으면 안 돼. 적어도 소독을 하고 나서……."

"악!"

클레어가 비명을 지르다 말고 손에 잡힌 것을 다시 움켜쥐었다. 제법 길어진 에리히의 머리칼이었다.

"헉!"

이건 자신이 엄포 놨던 것을 지키기 위해서 한 일이 아니다. 물론 클레어는 제 말을 지킬 작정이었지만, 그냥 아팠던 만큼 쥐어뜯어 주겠다 이거였지, 진짜로 산실에서 무아몽중인 채로 물에 빠진 사람이 지푸라기 움켜쥐듯 남편의 머리를 뽑아 놓겠다는 소리는 아니었다.

"으윽!"

어지간해서는 고통을 드러내지 않는 에리히도 비명을 지를 정도의 아귀힘이었다. 당황한 마사가 달려와 클레어의 손을 놓게 하려고 했지만 쉽지 않았다. 그 전에 달려 들어온 브란트가 소리쳤다.

"산도가 열립니다! 그냥 계세요!"

별수 없이 에리히는 그 자리에서 몸을 구부리고 버텼다. 오염을 염려한 하녀가 황급히 소독된 천을 펼쳐 걸었다.

"아악! 읍!"

"으윽."

마사가 클레어가 혀를 깨물 걸 우려하여 입에 천을 물려주었으나, 에리히는 정직한 신음을 흘릴 수밖에 없었다.

그러기를 십여 분, 마침내 마사의 투쟁 끝에 클레어의 손은 에리히의 머리와 옷자락 대신 준비된 천을 잡았다. 에리히는 서둘러 산실 밖으로 나갔다. 소독한 옷으로 갈아입고 손을 씻고 도로 들어갈 작정이었는데, 그럴 틈도 없었다.

산파가 뛰어 들어가더니 의사와 마주 고함을 지르며 싸우기 시작했다. 에리히는 아무것도 하지 못한 채 문 앞에서 빙글빙글 돌았다. 뭐가 어떻게 된 거냐고 묻고 싶어도, 감염의 위험을 생각하면 문조차 열 수가 없었다.

안에서 클레어의 비명이 단속적으로 들려왔다.

에리히는 그 시간이 영원처럼 길다고 생각했다. 문 앞에서 너무 오래 서성거려서 다리가 아플 지경이었다.

마침내 클레어의 비명 소리가 멈추고, 안에서 아기 울음소리가 터졌다.

"응애애애!"

에리히는 깜짝 놀라 고개를 들었다. 그리고 무심코 문을 쾅쾅 두드렸지만 안에서는 대답이 없었다.

'설마 무슨 일이라도 생긴 건?'

클레어는 건강한 편이지만, 그렇다고 대단히 강건한 체질이
라고까지는 할 수 없다. 모녀나 자매간에는 체질도 닮는다는
생각이 억지로 덮어 두었던 의지를 헤치고 그의 머릿속에서 기
어올라 왔다.

"클레어!"

그는 진짜로 무슨 일이 생기기라도 한 듯 문을 다시 두드리
며 소리를 질렀다. 안에서는 여전히 아기 울음소리가 들렸고,
에리히에게는 예사롭지 않은 소음이 계속되었다.

"제발 대답 좀 해!"

그는 간절하게 소리쳤다. 클레어가 직접 대답하지는 못해도
하녀 한 명 정도는 대답할 수도 있을 텐데. 초산은 오래 걸린다
는데, 소리가 너무 빨리 끝난 것마저도 불안했다.

달칵.

문고리가 돌아갔다. 에리히는 얼른 뒤로 물러섰다. 깨끗하
게 씻긴 아기를 흰 천에 싸서 안은 마사가 웃는 낯으로 나왔다.

"건강한 아드님입니다. 축하드립니다, 공작님."

"클레어는?"

"지쳐서 아기 님을 안아 보시고 바로 잠드셨어요. 산파가 무
척 솜씨가 좋아서 빨리 끝났으니, 나중에 꼭 칭찬을 해 주셨으
면 좋겠어요."

"별문제는 없는 거지?"

"안을 정리하고 나서, 공작님께서도 차림을 갖추신 후에 들
어가시면 좋을 것 같아요."

마사가 땀에 범벅된 얼굴로 말하고, 에리히의 팔에 아기를 안겨 주었다.

에리히는 엉거주춤하게 아기를 안았다. 안았다기보다는 들었다는 말이 맞았다. 제 어머니 배 속에 있을 때는 그렇게 큰 것 같더니, 나온 것을 보니 식탁 위의 빵 바구니만 했다.

"아."

아이는 자신을 닮은 빛깔의 금발이었다. 기쁨보다도 묘한 감동 같은 것을 느끼며 에리히는 아기를 안고 돌아섰다.

산실 앞에 모여든 가신들이 웃음이든 경악이든 표정을 숨기려고 기를 쓰고 일그러진 얼굴을 하고 있는 것을 그제야 알았다. 사실 그는 사람이 모여 있는 것도 처음 깨달았다.

그리고 자신이 쥐어뜯긴 봉두난발에 단추가 전부 날아간 옷차림을 하고 있다는 것도.

"아니."

그는 저도 모르게 클레어에게 옮은 입버릇을 뱉었다.

"축하드립니다, 각하."

막시밀리안이 제일 먼저 웃음을 솔직하게 내보이며 말했다. 그러자 가신들은 지금이 웃어도 되는 타이밍이라는 걸 깨달았다. 아이가 태어난 순간 아닌가.

"각하를 꼭 닮으셨습니다!"

"경하드립니다!"

"몸집만 봐도 아주 건강하고 아름다운 아기 님이십니다!"

축하 속에 휩싸여 에리히는 머뭇거렸다. 그러나 결국 그도

품에 들어와 있는 따끈따끈하고 조그만 체온에 행복한 웃음을
머금고 말았다.

제 아이였다.

"엄마 나빠!"

엘리엇은 제일 먼저 그런 투정부터 부렸다. 클레어의 산통
이 시작된 것이 밤 시간이었기에, 엘리엇이 잠든 사이에 시작
해서 끝나 버렸던 것이다. 마사에게 엄마가 아파하거나 소리를
질러도 절대 놀라면 안 된다고 몇 번이나 배웠는데, 배운 대로
할 기회조차 없었다.

"나도 제일 먼저 아기를 보고 싶었는데."

"쿨쿨 잤잖니."

침대에 혈색 없는 얼굴로 누워 있던 클레어는 미소 지으며
말했다. 솔직히 낳는 고통까지만 각오했지, 낳고 나서도 이렇
게 힘들 줄은 몰랐지만, 어쨌든 뿌듯했다.

"아기는 보고 왔니?"

"응! 너무 예뻐!"

"너도 꼭 그만큼 예뻤단다."

클레어는 그렇게 말하며 팔을 벌렸다.

엘리엇이 발로 원을 그리며 몸을 꼬았다. 클레어는 의아하
게 보았다.

136

"왜? 이제 형이 됐으니까 엄마한테 달려들진 않을 거야?"

"엄마는 아프니까."

"아픈 데도 안아 주지 않으려고?"

함부로 뛰어들거나 안기면 안 된다는 주의를 거듭 들었으므로 엘리엇은 조심조심 침대 위로 올라갔다. 그리고 클레어를 꼬옥 끌어안았다. 그동안 배 때문에 꼭 안지 못한 게 서운했는데, 그 마음이 모두 풀어질 만큼 클레어는 엘리엇을 품에 끌어안았다.

"엄마 배가 작아졌어."

"아기가 나왔으니까."

그러면서 클레어는 엘리엇의 뺨을 손등으로 가볍게 쓸었다. 그리고 웃었다.

"어쩜 이렇게 닮았을까?"

"나랑, 아기랑?"

엘리엇이 반색하며 되물었다. 클레어는 미소를 지으며 대답했다.

"그래."

아기는 에리히를 꼭 닮아 어린 얼굴인데도 이목구비가 뚜렷하고 코가 높았다. 제러드 황태자와 에리히가 그토록 닮았으니 그 자식끼리도 닮은 게 자연스럽긴 하지만, 아기와 엘리엇은 육촌인데도 어쩜 이리 똑같은지 모르겠다.

엘리엇이 기쁜 듯이 웃었다. 어찌 보면 엘리엇의 얼굴에는 엘리사가 남아 있는 것에 비해 아기의 얼굴에는 그녀가 남아 있지 않아서, 닮은 부분이 두드러져 보이는 것 같기도 했다.

'키우려면 힘들 거 같은데.'

성격까지 부친을 빼다 박았다는 보장은 없지만, 갓난아이 주제에 세상 장엄한 얼굴을 하고 있는 것을 보면 맞을지도 모른다.

"내가 우유도 먹여 주려고 했는데, 안 된대."

"아직 너무 어리니까."

"내가 형이니까 잘 키워 줄 거야."

클레어는 왠지 마음이 아팠다. 그래서 엘리엇을 끌어안으며 말했다.

"너도 아기인데."

"그치만. 엄마도 하늘에 있는 엄마를 키워 줬다고 했잖아."

"아니야."

클레어는 자기가 언제 그런 말을 했던가 돌이켜 보았다. 엘리엇에게 딱히 직접 그런 말을 한 적은 없지만, 어른들끼리 있을 때는 간혹 엘리사를 보살폈느니, 이른 나이에 남작이 되었다느니 하는 이야기를 했던 것 같다.

이래서 아이 앞에서는 함부로 말할 수 없다. 클레어는 엘리엇의 이마에 제 이마를 마주 대고 말했다.

"그건 외할아버지와 외할머니가 일찍 돌아가셔서, 엄마가 대신 하늘에 있는 엄마한테 용돈을 줬다는 이야기고."

"응······."

"엄마랑 아빠는 오래오래 살 거니까 엘리엇은 안 그래도 돼.

아기여도 돼."

"그래도 형아야."

"그럼."

"내가 아주아주 잘 놀아 줄 거야! 보리 형아처럼!"

클레어는 웃어 버렸다. 보리는 델포드에 있는 강아지 이름
이다. 엘리엇은 보리를 귀엽다 귀엽다 하다가, 저보다 세 살이
나 더 먹었다는 사실을 알고는 '형아구나!'라고 깜짝 놀란 적이
있었다.

"아기 이름은 뭐야?"

"아직 안 지었어. 뭐라고 지을까?"

그런 이야기를 하고 있을 때였다. 똑똑, 노크 소리가 나더
니, 에리히가 방문을 열었다. 아기를 안은 채였다.

"안고 그렇게 돌아다녀도 돼요?"

아기는 우량아였으나 에리히의 손에 달랑 들려 있으니, 아
기 싸개가 싸개가 아니라 포장지처럼 보였다. 그가 대수롭지
않게 대답했다.

"아기방이라고 벽이랑 바닥까지 끓이진 않으니까, 어디든
비슷하겠지."

청소에 신경 쓰고 있는 건 클레어가 누워 있는 부부 침실이
나 아기방이나 마찬가지였다. 클레어의 쇠약해진 몸에는 아직
감염의 위험성이 있었다.

윤나게 닦은 바닥을 밟은 것이 구두도, 고무 밑창을 댄 가죽
신발도 아니라 포근포근한 면 슬리퍼인 게 몹시 마음 편했다.

클레어는 저택 전체를 신발 금지 구역으로 삼을 수는 없을까 잠시 고민했으나, 온돌이 없으니 무리일 것이다.

'온수 매트……, 전열선……, 황동 파이프……, 옥 장판……, 옥 장판?'

이거 의외로 될 거 같기도 한데. 보일러는 무리라도 전열 기구는 가능하니까, 그 위에 돌을 얹으면 될 게 아닌가. 안 그래도 침대를 평상으로 만들 작정이었으니까 아예 돌침대를…….

생각에 잠긴 그녀의 얼굴을 쳐다보고 에리히가 어이없다는 듯이 말했다.

"또 무슨 쓸데없는 생각을 시작한 건가?"

"쓸데없다니요. 다 미래의 삶을 조금이라도 편하게 해 보려는 발버둥인데."

물주머니만으로는 만족할 수 없었다. 뜨뜻하게 등을 지지고 싶었다. 산후조리에는 아랫목이 최고인데 말이다. 그러는 동안 에리히가 확인했다.

"엘리엇, 손은 씻었지?"

"손, 발, 다 씻고 검사도 받았어요!"

에리히는 엘리엇의 손을 당겨 손톱 밑까지 꼼꼼하게 검사했다. 아이 손에서 비누 냄새가 났다. 발에는 에리히와 똑같이 면 슬리퍼를 신고 있었다.

"잘했다."

"히히."

에리히가 머리를 쓰다듬어 주자 엘리엇이 방실방실 웃고는 아기를 들여다보았다.

클레어가 손을 내밀었다. 에리히는 그녀에게 아기를 안겨 주려고 했지만, 클레어는 아기가 아니라 에리히의 머리에 손을 올렸다. 길어졌던 머리가 이번에는 지나치게 짧게 잘려, 잡으려고 해도 손가락 사이로 빠져나갔다.

"머리 왜 이렇게 짧게 잘랐어요? 또 내가 머리채 잡을까 봐?"

"……길게 있었던 게 오래되었으니까 기분 전환 삼아 짧게 잘랐을 뿐이야."

"당신이?"

클레어는 코웃음을 쳤다. 학창 시절부터 지금까지 늘 같은 길이로 같은 모양을 유지했던 주제에. 아마 에리히에게는 그것도 모양새를 갖춘다는 의미에서 일종의 매너 비슷한 것이었을 텐데.

"뭐, 염려 말아요. 당신 머리에 땜통이 생기거나 모근이 약해져서 늙어서 민머리가 되어도 버리지 않을 테니까."

"할 말이 그것뿐인가?"

"음……. 미안해요?"

에리히가 한숨을 내쉬었다. 미리 머리채 잡을 거란 선언을 듣고 잡힌 일로 더 트집을 잡을 수는 없었지만 말이다. 클레어가 어색하게 말했다.

"미안해요. 아니, 근데 진짜 일부러 그런 건 아니었어요."

"알아. 고생한 건 내가 아니라 너지."

에리히가 그렇게 말하면서 한 번 클레어의 손을 깍지 끼어 잡았다.

"고마워."

"알고 있으니 다행이죠."

그때 잠들어 있던 아기가 얼굴을 일그러뜨렸다.

"아빠, 아빠, 아기 울어!"

"엇."

에리히가 당황했다.

"으응!"

아기가 조그만 소리를 냈다가, 다음 순간 우렁찬 울음을 터뜨렸다. 하루 사이에 그럭저럭 안는 것에는 익숙해졌지만, 돌보는 것을 배웠다고까지 할 수는 없는 에리히가 어찌할 바를 모르고 허둥거렸다.

배고픈가? 기저귀가 축축한가? 유모가 확인하는 순서를 알고 있었지만, 그는 아기를 침대에 내려놓고 기저귀를 확인해봐야 할지, 클레어에게 넘겨야 할지, 아니면, 나가서 유모를 찾아야 할지. 손발이 세 개였으면 아마 서로 다른 방향으로 나갔을 것이다.

하지만 그의 손발은 두 개뿐이었고, 손과 발이 각각 따로 놀아 발도, 손도 멈칫했다.

"후앵, 응애, 후애애앵!"

"아빠!"

당황한 엘리엇이 에리히를 질책했다. 클레어가 한숨을 내쉬고 지시해 주었다.

"유모에게 데려다줘요. 당신이나 나보단 낫겠지."

"아."

아직 젖도 제대로 나오지 않고, 몸도 슬슬 한계였다.

에리히가 깨달음을 얻기라도 한 듯한 얼굴로 밖으로 나갔다. 엘리엇이 얼른 그 뒤를 따랐다.

클레어는 아픈 몸을 부여안은 채로도 웃음을 참을 수 없었다. 누가 저 사람의 저런 모습을 알겠는가. 놀리고 싶은 마음은 굴뚝 같았지만, 그의 명예를 위해 덮어 두기로 했다.

리나가 방문한 것은 아기가 태어나고 나흘 후의 일이다.

"선물을 전해 드리고 싶어서 왔어요. 이건 몸에 바르는 크림, 실내용 양말, 장갑이랑 숄, 아기 싸개……, 어차피 전부 준비하셨겠지만, 그래도 뭐라도 도와 드리고 싶어서요."

이웃의 출산을 몇 번이나 도운 일이 있었기에, 산모를 보살피는 일이 얼마나 중요한지 잘 알고 있었다. 이번에도 그러고 싶었지만, 때를 놓치고 말았다.

장례식을 치른 사람은 아기의 출산 장소에 가까이 오는 것이 아니다. 딱히 미신적인 뜻에서 한 것은 아니지만, 사흘 동안 몸을 씻고 마음을 정돈하고 나서야 겨우 깨끗하게 축하할 수 있는 마음으로 몸을 일으킬 수 있었다.

집사가 송구하다는 듯이 대신 그녀에게 고개를 숙였다.

"죄송합니다만, 마님께서는 지금 손님을 맞이하실 수 없습니다."

클라우제너 공작저는 지금 거의 문을 닫아건 듯한 상황이었다. 출산 당일에 달려왔던 가신들도 대부분 쫓겨났다. 아기 님을 뵙고 싶다는 사람은 많았으나, 공작 부인은 푹 쉬어야 하고, 감염도 우려된다며 아예 사람의 출입을 금했다.

거의 모든 고용인들이 청소와 소독에 동원되었다. 그러나 공작이 직접 나서서 진두지휘를 하니, 감히 불만을 말할 사람은 아무도 없었다.

"네. 알고 있어요. 푹 쉬셔야지요. 그래도 선물은 전해주세요. 꽃도요. 얼마 안 되지만……."

그 말에 집사가 미소 짓고 말았다.

"꽃은 안 그래도 넘치고 있습니다. 주인님께서 수도의 모든 꽃을 전부 쓸어 올 기세시라서요."

"아, 그래서군요. 아니 진짜로, 꽃 값이 엄청나게 올랐더라고요."

이제 리나는 돈 문제로 아쉬운 생각을 할 입장은 아니었으나, 꽃 값도 꽃 값이고, 물량도 없어서 웃돈을 얹어 줘도 구하기가 힘들었다. 극장과 댄스장들도 마찬가지였다. 꽃 값이 오르기 시작한 지는 벌써 좀 되었고, 지난달부터 이미 꽃 장식을 하기는커녕 소도구용 꽃다발도 구하기 어려워졌다는 원성이 자자했다.

덕분에 조화 사업이 활활 불타기 시작했는데, 그 원인이 되는 사람은 아직 상황을 짐작도 하지 못했다.

그 귀한 꽃이 이 응접실에는 가득했다. 클라우제너이니 이상하게 생각하지 않았지만, 이게 내실에서부터 넘쳐흐른 거라고 생각하면, 리나조차도 살짝 어이없을 지경이었다.

"내실로는 들어가실 수 없지만, 소식을 전하겠습니다. 마님은 뵐 수 없지만, 빌헬름 님과 막시밀리안 님이 계십니다."

"아, 그분들을 뵙고 가면 좋겠네요."

집사가 조금만 기다려 달라며 물러갔다.

리나는 응접실에 가득한 꽃 구경을 하며 시간을 보냈다. 에리히가 직접 사들인 것 말고도 여러 곳에서 보낸 꽃이 여기에 있었다.

『아기 님의 탄생을 진심으로 축하드립니다.

-슐츠&셔우드 법률 사무소.』

『출산을 진심으로 축하드립니다. 정말 고생 많으셨고, 앞으로도 상단주님과 아기 님, 그리고 가족 모두가 건강하시길 바랍니다.

-위빙 상단 일동.』

『건강한 후계자를 얻으심을 경하드립니다. 클라우제너와 델포드의 영광이 영원히 계속되기를 바랍니다.

-하비흐&람스베르크 의원 사무실.』

이 카드를 쓴 사람은 분명히 울리히일 것이다.

붙어 있는 카드들에는 특별한 내용이 전혀 없었다. 아마 클레어의 관계자 회사가 내실에서 밀려나서 여기 와 있는 것처럼 느껴지는 것은 착각일 것이다.

뭐, 어차피 각자 개인적으로 선물과 축하 메시지를 전했을 것이다. 리나는 바로 어제, 꽃집에서 발을 동동 구르는 로저와 마주치기도 했다. 그렇다고 자신의 몫을 양보할 수는 없었지만 말이다.

그리고.

『세기의 결혼에 이은 세기의 후계자 탄생, 축하드립니다. 앞으로도 기쁜 소식 종종 전해 드릴 수 있기를 기원합니다.

-레비 순보.』

이 카드 문구에는 웃지 않을 도리가 없었다. 무얼 누구에게 전해 준다는 건가. 클레어에게 그녀가 기뻐할 만한 소식을 전해 준다는 의미는 아닌 게 분명했다.

리나가 웃으면서 카드들을 더 읽어 보고 있는데, 응접실 문이 열렸다.

"리나 양."

"막시밀리안 경!"

리나는 반갑게 그를 불렀다. 막시밀리안이 평화로운 미소를 지었다.

"잘 지낸 것처럼 보이는군요. 다행입니다."

"덕분에요. 막시밀리안 경에게도 고맙다는 인사를 해야 하는데."

"이미 충분히 들었습니다. 리나 양이 원하던 사람을 찾지 못해서, 그것이 마음에 걸릴 뿐이죠."

스테판은 또다시 사라졌다. 막시밀리안의 도움을 받아 찾은 마지막 흔적에서 리나는 아우구스타의 시신을 발견했다. 죽은 지 한 달은 넘은 것 같았다. 실의에 잠겨 죽었는지, 아니면 누가 살해했는지 알 수 없었다.

아마 이제 와서 그런 것을 따지는 일도 무의미하리라. 하지만 인간의 도리로서 리나는 아우구스타의 장례를 치러 주었다. 결국 스테판이 제게 원한 것이 무엇인지, 어떻게 살기를 바란 건지 리나로서는 알 수 없었다.

그녀는 결국 다른 일을 하지 않기로 했다.

"조만간에 무대에 설 거라고 들었습니다."

"네. 이제는 사실 어딜 가도 가수보다는 투자자 취급을 받긴 하는데요."

리나가 어색하게 웃었다.

"제가 올리고 싶은 극을 무대에 올릴 수 있게 되었으니까, 그걸 이용해서 좋은 작품을 올려 볼까 해요. 이번에 느낀 일이 많았거든요."

울리히는 의원 사무실에 미인이 들어올 기회를 놓쳤다며 애석해했지만, 진심은 아니었을 것이다. 원한다면, 나중에라도 시작할 수 있는 법이다.

대신 그녀는 울리히와 디트마어의 후원자가 되기로 했다. 지켜보는 사람도 필요한 법이라며, 디트마어도 그녀의 결정을 지지해 주었다. 클레어에게는 아직 이야기하지 않았지만, 아마 긍정해 줄 것이다.

무엇이든, 서두를 필요는 없었다. 지금 자신이 더 큰 영향력을 발휘할 수 있는 곳은 다른 부분이라는 생각이 들었다. 조금 느려졌어도 격류는 격류다. 세상은 한창 변하는 중이었다.

"막시밀리안 경은 좀 어떤가요? 다쳤던 어깨는요?"

"멀쩡합니다. 원래 튼튼한 편이니까요."

그렇게 말하면서 막시밀리안은 가볍게 어깨를 움직여 보였다.

"다행이에요."

"작은 주군이 두 분으로 늘었으니, 이제 놀아 드리려면 건강해져야죠."

막시밀리안이 웃으며 그렇게 대답했을 때였다. 문이 열리고, 사랑에 빠진 얼굴을 한 빌헬름이 들어왔다.

"리나 양!"

"안녕하세요, 빌헬름 경. 좋은 소식이 따로 또 있나 봐요?"

그야 물론 후계자의 탄생보다 기쁜 일은 없겠지만, 빌헬름이 자신을 향해 그런 얼굴을 하는 걸 보면 다른 이유가 또 있을 것이다. 그가 환하게 웃으며 말했다.

"다이아몬드 광산의 수익률이 400% 치솟았습니다."

"네?"

"아니, 투자는 많이 했지만, 그사이에 이런저런 일이 너무 많지 않았습니까? 흑자로 돌아서긴 했지만 기대만큼은 아니어서 걱정했는데, 이번 달부터 솟구쳤어요."

"아아. 축하드립니다."

리나가 밝게 말했다. 빌헬름은 그녀에게 뽀뽀라도 해 주고 싶은 얼굴을 했다.

"이번에 새로 무대에 서기로 하셨다고 들었습니다. 거기에 새로운 목걸이와 드레스 장식을 올리고 싶은데, 어떠십니까?"

"글쎄요. 다이아몬드 목걸이가 어울릴 역할은 아닌데. 작은 귀걸이라면 어떨까요?"

"그것도 좋지요! 지금 제일 저렴한 다이아몬드가 제일 많이 팔리고 있습니다. 인장 반지 디자인에 깨알만 한 다이아몬드를 넣는 게 유행이 되어서!"

"클레어 님이 기뻐하시겠네요."

그대로라면 사업 이야기를 줄줄 할 것 같았기에 리나는 물꼬를 클레어 쪽으로 틀었다. 역시나, 빌헬름이 활짝 웃었다.

"정말입니다. 사실 출산 준비를 하시면서 가장 걱정하신 일이, 그사이에 사업에 문제가 생기는 것이었거든요."

"그렇군요. 하긴, 클레어 님이니까."

분명히 내실에서 뭔가 또 새로운 생각을 하고 있을 게 분명했다. 빌헬름이 말했다.

"아무튼, 너무 서운해하지 마십시오. 가족들끼리만 계실 수 있는 시간이 늘 많지 않기도 하고, 정말로 철저하게 소독하고 계시니까요. 황제 폐하께서도 거절당하셨답니다."

그렇게 말하면서 그가 응접실 한중간에 있는 커다란 꽃 상자를 가리켜 보였다. 구하기 어려운 생화 대신 실크와 보석으로 만들어진 것이었는데, 오래도록 장식될 만한 보물이었다. 응접실까지 떠밀려 온 것을 보면, 에리히가 별로 반기지는 않은 모양이었다.

리나는 자신이 그래도 황제보다는 클레어와 더 가깝지 않나 생각했지만, 상식적으로 황제를 거절하기가 더 어렵기는 할 터이므로, 그냥 미소만 지었다.

"하시는 모든 일이 잘되고 있고, 귀여운 아기 님도 얻으셨으니, 이제 푹 쉬시기만 하면 될 텐데."

과연 그럴까? 그 말은 불길할 수도 있으니까 그만두었다.

빌헬름이 경쾌한 목소리로 말했다.

"식사를 하고 가시죠. 출입 가능한 곳은 각하의 서재와 별채뿐이지만, 다들 아기 님을 뵙기 전에는 전부 거기 들러붙어 있을 모양이라, 저희들끼리 종종 만찬을 합니다."

"감사합니다."

좀 번거롭다고 생각하면서도 리나는 웃으면서 대답했다. 그러다가 문득 막시밀리안과 눈이 마주쳤다. 그가 눈만으로 웃어 보였다.

클레어는 일어서서 걷기 시작했다. 낳았다고 바로 시원하게 몸이 원상회복되는 것이 아니라, 살살 운동하라는 말을 들었는데 좀처럼 쉽지 않았다. 엘리엇이 팔짝팔짝 뛰면서 숫자를 셌다.

"하나, 둘, 셋. 엄마! 앉으면 안 돼!"

"아이고."

그녀는 신음하며 바닥에 쭈그리고 앉았다.

"엄마, 선생님이 운동해야 된댔어."

"으으……, 힘들어서 그래."

클레어는 끙끙거리며 한탄했다. 순산한 건 좋았는데, 반대로 회복이 죽도록 힘들었다.

"다시, 엄마, 다시."

제가 걸음마를 시키는 게 신난다며 엘리엇이 그녀의 손을 잡고 또 숫자를 셌다. 아이 앞에서 못 걷겠다고 더 엄살을 부릴 수가 없어서 클레어는 끙끙거리며, 이끄는 대로 걸었다. 만삭일 때 꼼짝도 안 하고 있었더니 다리 근육이 다 죽어 버려서 더 힘든 것 같기도 했다.

"미역국 먹고 싶다."

"목꾹이 뭐야?"

"그런 게 있어. 엄마가 좋아하는 수프."

클레어는 식은땀을 닦았다. 역시 에리히 머리를 그냥 두는

게 아니었는데. 그거 뜯긴 걸로 탈모가 되면 버려 주겠다고 다
짐하며 그녀는 비척비척 다시 걷기 시작했다.

똑똑.

노크 소리가 났다. 아내가 한창 흉험한 생각 중인 걸 모르는
에리히가 문을 열었다.

그의 손에는 쟁반이 하나 들려 있었다. 클레어는 그 모습을
보고 흉험한 생각을 했던 것을 잊었다.

"직접 가지고 왔어요?"

"사람이 많을수록 감염 우려가 높다고 하니까."

어차피 유모와 마사가 아기를 안고 오고 있는데, 그가 새
삼 말도 안 되는 소리를 했다. 클레어는 끙끙대며 그에게 다가
갔다.

"그냥 나를 돌봐 주고 싶다고 말하지 그래요? 이제 와서 날
상대로 체면이고 프라이드고 챙겨 봤자, 와!"

그녀는 감탄사를 흘렸다. 에리히가 들고 있는 쟁반 위에는
큼직한 그릇이 있었는데, 그 안에 들어 있는 것은 해조류를 넣
은 쇠고기 수프였다. 미역국이라는 뜻이다.

"와! 아니, 이걸 어떻게?!"

"해초 수프라니, 괴상한 취향이라고 생각하지만, 찾아보니
있긴 하더군."

에리히가 떨떠름하게 말했다. 클레어는 비척비척 지팡이를
짚고 테이블 쪽으로 갔다. 세 걸음도 걷기 힘들다고 엘리엇에
게 찡찡대던 때와 달리 활발한 걸음이었다.

"이것만으로는 안 돼요. 밥이 있어야 해. 아, 근데 솥 밥 하려면 또…….."

"이것만으로는 안 된다고?"

에리히가 쟁반을 내려놓았다. 미역국 옆에 놓인 것은 빵과 토마토소스였다. 그건 진짜 아니었다.

클레어는 일단 따끈따끈한 국물을 한 숟가락 들이마셨다.

"크……, 이거지! 아, 미역만 있는 게 아니네."

다른 해조류가 섞여 있었다. 하지만 그건 골라내라고 주방에 지시만 내리면 간단하게 해결될 문제였다.

에리히가 눈살을 찌푸렸다. 해산물을 많이 먹는다는 지역으로 사람을 보내어, 가져올 수 있는 걸 모두 가져오게 했다. 하지만 육수 재료를 먹어 치우는 심정을 이해할 수 없었다. 입덧 때는 입덧이라서 그렇다 치지만 말이다.

에리히는 아직도 매운 양념의 맛을 잊지 못하고 있었다. 분한 것은, 화학 공격에 가까웠던 그 음식이 지금도 가끔 생각난다는 것이었다.

클레어는 국물만 몇 술 떠먹고도 한층 기운을 냈다.

"뜨거운 국물이 속을 아주 싹 내려 주는 게, 밥만 있으면 열 그릇도 먹겠어요."

"식욕이 있는 건 좋은 일이지."

"힘내서 주방에 가 봐야겠어요."

에리히의 눈이 가늘어졌다. 클레어는 미리 항복했다.

"알았어요. 뭐 어차피 여기가 무균실도 아닌데, 까다롭긴."

"사람 많이 오가는 곳이랑 같나."

"그래도요."

"마사한테 시켜."

"으음."

어차피 자신이 솥 밥에 도전한다고 잘할 것도 아니라서, 클레어는 고개를 끄덕였다.

마사가 아기를 안고 온 것은 그녀가 빵에 잼을 발라 '이건 그냥 간식이지!'라고 한탄하며 씹어 삼킨 다음이었다. 아기 싸개에 단단히 싸여 마사의 품에 안긴 아기는 이제 눈을 반개하고 있었다. 클레어는 환하게 웃으며 팔을 내밀었다.

"먼저 앉으세요. 아직 힘드시니까."

"응."

클레어는 에리히의 부축을 받아 침대에 앉았다. 마사가 그녀에게 아기를 안겨 주었다. 엘리엇이 조르르 클레어의 옆으로 기어 올라왔다.

아직 초점은 맞지 않았지만 눈동자는 선명한 푸른색이었고, 그 위에 금빛 속눈썹이 그림자를 드리웠다. 괜스레 그것을 건드리며 클레어가 웃었다.

"아니, 그런데 봐도 봐도 신기해. 어쩜 이렇게 똑같지?"

그리고 이번에는 엘리엇의 볼을 손가락으로 콕 찍으며 말했다.

"이 핏줄이 너무 강한 거 같아요."

"우웅."

"금발은 열성 인자라고 했던 것 같은데, 어떻게 이렇게 틀로 찍어 낸 것처럼 생겼대?"

"엄마아!"

볼을 꾹꾹 눌린 엘리엇이 항의하는 목소리를 냈다.

"음……."

에리히는 부정하지 못했다. 좀 적절히 섞여서 나왔으면 좋았으련만.

태어났을 때부터 저를 닮은 아기가 클레어에게 안겨 있으면 미묘할 것 같다고 생각했던 에리히는 역시나 그런 기분을 조금 느꼈다. 물론 뿌듯함과 기쁨도 함께였다.

"자라면서 변하기도 하니까요. 첫아들은 엄마를 닮는다는 말도 있고……."

"이왕 닮게 나온 거 자랄 때까지 에리히를 닮아야지. 얼굴은."

"얼굴은?"

"키도요. 아, 몸도."

"……."

"성격은 반만."

클레어가 그렇게 말하면서 키들키들 웃었다. 그래도 이 아이는 괜찮을 것이다. 착한 엘리엇이 위에 형으로 버티고 있어 줄 테니까. 아니다. 거꾸로 생각하면, 엘리엇이 너무 고생할까 봐 염려되기도 했다.

그런 생각을 하고 있는데, 마사가 물었다.

"어떠세요, 오늘은?"

"이제야 젖이 좀 돌기 시작하더라고. 산파 말로는 보통 출산한 지 사흘쯤 되면 괜찮아진다던데."

"낳는 고생이 덜하셨다 싶더니, 회복에는 시간이 많이 걸리셔서……. 좀 잘 드셔야 되는데."

"그래도 나야, 마사도 있고 유모도 있고 편하지."

클레어는 그렇게 말하면서 아기의 얼굴을 어루만졌다. 임신 중에는 일이 너무 많아서 그런지 만삭이 되고서도 실감이 별로 나지 않았는데, 정작 낳고 나니 이게 정말 내 안에서 나왔다니 신기했다.

아기가 조그만 입을 오물거렸다. 저도 살아 있다고, 입도 움직이고 눈동자도 움직인다.

울면 어쩌나 했는데, 그러지는 않았다. 입을 제 나름대로 크게 벌렸다 닫는 것이 하품인가 싶었다.

"젖을 물리는 게 좋을까?"

"조금 전에 잔뜩 드시고 와서 괜찮으실 거예요."

"내가 먹여도 괜찮은데."

"너무 힘드실 거예요. 조금 더 몸이 회복되신 후에 시작하셔도 돼요. 하지 않으셔도 괜찮고."

"그래도……."

"유모의 젖이 아주 넉넉해요. 남의 아이 것을 빼앗아 먹이는 게 아니니 염려 마세요."

클레어는 조금 한숨을 내쉬었다. 밤에 푹 잘 수 있게 해 주는 것은 고맙지만, 그래도 뭐라도 더 해야 할 것 같은 마음에 사로잡히는 것은 어쩔 수 없었다.

"엄마, 엄마."

엘리엇이 활발한 목소리로 끼어들었다.

"아가야 이름은 뭐예요?"

"고민 중이야."

"아직도요?"

"아빠한테 지으라고 했는데, 아직이래."

엘리엇이 에리히를 돌아보았다. 에리히가 심각한 얼굴로 팔짱을 낀 채 아기를 내려다보았다.

그는 사실 클레어가 임신했다는 사실을 알았을 때부터 몇 달째 고민하고 있었다. 클레어는 처음에는 어이없다는 듯이 말했다.

'뭐예요, 무조건 당신한테 권리가 있는 것처럼?'

그렇게 말했지만, 정작 낳고 나서는 이름 지을 권리를 기꺼이 그에게 양보했다. 이 아이가 클라우제너 공작가를 상속하게 될 것은 분명했고, 공작가의 가신들이 기뻐하는 모습을 보면, 그 기대를 충족시켜 주어야 한다는 생각이 들었기 때문이다.

그래도 에리히는 고심이 컸다. 관례대로라면 선조의 이름 중 하나를 물려받아야 하지만, 엘리엇과 형제로 키우려면 이름도 같은 방식으로 맞춰 짓는 것이 좋을지도 모른다. 게다가 앞으로 클라우제너와 델포드의 관계를 생각하면, 황실처럼 후계자의 이름에도 신경 쓰는 게 좋을 수도 있었다.

"괜한 생각 할 필요 없어요. 예민한 시기라지만, 오히려 그러니까 전통을 핑계 대는 것이 나을 수도 있죠."

"음……."

"로멜 식이든 아렌 식이든 무슨 상관이겠어요. 그러면 하나씩 섞어서 지어요. 아이를 한 명만 가질 것도 아니니까."

"그것도 아직 합의되지 않은 일이잖아."

"합의고 뭐고……. 그러면, 효과 확실한 피임법이라도 쓰겠다고요?"

"아이 앞에서 무슨 소리야?"

에리히는 그 말에 이마를 쓰다듬으면서 그렇게 말할 수밖에 없었다. 마음 같아서는 더 이상 고생시키고 싶지 않았지만, 아기를 보면 또 그런 마음이 녹아내렸다. 다음에 아이가 생긴다면, 클레어를 꼭 닮은 딸이었으면 좋겠다.

아니, 좋지 않다. 20년 후의 일을 연상하고 그는 생각을 고쳤다.

클레어가 한숨을 내쉬었다.

"당신이 결정하지 못하겠다면 내가 지을게요."

"……그렇게 해."

"당신 아버지의 이름을 따서 붙이죠."

에리히의 얼굴이 미묘하게 일그러졌다. 클레어는 태연하게 말했다.

"아버지를 그리워하고 있잖아요. 윗대의 이름을 따서 짓는 게 전통이라면, 나는 그랬으면 좋겠어."

"클레어……."

"아버지 이름을 부르는 게 불편하면 그러지 말고요."

"아니."

에리히가 작게 헛기침을 했다. 말은 하지 않았지만 기뻐하는 기색이라, 클레어는 미소만 지었다.

그가 짐을 나눠 져야 한다고 생각했던 사람의 이름을 붙인 아이가, 미래에 그의 짐을 나눠 지겠다고 나서는 모습이 눈앞에 훤히 그려졌다.

물론 그럴 기회는 없을 것이다. 그에게는 그녀가 있으니 말이다. 그리고 그녀에게도.

여기에 있는 것이 그녀의 가족이며, 그녀가 살아가는 장소였다.

《내 아이가 분명해》 The End

외전2 엘리엇의 선물

"9월! 1일!"

노크에 답이 없어 황제가 문을 막 열었을 때, 엘리엇의 명랑한 목소리가 들려왔다.

오늘은 4월이었다. 9월 1일이라니 무슨 이야기인가 싶어 의아하게 공부방 쪽을 들여다보자, 큼직한 달력 열두 장이 벽에 붙어 있었다. 예법 교사인 레이디 엘레나가 애써 미소를 숨기고 엄격한 얼굴로 말했다.

"잘 읽으셨습니다. 그러면 그날은 무슨 날이지요?"

"응……."

엘리엇이 망설였다. 달력 밑에 글자가 쓰여 있었지만, 모르는 단어였기 때문에 쉽게 읽을 수 없었다.

"의회…… 기념……."

흘려들은 어른들의 대화에서 들어 본 단어이긴 했는데, 의미를 몰랐으므로 쉽게 이어서 읽을 수 없었다. 엘리엇의 목소리가 긴장으로 떨렸다. 잘해서 칭찬받고 싶은데, 잘되지 않았다. 애쓰는 게 역력하여, 공부방 안에 있던 시종들이 소리 없이 미소를 머금었다.

웃음을 감추지 못한 채로 황제가 살짝 헛기침을 했다.

"어흠."

"앗! 할아버지!"

엘리엇이 깜짝 놀라 고개를 돌렸다. 그리고 황제가 와 있는 것을 보고는 늘 그랬듯이 달려가 안기려다가 움찔 발을 멈추고 레이디 엘레나의 눈치를 보았다.

그가 와 있는 걸 진작부터 알고 있던 레이디 엘레나는 우아한 동작으로 살짝 묵례했다. 그리고 엄한 얼굴을 유지한 채 엘리엇에게 말했다.

"폐하를 뵈었을 때는 어떻게 인사한다고 배웠지요?"

"으응……."

엘리엇이 조금 떼쓰는 듯한 소리를 냈다. 하지만 공부방에서 선생님 말씀 잘 듣고, 배운 걸 꼭꼭 실천하는 어린이가 되겠다고 엄마와 손가락 걸고 약속했다.

게다가 이제는 형아가 아닌가. 예전처럼 어리광 부리는 아기와는 다르다. 엘리엇은 단정한 자세로 서서 신사답게 고개를 숙였다.

"엘리엇이 할아버지께 인사를……. 움, 인사를 올립니다."

"오냐. 우리 황태손이 이제 인사를 아주 잘하는구나."

칭찬해 놓고서도 황제는 달려와 안기던 아이가 아쉬워 팔을 벌렸다. 하지만 이번에도 엘리엇은 참고, 달려가는 대신 천천히 걸어가 황제의 뺨에 쪽 입을 맞추었다. 그다음에야 웃었다.

"헤헤."

그 웃음에 끌리듯 레이디 엘레나가 기어이 미소를 머금고야 말았다. 황제를 따라 들어와 문간에 대기하고 있던 근위대장 로건도 벙긋 벌어지는 입술을 막지 못했다.

황제가 엘리엇의 머리를 쓰다듬으며 다정하게 물었다.

"무얼 배우고 있었니?"

"달력 읽는 법이랑 기념일 이름이요."

"그렇구나. 어렵진 않니?"

"기념일 이름이 어려워요. 근데 있잖아요, 할아버지. 왜 이 달력에는 빨간 날이 없어요?"

"빨간 날?"

"엄마는 달력에 빨간 날이 많아야 좋대요."

무슨 말인지 알아듣지 못하고 엄마의 말을 아이가 뭔가 잘못 이해했을 거라고 생각하면서도 황제는 다정하게 물었다. 엘리엇은 한창 제가 아는 것을 남에게 자랑하기 좋아하는 나이였기 때문이다.

"클레어는 달력에 빨간 글씨를 쓰는가 보구나."

"네. 이렇게 끝줄이랑, 또 새해랑 수확제랑, 또 무슨 무슨 날이랑, 전부 엄마가 빨간 펜으로 새로 써요. 엄청 좋아하면서요."

"그렇구나?"

이해할 수 없는 습관이었으므로 황제는 대답하면서도 무심결에 말꼬리가 질문처럼 올라갔다. 엘리엇은 신나서 말했다.

"그리구 생일은 초록색 펜으로 밑에 적어요. 아! 엄마 생일인데!"

엘리엇이 뭔가 큰일이라도 기억해 낸 듯이 큰 달력의 4월 날짜를 가리키며 소리를 질렀다. 한 주 후였다.

황제는 빙그레 미소를 지었다. 안 그래도 시종장이 클레어의 생일에 축하 선물을 보낼 것이냐고 묻기에 적당한 선물 목록을 가져오라고 이야기해 두었다.

"잊고 있었구나, 요 녀석."

"우웅. 어떡하죠, 할아버지?"

"작년에는 어떻게 했니?"

"제니랑 같이 꽃밭을 접었어요. 그치만……."

"그치만?"

"이제 아기가 아닌데."

엘리엇은 고민했다. 물론 클레어는 기뻐해 주었지만, 올해는 뭔가 어른다운 선물을 하고 싶었다. 작년 한 해 동안 겪은 일로 어른의 세상을 살짝 엿보기도 했기에 이제 종이접기 같은 건 시시했다.

그렇지만 기차 모형도, 말 인형도 자신이 좋아하는 거지 엄마가 좋아하는 게 아니다. 엄마가 좋아하는 건 돈이랑 빨간 날이었다.

하지만 날을 살 수 없다는 건 엘리엇도 알고 있었다. 그래서 아이는 세상 심각한 얼굴로 물었다.

"할아버지, 있잖아요. 돈은 어떻게 살 수 있어요?"

상인의 아들답다고 하면 그런 질문이었다. 황제는 어떻게 대답해야 좋을지 몰라 입을 조금 벌린 채 머뭇거리다가 말했다.

"이 할아비가 용돈을 주면……."

"크흠."

엘레나가 헛기침을 했다. 황제는 그게 답이 아니라는 걸 깨닫고 얼른 입을 다물었다. 그가 대답을 떠넘기듯 쳐다보자 그녀가 단정한 목소리로 말했다.

"돈은 좋아하는 걸 구하기 위한 방법 중 하나랍니다, 황태손 전하. 그 자체가 좋은 게 아니고요."

"아닌데요?"

엘리엇은 확신을 가지고 반문했다. 엘레나는 한번 입을 꾹 다물었다가 애써 표정을 유지한 채 말했다.

"어머님에게 가서 여쭤보십시오, 황태손 전하."

훌륭한 떠넘기기였다. 그리고 엄마라면 모든 일에 대한 답을 알고 있다고 믿는 엘리엇은 고개를 끄덕였다. 하지만 최초의 고민은 전혀 해소되지 않은 채였다.

로건이 참전했다.

"로저 카슨 씨에게 물어보시면 어떻겠습니까, 전하?"

"로저요?"

"카슨 씨는 남작님과 오래 알고 지낸 사이이고, 틀림없이 좋은 선물을 주고받는 방법을 잘 알고 있을 겁니다."

"아!"

그건 정말로 그럴듯했다. 엘리엇의 얼굴이 확 밝아졌다.

"그럴게요! 고마워요, 대장님!"

"전하."

레이디 엘레나가 엄격한 목소리로 불렀다. 엘리엇이 얼른 호칭을 고쳤다.

"로건 경."

로건이 빙그레 미소를 지었다.

곧이라도 로저를 찾아 뛰어나갈 것처럼 엘리엇의 엉덩이가 들썩였다. 엘레나가 다시 입을 열었다.

"아직 공부 시간이 끝나지 않았습니다, 황태손 전하."

그리고 그녀는 황제에게 눈치를 주었다. 방해하지 말고 이 만 가 보라는 뜻이었지만, 황제는 모르는 체하고 뻔뻔하게 엉덩이를 의자에 꽉 붙였다.

'보고만 있겠네.'

그런 의미의 손짓이 오갔다. 엘레나가 눈에 힘을 주었지만, 제아무리 제국 제일의 귀부인이 상대라도 황제는 꺾일 수 없었다.

엘리엇이 황궁에 머무르는 시간이 많지도 않은데, 그마저도 대부분 공부 시간이었다. 아쉽지 않을 수 없었다.

하지만 이렇게 보고만 있어도 흐뭇했다.

공부 시간이 끝나자 밖에서 막시밀리안이 기다리고 있었다.

사실 엘리엇의 호위에 관해서도 약간의 입씨름이 있었다. 근위대가 맡느냐 클라우제너 공작가에서 맡느냐 하는 문제로 말이다.

황제는 근위대 수백 명으로 둘러싸서 성벽을 만들 기세였다. 그러나 클레어의 생각은 달랐다.

안전이 가장 중요하다는 것은 말할 것도 없지만, 또 너무 많은 사람으로 둘둘 싸서 아이가 바깥세상을 모르는 것도 문제였다.

'그간 있었던 일을 생각하면, 황제 폐하의 마음도 이해가 안 가는 것은 아니지만요. 하지만 그렇게 키웠어도 반듯하게 잘 자랐다는 황태자 전하 쪽이 특수한 경우가 아닌가 싶고.'

클레어는 한숨을 쉬며 말했었다. 그리하여 막시밀리안이 보안부장의 자리를 일단 내려놓고 엘리엇에게 붙었다.

'암살 시도를 할 만한 세력은 이제 남지 않았으니 크게 걱정할 필요는 없을 텐데.'

'그래도 막시밀리안 경이 붙어 있는 쪽이 황제 폐하께서도 안심할 수 있으시겠지요. 잘 부탁해요.'

'목숨과 바꿔서라도 안전하게 지키겠습니다, 각하, 공작 부인.'

막시밀리안은 진중하게 대답했다. 보안부 일이 한동안 너무 많았던 데다가 어깨 부상을 입은 후로 조금 쉬고 싶기도 했다. 그리고 어린 황태손의 외출에 보호자로서 동행하는 일은 피곤하기는커녕 대체로 즐거운 일이었다.

물론, 늘 쉽지는 않았다.

엘리엇이 고민 가득한 얼굴로 공부방에서 나오더니, 엄숙한 얼굴로 선언했다.

"위빙 상단 본점으로."

"예?"

물론 엘리엇은 클레어를 따라서 위빙 상단 본점에 가 본 적이 있었다. 그렇지만 대뜸 '혼자 뭐 하러 가십니까?'라고 말할 수 없었기에 막시밀리안은 부드럽게 물었다.

"거기에 볼일이 있으십니까?"

"응, 로저를 만나려구. 물어볼 게 있어서."

엘리엇이 천진난만하게 말했다. 제대로 된 대답이 돌아올 줄 몰랐기 때문에 막시밀리안은 놀랐다. 럼을 마시겠다거나 전령을 대기시키라거나, 그런 말을 할 때처럼 의미를 이해하지 못하고 어른의 말을 따라 하는 건 줄 알았던 거다.

막시밀리안은 상냥하게 미소를 띠고 말했다.

"카슨 씨를 집으로 부르면 어떨까요?"

"웅······. 그치만, 내가 물어보는 걸 엄마가 알면 안 되니까."

"무엇을 물어보실 생각입니까?"

"엄마 생일 선물로 뭐가 좋을지 물어보려고."

엘리엇이 조그만 손을 쪼물대며 하는 말에 막시밀리안은 '아!' 하는 소리를 냈다. 엘리엇이 고개를 갸우뚱했다.

"막스 경도 엄마 생일 잊어버리고 있었어?"

"아닙니다, 알고 있었습니다."

막시밀리안이 의외라고 생각한 것은 엘리엇이 혼자 선물을 준비하려고 생각했다는 것 쪽이었다.

그는 진즉 클레어의 생일 선물을 준비해 두었다. 상아로 상감한 아름다운 소형 권총으로, 클레어의 기호는 전혀 고려하지 않은 물건이었다. 어쨌거나 막시밀리안의 생각에, 그녀는 사격 정도는 배워 둬야 했다. 호위를 오십 명씩 거느리고 다니는 게 싫다면 말이다.

"빌헬름도 꽤 고민하더군요."

"진짜? 뭐 하는지 알아?"

"가구를 산다는 것 같습니다. 부인의 서재에는 서류가 넘쳐 흐르고 있으니까 말입니다."

너무 실용적인 것이라 생일 선물이라기에는 모호한 느낌이 들긴 했지만 말이다. 엘리엇이 어린 현자처럼 말했다.

"엄마는 서랍이 없어서 정리를 못 하는 게 아닌데."

"그렇습니까?"

"마사가 그랬어. 의지가 부족한 거라고."

막시밀리안은 미소를 짓고 말았다.

"마사의 말이라면 틀리지 않겠지요. 빌헬름에게 가구보다 정리를 해 드리는 건 어떠냐고 제안해 보겠습니다."

"그치만 그건 선물이 아니잖아."

"선물이 꼭 물건일 필요는 없으니까요."

"웅…….."

엘리엇이 납득하지 못한 얼굴로 심각하게 생각에 잠겼다. 막시밀리안은 그 얼굴을 보면서 웃고는, 마차를 위빙 상단으로 출발시켰다.

위빙 상단 본점은 평소처럼 북적거렸다.

이제 더 이상 본점에서 직접 직물을 매매하는 일은 없었다. 사업의 규모가 커졌을 뿐만 아니라 클레어의 지시로 광범위한 지역의 포목상을 통해 생필품을 나눠 주고 영향력을 행사하느라 중앙화가 계속되었다. 이제는 사무원만으로도 본점 건물을 전부 써야 하는 상황이 왔다.

로저는 쌓이는 서류를 보면서 투덜거렸다.

"이건 부당해. 난 그냥 도매상이란 말이지. 물건 떼다가 비싸게 파는 게 일이라고."

"좋으면서 그래. 이게 다 평판을 쌓는 일이고, 평판은 결국 다 이익으로 돌아오게 마련이지."

사우스랜드 곡물상의 옌스 웨슬리가 웃으면서 말했다. 로저가 입을 삐죽거리면서 불평했다.

"남작님은 내가 무슨 행정관인 줄 아시는 것 같은데, 이럴 거면 작위라도 하나 주시든가."

"하하, 말씀드려 보면 어때? 그리고 금전적 보답도 있잖나. 옆 건물을 샀다면서."

"샀지."

"그 옆 건물도. 허물어서 큰 건물을 새로 지을 거라며."

"그렇게 지어 올린 건물에 돈과 직물이 아니라 서류가 쌓일까 봐 걱정이라고. 우리는 원래 이렇게 장사 안 했어. 물건 공급만 했었다고."

"어쩌겠나. 일부만 인연이 있어도 그걸 핑계 삼아 품에 들어오겠다는 상점이 잔뜩인걸."

"그걸 차라리 다 사들여서 내 명의로 만들 수 있으면 불만이 없지."

로저가 계속 투덜거렸지만, 옌스가 보기에는 진심도 아니었다. 돈 벌 기회가 있는데 상인이 기뻐하지 않을 리가 있겠는가. 할 수만 있다면 전국의 포목상을 몽땅 싹쓸이하여 자루에 담을 남자인 주제에 말이다. 이렇게 투덜거리는 건 공작 부인에게 자신의 고생을 알아 달라는 시위일 뿐이었다.

로저가 옌스에게 물었다.

"아 참, 근데, 무슨 일로 여기까지 왔어? 사우스랜드 곡물상이야말로 요즘 곡소리 난다면서."

"우리야 뭐."

지은 죄가 있으니 할 수 있는 일은 전부 해야 한다. 상단에 쌓여 있던 자금은 물론이고 웨슬리 가문의 가산까지 헐어서 아편 중독자 치료 시설을 만들고, 에른스트에 있던 노예들의 생활을 돌보며 행정관을 보조하고 있었다.

부친인 웨슬리 경은 에른스트에서 서류와 감찰의 산에 감금된 채 나오지도 못하고 있었다. 뭐, 진짜 감옥에 갇히는 것보다는 나았다.

"우리 용건도 부동산 문제인데. 사실 에머슨 백작령에 사 둔 땅이 좀 있는데 말이지. 그걸 위빙에서 사 줄 수 없을까 해서."

"에머슨에? 어딘데?"

로저가 놀라며 물었다. 옌스는 쓴웃음을 지었다.

"거긴 옥토고, 교통도 좋으니까. 에머슨 공단이 들어선 지금에 와서는 거기를 경작지로 쓴다는 건 터무니없이 아까운 일이 되어 버렸지만 말이야. 위치는……."

옌스가 미리 표기해 놓은 지도를 내밀었다. 당장 쓸 만한 위치는 아니었지만, 미래를 생각하면 에머슨 백작령의 땅은 사 두면 이익이었다.

로저가 '으음' 하고 신음했다.

"이걸 내놓을 정도로 형편이 안 좋다고?"

"자네 주인께서 얼마나 남의 주머니 터는 솜씨가 좋으신지는 자네가 더 잘 알 거 아닌가."

"이건 당장은 결정 못 해. 의논을 좀 해 봐야 할 것 같은데.

남작님과도 그렇고, 우리 집에서 산다고 하더라도 아버지와 의논해야 해."

"물론이지."

용건을 마친 옌스가 자리에서 일어섰다. 로저가 용수철 튕기듯 제자리에서 펄떡 일어섰다.

"바래다주지."

"날?"

황당하다는 듯이 옌스가 되물었다. 로저가 거뭇거뭇해진 눈밑을 만지작거리면서 말했다.

"우리, 중요한 협상이 아직 안 끝난 것으로 하자고."

원래는 그렇게까지 허물없는 사이가 아니었지만, 최근 몇 달 동안 급격히 가까워지면서 로저의 성격을 충분히 이해했기에 옌스는 미소를 지었다.

"아하, 도망치는 것이로군."

"무슨 말씀을. 내가 상단주인데 도망을 어디로 치겠어."

로저는 말은 그렇게 했지만, 클레어가 빨간 날을 찾는 마음을 절실히 이해했다.

그리고 문을 열었는데, 환호성이 들려왔다.

"그럼요!"

"어서 오세요, 황태손 전하!"

"귀여우셔라!"

비서들이 일은 안 하고 모조리 일어서서 기쁨의 소리를 내고 있었다. 바깥쪽 사무실의 직원들도 일은 안 하고 우르르 복도에 몰려 있었다.

금발의 귀여운 도련님이 로저를 보더니 활짝 웃는 얼굴이 되었다. 처음에는 엄마 없이 왔다는 사실에 약간 두근두근 긴장하고 있었지만, 사람들이 저를 환영해 주는 것을 느끼고는 점점 자신감이 올라가서 지금은 기분이 좋아져서 엉덩이춤을 출 것 같은 걸음걸이였다.

로저는 웃어 버렸다. 엘리엇이 어떻게 기분이 좋아졌는지 알아챘기 때문이다. 이제 와서 보면, 그 표정 관리 잘하는 공작님이나 불같은 오너님이나, 솔직히 별로 닮지 않았다.

"도련님?"

엘리엇이 달려오려다가 움찔하더니 타박타박 걸어서 로저 앞에까지 왔다. 로저는 막시밀리안과 눈인사를 나누고는 다정하게 엘리엇에게 물었다. 마음 같아서는 훌쩍 안아 올리고 싶었지만, 요즘 엘리엇이 어른스럽게 행동하려고 애쓰는 것을 알고 있었으므로 애써 참았다.

"물어보고 싶은 게 있어서. 어……."

엘리엇은 인사를 해야 한다고 생각하면서도 고민했다. 예법을 배우기 시작한 지 오래되지 않은 데다가 교육 방향도 바뀐 탓이다. 새로 만난 사람에게는 새로운 방법으로 인사했지만, 로저에게는 늘 하던 방식이 있지 않는가.

결국 엘리엇은 에리히를 흉내 내는 쪽을 택했다. 멋진 신사라면 모름지기 아빠처럼 행동해야 하는 법이다. 사실 그게 제일 먼저 생각났기 때문이기도 하다.

"잘 지냈나, 로저?"

로저는 웃음을 참을 수가 없었다. 표정 관리 잘하는 로멜 귀족인 막시밀리안도 입을 벙긋 벌리고, 옌스는 손으로 입을 막았다. 지켜보고 있던 위빙 상단의 직원들 중 일부가 소리 내서 웃다가 도망가고, 작은 환성이 또 올랐다.

엘리엇이 뿌우 볼을 부풀렸다. 아빠가 하면 아무도 안 웃는데, 왜 자기가 신사답게 행동하면 다들 웃는지 모를 일이었다.

"여기까지 어쩐 일이십니까?"

자신까지 소리 내서 웃어 버리면 엘리엇이 삐질 게 분명해서 로저는 혀를 깨물어 가며 침착하게 물었다. 광대가 올라가서 내려오질 않았다. 엘리엇이 진지하게 말했다.

"물어볼 게 있어서. 있잖아……."

엄마 생일 선물을 뭐로 할지는 비밀이니까, 소곤소곤 물었을 때였다. 비서 중 하나가 시키지도 않았는데 불쑥 가까이 다가와 말했다.

"초콜릿 쿠키와 우유를 준비할까요?"

"앗."

엘리엇이 눈을 반짝 빛냈다.

웃음을 머금은 사람이 많았지만, 황태손 앞에서 함부로 소리 내서 웃을 수는 없었다. 대신 큰 미소가 잔물결처럼 모든 이에게 퍼졌다. 막시밀리안이 올라가려는 입꼬리를 억지로 끌어내리며 가볍게 헛기침했다.

"흠."

"아!"

기쁨으로 볼을 발갛게 물들였던 엘리엇이 깜짝 놀랐다. 그리고 곧 시무룩해졌다.

"저녁 먹을 때까지 허락 없이 간식을 먹으면 안 돼."

"아쉽게 되었군요. 초콜릿을 부숴서 넣은 쿠키인데."

"우⋯⋯."

로저가 방글방글 웃으며 하는 말에 엘리엇이 더더욱 시무룩해졌다. 그것도 귀여웠으므로 로저는 즐겁게 아이를 바라보며 말해 주었다.

"가실 때 싸 드리겠습니다. 클레어 님이랑 같이 드십시오."

"진짜? 로저가 최고야!"

엘리엇이 고개를 들고 활짝 웃었다. 로저는 이번에야말로 손을 내밀었다. 엘리엇은 아무렇지도 않게 그 손을 잡고 그의 사무실 안으로 들어갔다. 로저는 옌스에게 나중에 보자는 뜻으로 손만 흔들어 인사해 보였다.

막시밀리안이 사무실 문을 닫자 조용해졌다.

"그런데, 무엇이 궁금해서 오셨습니까?"

"아, 그게 있잖아. 로저, 엄마 생일 선물 샀어?"

"샀지요. 대단한 건 아닙니다만."

"뭐 샀어?"

로저가 뺨을 손바닥으로 훑었다. 그가 사들인 것은 붉은 실크와 금으로 만들어진 아름다운 꽃 모양 브로치였다. 하지만 엘리엇이 그런 게 궁금한 것은 아닐 터였다.

"잊어버리셨군요."

"요즘 너무 바빴단 말이야."

엘리엇이 발을 구르며 볼을 부풀렸다. 로저는 또다시 웃을 수밖에 없었다.

이제 여섯 살 아이가 엄마 생일을 기억하는 것만 해도 충분히 기특하다. 일주일 전에 생일 선물을 마련하지 못한 것은 당연한 일이다. 그렇지만 바빠서라고 말하는 아이는 더욱 귀여웠다.

로저는 조금 고민했다. 괜찮으니 마사한테 가서 같이 편지를 쓰라고 말해 주는 것이 옳을까? 하지만 사무실 문 쪽에 버티고 서서 미소를 참고 있는 막시밀리안을 보니, 좀 더 어른처럼 대우해 주는 것도 좋을 것 같았다.

"용돈은 받으셨습니까?"

"응……. 조금 있어."

엘리엇이 그렇게 말하면서 주머니에서 소중하게 갖고 다니는 동전 지갑을 꺼내 로저에게 보여 주었다. 안에는 1골드어치의 동전이 들어 있었다.

당연하지만 엘리엇은 제 손으로 돈을 쓸 기회가 거의 없다. 황태손이 된 이후로는 전혀 없다고 해도 과언이 아니게 되었다. 클레어가 자기가 어렸을 때 용돈 받는 게 기뻤던 걸 추억하고, 주마다 한 개씩 동전 지갑에 넣어 준 게 그대로 남아 있는 것이었다.

"집에 저금통도 있어! 공왕 할아버지가 주시는 거는 전부 거기 넣었어!"

"음. 제 생각에는 1골드면 충분할 것 같습니다."

로저가 빙그레 웃으며 말했다.

"남작님은 비싼 물건을 좋아하시는 게 아니니까요. 엘리엇 님이 생각하시기에 제일 좋은 걸 골라서 드리면 되지 않을까요?"

"그치만 저금통을 깨면 엄마한테 들킬 텐데……."

"1골드 안에서 고르셔도 기뻐하실 겁니다. 원래 좋아하는 사람이 주는 건 뭘 받아도 기쁜 거니까요."

"난 엄마가 좋아하는 걸 주고 싶단 말이야. 이제 아기가 아니니까."

엘리엇이 다시 발을 동동 굴렀다.

"로저 바보. 아무것도 몰라."

"으음."

로저가 진지하게 고민했다. 이건 사실 그로서도 답이 나오지 않는 문제였다.

어차피 물건으로 클레어를 진심으로 만족시킬 수는 없다. 이건 클레어가 돈이 많다거나 클라우제너 공작 부인이라는 것과는 완전히 별개의 문제다.

자신이 몇천 골드짜리 물건을 사다 안겨도 엘리엇이 종이에 그려서 오린 꽃 한 송이 손에 쥐여 주는 것보다 못할 게 분명했다. 하지만 엘리엇이 납득하지 못한다면, 달리 설명할 방법이 없었다.

그는 떠넘기기 신공을 발휘하기로 했다.

"윌리엄 씨에게 물어보면 어떨까요?"

"윌 아저씨?"

"윌리엄 씨는 클레어 님과 아주 오래된 친구이니까요. 무얼 좋아하는지 잘 아시겠죠?"

"아!"

정답을 찾았다는 듯 엘리엇이 손뼉을 쳤다. 로저는 미소를 지었다.

"도움이 되었다니 다행이군요."

"고마워, 로저! 윌 아저씨한테 가 볼게!"

엘리엇은 만족한 듯 폴짝 뛰어서 돌아섰다. 로저는 엘리엇을 배웅하기 위해 함께 사무실 밖으로 나섰다.

위빙 상단의 바쁜 일과가 몽글몽글한 구름에 휩싸인 듯 잠시 중단되었다. 로저는 상단 건물 밖까지 나가서 엘리엇이 마차에 오르는 것을 지켜보았다. 막시밀리안이 고맙다는 뜻으로 슬쩍 고개를 숙였다. 로저도 마주 그와 묵례하고 마차가 떠나는 것을 지켜보았다.

"그것참, 서운하단 말이지."

원래는 엘리엇과 제일 친한 아저씨는 자신이었는데 말이다.

뭐, 어린 나이다. 1년 전, 2년 전에 친하게 지내던 건 금세 잊히고, 지금 당장 옆에서 보살피는 사람 쪽이 보호자로서 인사하는 게 당연하다.

그나저나 대체 뭘 고를 작정인 걸까? 로저가 생각하기에는 윌리엄 쇼어도 별달리 훌륭한 생각을 해내지는 못할 것 같았다.

나중에 이 이야기를 클레어에게 해 주어야겠다. 그것이야말로 그녀가 제일 기뻐할 생일 선물이 될 게 분명했다.

⁂

그 시기, 윌리엄 쇼어는 마침 수도에 있었다. 사흘 전에 클라우제너 공작저에서 열린 만찬에 참석했기 때문에 엘리엇도 그걸 알고 있었다. 운이 좋은 일이었다. 그는 대개 북방의 항구 도시에 있었고, 특별한 일이 없으면 수도에는 머무를 이유가 없었기 때문이다.

오랜만에 친구를 만나러 호텔로 방문한 프란츠 알트마이어가 물었다.

"수도에 무슨 용건이라도 있었던 건가? 별일 없지?"

윌리엄은 손수 내린 커피 한 잔을 프란츠 앞에 내려놓으며 대수롭지 않다는 듯이 말했다.

"부모님을 만났지."

"프레스콧 자작 부부?"

"클라우제너 공작 부부의 친구라고 하니까, 버린 자식을 도로 줍고 싶어진 모양이지."

윌리엄이 태연하게 대꾸했다.

프레스콧 자작가는 장원 하나에 기대어 살아가는 전형적인 아렌 귀족이었다. 가산은 축소 일로였으며, 아무 일도 하지 않았기에 망하지도 않고 아직까지 겨우 품위 유지만 하고 있다고 보면 되었다.

그의 부모는 작위를 상속할 장남을 유난히 사랑하여 가진 것 대부분을 물려주고 싶어 했다. 사실, 그러지 않고 많은 아들들에게 재산을 나누어 상속했다가는 프레스콧 자작가가 귀족 가문으로서 명망을 유지하지 못할 가능성이 높았다.

윌리엄의 형제들은 일찌감치 스스로 미래를 개척해야 한다는 사실을 깨달았다. 어린 시절부터 몇 번의 불쾌한 체험으로 철이 빨리 들었고, 덕분에 아카데미에서부터 직업을 구하기 위해 학업에 매진했다. 물론 그중에서도 윌리엄처럼 일찍 독립하여 성공해 버린 경우는 드물었지만 말이다.

프란츠가 살짝 고개를 숙였다. 윌리엄이 고개를 저었다.

"괜히 미안하다고 생각할 것 없어. 자네가 아니었어도 어차피 집은 나올 작정이었고, 오히려 덕분에 지금 성공했다면 성공한 셈이니까."

"하지만……."

"뭐, 우리 부모님은 돈을 쓸어 담더라도 어부 노릇은 천박하다며 우습게 보셨겠지만. 아무튼 귀족이 선주가 되는 건 이해할 수 있어도 직접 배를 탄다는 건 인정 못 하실 분이거든. 재산을 가진다는 것과 일을 한다는 건 완전히 다른 문제라고 생각하시니."

윌리엄이 빈정거렸다. 솔직히 신경이 날카로워져 있긴 했다. 성을 바꾸었을 때는 부모를 다시 만날 생각이 아예 없었으니 말이다.

"그래도 결국 만나 보긴 했군."

"만나 주지도 않더라 어쩌고 하면서 소문이 퍼지는 것도 피곤한 일이니까. 이것 참, 에리히 선배가 신경 써 주는 건 고마운 일인데, 대신 사교계를 무시할 수 없게 됐어."

"중매쟁이도 드나들고 말이지."

윌리엄이 떨떠름한 얼굴을 했다. 사실 부모가 찾아온 용건도 그쪽에 있었던 것이다.

"제발 자네는 그런 이야기를 안 가지고 왔다고 해 주게."

"설마. 그냥 친구를 만나러 왔을 뿐이야. 설마 이걸로 대접받을 줄은 몰랐지만."

프란츠가 커피를 들어 보이며 말했다. 윌리엄이 웃었다.

"술을 마시기에는 아직 시간이 너무 이르지 않나?"

"지금 '부터' 시작할 수도 있지."

"이 친구가."

윌리엄이 웃었다.

그가 아는 프란츠는 절망과 우울에 빠져 있는 모습뿐이라, 이렇게 밝아진 것을 보니 기쁘기 그지없었다.

거하게 대접해야겠다고 생각해서 그가 호텔 사환을 부르려고 했을 때였다. 문 두드리는 소리가 났다.

"누구십니까?"

"아저씨, 저예요!"

문밖에서 들린 사랑스러운 목소리에 윌리엄은 깜짝 놀라 문을 열었다.

"윌 아저씨!"

엘리엇이 활짝 웃었다.

이건 황제 할아버지에게는 비밀이지만, 엘리엇은 윌 아저씨가 황제 할아버지보다 좋았다. 그리고 엄마의 친구니까 친하게 대해도 되는 게 또 좋았다.

엘리엇이 팔을 활짝 벌리자 윌리엄이 아이를 번쩍 안아 올렸다가 방 안쪽에 내려놓았다. 프란츠도 깜짝 놀라 일어섰다.

"황태손 전하!"

"앗, 후크 선장 아저씨!"

외쳤다가 엘리엇은 다시 입을 꾹 다물었다. 프란츠도 그렇게 불러서는 안 될 사람 중의 하나였다.

"프란츠 경입니다."

뒤따라 들어온 막시밀리안이 알려 주었다. 엘리엇이 고민했다. 이름을 알고는 있었지만, 그렇게 부르는 것이 낯설었다.

"프란츠는 내 동생 이름인데…….."

"이름은 겹칠 수도 있는 거지, 뭐."

"불편하시면, 알트마이어라고 부르십시오."

막시밀리안이 가르쳐 주자 엘리엇이 움찔했다. 윌리엄이 함박웃음을 머금었다. 어떻게 봐도 알트마이어가 훨씬 더 불편하고 어려웠다.

"그냥 후크라고 부르셔도 됩니다."

프란츠가 다정스러운 웃음을 머금고 말했다. 엘리엇이 그렇게 부르는 게 얼마나 기쁘고 즐거운 일인지 몰랐다.

엘리엇이 괜스레 부끄럼을 타며 목을 살짝 움츠렸다.

"후크 경……?"

그 타협은 모든 이를 웃게 만들었다. 프란츠가 빙그레 웃었다.

"예, 그렇게 부르시면 됩니다."

"헤헤."

엘리엇이 웃었다. 괜히 더 친해진 것 같고, 진짜 후크 선장을 알게 된 것 같기도 하고, 좋았다.

아무튼 프란츠와는 오랜만이었다. 물론 엘리엇 기준이다. 반년은 대여섯 살 아이 체감상 아주 긴 시간이었다.

프란츠는 이제 쉬고 있었다. 황제가 적지 않은 액수의 하사품을 내렸고, 정세도 안정되어 이제 그가 직접 엘리엇 곁에 붙어 있어야 할 필요가 없어졌기 때문이다.

'언젠가는 돌아와서 꼭 엘리엇을 지켜 주게.'

'이를 말씀입니까. 언제든 황태손 전하를 지키기 위해 이 목숨을 던질 것입니다.'

간곡하게 그의 손을 잡고 말하는 황제에게 프란츠는 당연하다는 듯이 대답했다.

그러나 지금 당장은 그럴 필요가 없었다. 오랫동안 지친 몸과 마음을 쉬면서 가족의 곁에 머물러야 할 때였다. 앞으로 무엇을 해야 할지, 어떻게 살아가야 할지에 대해서는 이제부터 찬찬히 생각할 작정이었다.

험한 바다 위에서 생을 마감하는 것이 가장 좋은 일이고, 그렇게 되리라고 여겼기 때문에, 그는 아직도 땅을 디디고 편안한 침대에서 잠드는 게 익숙하지 않았다.

그는 기꺼이 아이를 안아 주었다.

"그사이에 퍽 많이 자라셨습니다."

"이제 형이니까요."

"그렇군요."

프란츠가 미소를 머금었다. 엘리엇이 두 손을 모아 큼직하고 동그란 쿠키를 감싸 쥐는 듯한 모양을 만들었다.

"프란은 이만해요."

아무리 커도 쿠키는 쿠키 사이즈다. 그럴 리가 없으므로 프란츠는 웃었다.

"굉장히 작으신가 보군요."

"아빠는 프란을 요렇게 들어요."

흉내 내는 모양새가 똑 빵을 든 것처럼 보였다. 윌리엄이 껄껄 웃었다.

"그건 네 아빠고. 네 엄마만 해도 벌써 무겁다고 힘들다던데."

"그치만 아기는 정말 조그맣고 귀여운걸. 아저씨도 귀엽다고 했잖아."

"아직은, 말이지."

10년 후까지는 귀여울 것 같지만, 15년 후에도 과연 귀여울

까? 그런 생각을 하면서 윌리엄은 고개를 주억거렸다. 타고난 얼굴이 예쁘니 귀엽긴 하겠지만, 이제 한창 웃을 시기인데 심각한 표정일 때가 더 많은 것을 보면 그 얼굴이 어떻게 변할지는 명백해 보였다.

엘리엇이 항의하듯 소리쳤다.

"프란은 세상에서 젤루 예뻐!"

"작년에는 엄마가 세상에서 제일 예쁘다더니?"

"앗."

"클레어한테 말해 줘야겠다."

그래 봐야 귀엽다는 말밖에 나오지 않을 테지만, 윌리엄은 짐짓 고자질이라도 할 사람처럼 협박조로 말했다. 엘리엇이 얼른 말을 고쳤다.

"엄마는 예쁘고 프란은 귀여워."

"어이구, 네가 더 귀엽다."

윌리엄은 결국 참지 못하고 황태손의 볼살을 잡아 쭈욱 늘렸다.

"이엉 므어안 이리야!(이건 무엄한 일이야!)"

바둥대는 엘리엇을 보고 프란츠는 미소 짓지 않을 수 없었다.

"잘 지내고 계시니 다행입니다."

소식은 종종 전해 듣고 있지만, 이렇게 직접 보니 또 달랐다.

행여나 아이에게 힘든 기억을 떠올리게 하거나, 제가 옛일에 집착하여 아이에게 나쁜 영향을 미칠까 봐 염려하고 있었다. 하지만 그러지 않아도 괜찮을 것 같다. 엘리엇은 상처 받지 않았다. 그 사실에 프란츠는 진심으로 안심했다.

윌리엄이 말했다.

"그런데, 무슨 일이야? 여기까지 막시밀리안 경과 둘이 오다니."

"앗, 맞아. 아저씨, 다음 주에 엄마 생일 있잖아요."

"어."

윌리엄은 몰랐다. 솔직히 오랫동안 교류하지 않았던 친구의 생일까지 일일이 기억하고 있을 만큼 세심한 편이 못 되었다.

'뭐, 생일 파티 같은 게 있으면 에리히 선배가 알려 줬을 텐데.'

알려 주지 않은 것을 보면 아마 가족끼리만 보내기로 마음먹었을 것이다. 클라우제너 공작 부인의 생일 파티를 크게 한다면 한도 끝도 없이 커질 테고 말이다.

알아 버렸으니 선물이라도 보내야 하나 하고 윌리엄이 생각하는데, 엘리엇이 그의 무릎을 잡으며 말했다.

"엄마가 뭘 좋아할지 윌 아저씨가 잘 알 것 같아서 물어보려구……."

엘리엇이 괜히 눈치를 보듯이 힐끔 푸른 눈동자를 들었다. 윌리엄이 '어……' 하고 당황한 목소리를 냈다.

"돈……?"

무심결에 생각난 것을 그대로 말하자 엘리엇이 그의 무릎을 조막만 한 손으로 팡팡 때렸다.

"윌 아저씨 바보! 그건 나도 알아!"

"아야야."

윌리엄은 엄살을 피워 시간을 끌면서 무슨 대답을 할지 생각했다. 물론 현금보다 좋은 선물은 별로 없지만, 여섯 살짜리에게 그런 삶의 진리를 알려 줄 수는 없는 노릇 아닌가.

그냥 받은 용돈 소중히 모아 클레어의 손에 쥐여 주면 두 배로 돌아올 것 같다는 말을 하는 대신 그는 대수롭지 않게 말했다.

"생일 파티는 어때?"

"생일 파티?!"

"커다란 초콜릿 케이크를 만들어서."

"초코 케이크!"

엘리엇의 얼굴이 확 하고 빛났다. 윌리엄이 무릎을 쓰다듬으며 말했다.

"엄마를 위해서 깜짝 생일 파티를 할 거라고 네 아빠한테 말해. 그리고 엄마 몰래 같이 준비하면 되잖아."

"근데 그러며느은 아빠가 다 해 버리면 어떡해?"

"미리 작전을 짜야지. 어차피 엄마랑 너랑 둘이서 파티 할 거 아니고 아빠랑도 같이 할 거잖아? 케이크는 주방장이랑 너랑 같이 만들고, 네가 손님 초대하고. 도와줄 사람도 네가 부를 거라고 말하고."

돈은 아빠가 내고. 그 부분은 입 속에 숨기고 윌리엄이 말했다.

"너 용돈 얼마 있어?"

"저금통 있어! 그치만 그거 깨면 엄마가 알 텐데……. 그리구 이거랑."

설레는 얼굴로 엘리엇이 동전 지갑을 내밀었다. 윌리엄은 반짝거리는 동전들을 세어 보고 말했다.

"이거면 초콜릿 케이크에 넣을 초콜릿 정도는 살 수 있겠네."

"진짜?!"

물론 계산할 때 어른이 미리 약간 술수를 부려야 할 것이긴 했다.

엘리엇은 납득했다. 초콜릿을 사서 초콜릿 케이크를 만들고, 그걸로 파티를 한다니, 최고였다.

"역시 윌 아저씨야!"

엘리엇은 신이 나서 두 팔을 활짝 벌렸다. 안아 달라는 의미를 눈치채고 윌리엄은 조금 어이없는 기분을 느끼며 아이를 훌쩍 안았다. 아마 요 꼬맹이 머릿속에 자신은 친족 범위에 들어가는 모양이다. 삼촌이라거나. 그러니 이렇게 어리광을 부리지.

말랑말랑하고 보들보들한 게 입가에 미소가 절로 맺혔다. 솔직히 좀 귀찮을 때도 있지만, 귀엽긴 귀여웠다.

"자아, 그럼 초콜릿을 사러 갈까?"

"지금?"

"뭐, 깜짝 파티는 미리미리 준비해야지."

어차피 누군가 손을 쓸 거라면, 그냥 자신이 해 주는 게 나을 것이다.

'이거, 결혼도 못 했는데 애부터 키워 보네.'

엘리엇 같은 아이라면 있어도 좋을 것 같지만 말이다.

어쨌거나 이 아이 돌보기로 인해 드는 비용은 에리히가 톡톡히 쳐줄 테니 괜찮았다. 그는 엘리엇을 안아 든 채로 프란츠와 막시밀리안을 돌아보았다. 프란츠도 기꺼이 따라나섰고, 막시밀리안은 미소만 머금었다.

세 남자는 신나게 밖으로 나섰다.

마사는 걱정하며 저택 앞을 서성거리고 있었다. 막시밀리안이 데리고 갔다니 별일 없으리라고 생각은 하지만, 수도에서 엘리엇이 부모나 자신을 동반하지 않고 외출한 건 처음이라 걱정되었다.

텔포드에서라면 보모만 데리고 나가도, 어차피 온 동네가 대부분 아는 사람인 좁은 마을이니 걱정할 것 없었다. 하지만 수도는 다르지 않은가. 물론 막시밀리안이 아이를 지키지 못할 거라고 생각하는 건 아니지만, 그것과 돌보는 것은 또 다른 문제다.

이제나저제나 하고 목을 빼고 기다리는데, 마침내 마차가 공작저의 정문을 통과하는 것이 보였다. 마사는 서둘러 계단을 내려갔다. 집사가 문을 열자마자 안에서 우왕좌왕하는 소리가 들렸다.

"내가! 내가 가지고 갈 거야!"

"알겠습니다. 하지만 일단 내리시고……."

엘리엇이 야단법석을 부렸다. 막시밀리안과 집사가 난처해하다가, 결국 막시밀리안이 엘리엇을 번쩍 들고 안은 채 내렸다. 엘리엇의 품에는 큼직한 종이봉투가 안겨 있었다.

"도련님!"

"앗, 마사!"

엘리엇은 반가워서 얼굴이 환해졌다가 금세 당황한 표정이 되었다. 비밀을 들키면 안 되는데, 숨길 수 없는 사이즈의 봉투라서 어쩔 줄을 몰랐다.

"다녀오셨어요? 그건 뭔가요?"

"앗, 그건 비밀……."

"마사한테도 비밀입니까?"

"앗! 아니!"

그건 어렵지 않을까, 하고 생각한 막시밀리안의 질문에 엘리엇이 고개를 도리도리 저었다. 마사에게 말하면 엄마한테도 알려질까 봐 걱정한 건데……. 그렇지만 마사가 서운한 얼굴을 하는 건 싫었다.

"그게 뭔데요, 도련님?"

"이거! 엄마 선물……."

엘리엇이 신난 듯 봉투를 치켜들었다가 도로 품에 안고 작은 소리로 소곤거렸다. 마사는 봉투 안을 들여다보았다. 안에는 커다란 초콜릿 덩어리가 들어 있었다.

"도련님, 초콜릿을 이렇게 많이 드시면 안 돼요."

"내 거 아냐. 이걸로 엄마 생일에 초콜릿 케이크 만들어 달
라고 티미에게 부탁할 거야. 엄마한테는 비밀이야. 마사도 꼭
지켜 줘야 해."

"어머, 그럼요."

마사는 다정한 얼굴로 웃었다.

"막시밀리안 님이 사 주셨어요?"

"아니야, 내 용돈으로 산 거야."

엘리엇의 동전 지갑에 얼마가 들어 있는지 알고 있었으므로
마사는 잠깐 의문을 가졌다. 1골드라면 기껏해야 초콜릿 한 조
각 정도를 살 수 있을 것이다.

'막시밀리안 님이 수를 쓰셨겠지.'

그녀는 윌리엄이 알았다면 조금 억울해할 추리를 했다.

엘리엇은 호두알을 품에 안은 햄스터처럼 초콜릿 봉투를 소
중히 안은 채 타박타박 주방 쪽으로 향했다. 이거라면 정말 진
한 초콜릿 케이크를 만들 수 있을 것이다. 가게에서 한 조각 맛
봤는데, 진짜 달콤하고 맛있는 초콜릿이었다.

"히히."

"좋으셔요?"

"응!"

엘리엇이 명랑하게 말했다.

주방까지는 엘리엇의 걸음으로 좀 멀었다. 도중에 혹시라도

엄마하고 마주칠까 봐 엘리엇은 두리번거리며 걸었다. 그걸 알아챈 마사가 일러 주었다.

"클레어 님은 서재에 계신답니다."

"엄마가 나오기 전에 가야 해."

엘리엇은 종종걸음을 서둘렀다. 그 뒤를 하녀들이 몰래 킥킥거리며 따랐다.

"티미!"

마침내 주방에 도착한 엘리엇이 활달한 목소리로 외쳤다. 클라우제너 공작저의 파티시에 팀이 환한 얼굴로 손을 씻고 나왔다.

"도련님 오셨습니까?"

그는 최근 진심으로 행복한 하루하루를 보내고 있었다.

예전이라고 해서 보람이 없었다는 건 아니다. 공작의 만찬에는 언제나 제국에서 가장 중요한 지위에 있는 사람들이 참석했고, 대부인의 티 파티에는 신분 높은 귀부인이 다수였다. 훌륭한 티 푸드를 내어 상찬을 받으면 때때로 금일봉이 내려오기도 했다.

하지만 공작 자신은 별달리 디저트를 즐기는 성미가 아니었다. 대부인은…….

작호를 박탈당했으니 할 수 있게 된 말이지만, 팀은 루이자를 좋아하지 않았다. 사실 그녀는 티 파티를 좋아하긴 했지만, 진짜로 티타임을 즐기는 성미는 아니었다. 대부분 자기 자랑을 하기 위한 자리였는데, 그 자기 자랑 중에 훌륭한 파티시에를 거느리고 있다는 것이 포함되어 있었을 뿐이다.

그에 비하면 지금은 얼마나 가족적이고 즐거운 저택이 되었는가. 티타임은 잘 지켜졌고, 때때로 여주인이 여는 티 파티의 손님들은 모두 먹는 것에 집중했다.

그녀가 가끔 이상한 조리법을 가지고 찾아오는 것을 제외하면, 불만이 없었다. 무엇보다도 쿠키 한 조각에도 세상 제일 행복한 웃음을 보이는 도련님이 있었다.

엘리엇은 세상에서 제일 훌륭한 것을 먹는 사람처럼 팀의 과자를 먹었다. 사실, 팀은 자신의 과자가 세상에서 제일 훌륭할 거라고 자부하긴 했다.

"이히히!"

팀에게서 나는 달콤한 냄새에 엘리엇이 웃음소리를 냈다. 팀은 짐짓 무서운 얼굴로 말했다.

"저녁 시간이 이제 곧입니다. 아무리 여기까지 오셨어도, 간식은 안 됩니다."

"아니야!"

엘리엇이 발을 동동 구르며 화난 목소리로 외쳤다. 왜 다들 자신이 간식 생각만 할 거라고 지레짐작하는지 모르겠다.

"부탁이 있어서 왔단 말이야!"

"부탁이요?"

팀이 눈을 둥그렇게 떴다. 엘리엇은 품에 안고 있던 봉투를 그에게 내밀었다.

"이거!"

"이게 뭡니까……?"

그는 봉투를 열어 안에 들어 있는 초콜릿 덩어리를 보고 놀랐다. 고급스러운 그 초콜릿은 어린 도련님이 사 올 만한 물건은 아니었다.

흘끔, 그는 엘리엇의 뒤에 서 있는 막시밀리안과 마사를 쳐다보았다. 두 사람이 방글방글 웃었다.

"있잖아아, 엄마 생일이 다음 주에 있잖아?"

엘리엇이 살그머니 눈치를 보듯 팀을 올려다보았다. 팀은 고개만 끄덕였다. 손님을 초대해서 파티를 할 예정은 없지만, 그래도 생일이니 공작 부부를 위해 특별한 만찬을 준비할 작정이었다.

"그래서 말인데, 케이크 만드는 법 알려 주면 안 돼? 이걸로 초코 케이크를 만들고 싶어!"

"아!"

팀은 엘리엇의 말을 바로 알아듣고 웃음 지었다. 요 조그만 도련님은 제 손으로 만든 케이크를 엄마에게 선물하고 싶은 모양이었다.

하긴, 아이란 제가 제일 좋아하는 것을 남에게도 선물하고 싶어 하는 법이다. 엘리엇의 깊은 고심을 알지 못하는 팀은 단순하게 그렇게 생각하고, 쾌활하게 대답했다.

"공작님의 허락만 받아 오십시오. 아침에 저랑 같이 만드시지요."

"진짜?!"

엘리엇이 팔짝 뛰며 기뻐했다. 팀은 고개를 끄덕였다.

"대신에 아침 일찍 일어나셔야 합니다."

"응! 아빠 허락 받아 올게!"

엘리엇이 두 주먹을 불끈 쥐고 활달하게 돌아섰다. 그랬다가 갑자기 다시 팀 쪽으로 돌아서서 조심스럽게 말했다.

"그런데…… 있잖아."

"왜 그러십니까, 도련님?"

"그 오렌지……. 아니야!"

엘리엇은 잠시 조리대에 놓인, 시럽을 입혀 굳힌 오렌지를 보고 하나만 졸라 볼까 했으나 곧 포기했다. 저녁 전에 간식을 조르면 신사가 아니다.

사실 그걸 예법 문제로 가르친 사람은 없었지만, 엘리엇은 하여튼 그렇게 생각했다.

✦

그 시각에 에리히는 서재에서 그레이와 마주 보고 있었다. 정확히는 두 사람이 만난 게 아니라, 빌헬름과 그레이가 용건을 이야기하고 있었다.

"합자 회사의 운영은 독립적이어야 합니다. 델포드 남작님이 클라우제너 공작 부인이라고 해서, 계약서를 이렇게 작성할수는 없는 일입니다."

그레이가 강경하게 말했다.

"델포드가 남작가로 유지되고 있는 이상, 부부의 재산은 엄연히 별도입니다."

"델포드 남작님께서 공작 부인이라고 해서, 클라우제너령에 막대한 영향을 미칠 수 있는 회사에 대한 권리를 방기할 수는 없습니다."

에리히는 깍지를 낀 채 그런 대화를 들으면서 생각했다.

'인재가 없다더니.'

법률 고문인 그레이가 재무관인 빌헬름과 이야기하러 와야 할 정도인가. 하긴, 빌헬름도 제 역할을 넘어서는 발언을 하고 있긴 했다.

사실 클레어와는 어제 이 일로 싸웠다. 결국 실무진 손에 넘기자는 쪽으로 합의가 되었으나 협상에서 밀리자 저쪽에서는 그레이가, 이쪽에서는 빌헬름이 튀어나왔다.

그는 무심결에 미소를 머금었다. 합리와 별개로, 결과적 공평함을 따졌을 때 경영권은 독립시키고 이쪽에서는 감사를 보내는 쪽이 맞을 것이다.

그리고 역시 그것과 별개로, 그는 클레어에게 승리할 수 있는 완벽한 방법을 알고 있었다.

"빌헬름, 양보해."

"예?"

빌헬름은 펄쩍 뛰었다. 이게 무슨 말인가.

물론 공작 부인이 클라우제너령에 해가 될 일을 하리라고 생각하는 것은 아니다. 하지만 그 밑의 사람까지 모두 믿을 수는 없다. 처음부터 이쪽에서 제어권을 쥐고 있는 게 제일 낫다. 게다가 렐포드는 확장 중인 가문이다.

그가 반론하기 전에 에리히가 짧게 말했다.

"그렇게 해. 이쪽에서 감사권과 대표 임용 동의권만 제대로 쥐고 있으면 되겠지. 그건 당연히 양보하겠지, 셔우드?"

"……물론입니다."

그레이가 보일 듯 말 듯 아주 살짝 인상을 찌푸리고 말했다. 에리히는 그가 자신의 생각을 알아챘다는 것을 깨달았다. 정확히는 클레어의 반응을 똑같이 예측한 것이다.

분명히 펄펄 뛸 것이다.

'이렇게 쉽게 양보 받으려던 게 아니라고요! 당신 설마 아내니까 그냥 져 주고 말지 이런 소리 하려는 거 아니죠?!'

뭐 대충, 이렇게 말이다.

물론 거기에 합리적으로 생각해서 결정한 일이라고 대답해 줄 작정이었다. 영주에게는 통치권이 없고, 기껏해야 영지 내의 토지를 많이 차지한 지주일 뿐이라고 주장한 건 클레어 본인이다.

에리히는 그레이의 반응을 모르는 체하고 냉정하게 대답했다.

"어차피 영지 내의 모든 경제 활동을 통제할 수는 없어. 감사권이면 충분해."

당황한 얼굴이던 빌헬름이 진중한 태도로 고개를 숙였다. 에리히가 그렇다면 그런 것이다.

맡을 사람은 있느냐고 클레어를 놀리는 건 밤에 할 일이다. 에리히는 꽤 즐거운 얼굴로 쾌히 서류에 서명했다. 뭐, 델포드의 운영에 대해서 자신이 간섭할 일은 아니긴 하지만 말이다.

그는 간혹 자신이 없는 동안 클레어가 해 줬던 것을 생각하면, 자신도 델포드의 일을 상당 부분 보살펴야 하는 게 아닐까 생각해 봤지만, 그걸 그녀가 반길지에 대해서는 확신이 서지 않았다.

'델포드의 이름으로 장학 재단을 만드는 것도 좋겠지.'

그런 일이라면 그녀도 양보하리라. 사실 클레어는 사업에 비해 사회 활동이나 자선 쪽 문제에 대해서는 어두운 편이었다.

"그러면."

그레이가 온 김에 이 일에 관한 의논도 해 둘까 하고 에리히가 입을 열었을 때였다.

똑똑똑. 자칫하면 놓칠 만큼 작은 노크 소리가 들려왔다.

에리히는 이야기를 마무리 짓겠다는 뜻의 손짓을 하고는 책상에서 훌쩍 일어섰다. 빌헬름이 문을 열었다.

"앗, 빌헬름."

"오셨습니까, 전하?"

빌헬름이 함박웃음을 머금고 한 걸음 물러서서 길을 열어 주었다. 엘리엇이 도도도, 에리히 쪽으로 달려갔다.

에리히는 무심결에 미소를 지으려던 것을 애써 참았다. 예법 교육은 어려운 것이다. 배우는 아이보다 자꾸만 어리광을 받아 주려는 어른에게 더 어려웠다.

서운하게도 엘리엇은 그의 품에 뛰어들거나 다리를 끌어안는 대신에 침착하고 예의 바른 태도로 허리를 굽혔다. 그새 자랐다고 무릎을 구부리지 않고 허리를 굽힐 줄 알게 되었다.

"다녀왔습니다, 아빠."

"어서 오너라."

아버지를 흉내 내야 한다는 점에서는 에리히도 마찬가지였다. 그는 자신의 부친이 어릴 때 저를 어떻게 대했는지 기억하려고 애쓰며 손을 내밀었다.

"헤헤."

머리를 쓰다듬자 엘리엇이 기쁜 듯이 웃었다. 그리고 그레이를 보고는 얼굴을 약간 발갛게 물들였다.

"그레이도 반가워."

"안녕하셨습니까?"

그레이도 마주 정중하게 인사해 주었다. 엘리엇의 뺨이 더 붉게 달아올랐다. 전에는 그를 엄격한 사람이라고 생각하고 항상 조금 무서워했는데, 요새는 그렇지 않았다. 적절한 예절을 가진 사람의 예시로 자주 불려 나왔기 때문이다.

"무슨 일이니? 아빠는 아직 일하는 중이다."

에리히가 다정함을 숨기지 못한 목소리로 물었다. 엘리엇이 얼른 말했다.

"있잖아요, 아빠. 엄마 생일 선물 샀어?"

"산 건 아니다만……."

휴양지로 간단한 여행 준비가 되어 있었다. 선물을 돈 주고 사는 건 당신에게는 너무 쉬운 일이 아니냐는 말을 듣고 결정한 일이다.

그 전에 클레어가 시간을 낼 수 있도록 만드는 것이 선물의 핵심이었다.

"왜 나한테만 안 알려 주구!"

엘리엇이 토라진 얼굴로 뿌웅 볼을 부풀렸다. 에리히는 침착하게 말했다.

"몰랐구나."

"우……."

자신만 몰랐다는 것을 엘리엇은 그제야 깨닫고 글썽글썽해졌다. 에리히가 차분하게 말했다.

"그럴 수 있지. 너도 공부하느라 바빴지 않니?"

"치……."

"무슨 일로 아빠가 일하는 시간에 왔어?"

"아."

엘리엇은 조금 더 투정을 부리려고 했지만, 에리히가 엄한 얼굴을 하고 있었기 때문에 할 수 없이 참았다. 그리고 용건을 말했다.

"아빠, 엄마 생일 때 파티를 하려고 하는데에."

"파티? 네가?"

"응. 아빠가 도와주면."

엘리엇이 열심히 고개를 끄덕이면서 제 딴에는 침착하게 계획을 늘어놓았다.

"케이크 만들 초콜릿을 샀고, 아빠가 허락하면 티미가 초콜릿 케이크를 같이 만들어 준대요. 그리고 친구들을 초대하고……."

"네가?"

"안 돼요?"

에리히는 눈을 깜박거렸다. 어떻게 대답해야 좋을지 알 수 없었다.

생일 파티는 하지 않기로 클레어와 이미 의논을 마친 뒤였다. 클라우제너 공작저에서 열리는 파티는 진짜로 사적인 것이기 어려운 데다가 둘 다 그런 파티를 그리 즐기는 성격도 아니었다. 하지만 엘리엇이 준비하겠다는데 하지 못하게 하는 것은 맞는 일일까?

아니, 그 전에.

'귀엽군.'

생각만 해도 귀여웠다. 그는 애써 표정을 무심하게 유지했다. 웃어 버리면 엘리엇이 토라질까 봐 염려했던 것이다.

"알았다."

"진짜!?"

"엄마도 네가 초콜릿 케이크를 만들어 주면 좋아하겠지. 하지만 혼자 주방에 들어가지 말고 팀 말을 잘 들어야 한다."

"응!"

"그리고 초대할 사람의 목록을 만들어서 가져오너라."

그 말은 엘리엇에게는 좀 어려운 듯했다. 에리히는 고쳐 말했다.

"누구를 초대할지 이름을 전부 써 와. 그리고 누가 널 도와줄 수 있을지, 파티를 위해서 무엇을 할지에 대해서도. 저녁에 같이 의논해 보자."

"응, 알았어요……."

엘리엇은 이번에는 조금 자신이 없었다. 초대할 사람은 마음속으로 이미 결정되어 있었지만, 이름을 전부 다 철자 맞춰서 적을 자신이 없었기 때문이다.

에리히가 미소 지으며 아이 머리를 한 번 더 쓰다듬었다.

"괜찮아. 조금 틀려도 돼. 잘할 수 있지?"

"응."

엘리엇이 고개를 끄덕거렸다. 빌헬름이 싱글거리면서 질문했다.

"누굴 초대하실 예정입니까?"

"엄마랑 아빠랑 프란이랑 있을 거구, 마사랑 막스 경이랑 로저 아저씨랑……."

엘리엇이 손가락으로 하나씩 꼽으며 말했다.

"그리고 그레이!"

마침 그중 한 명이 여기 있었다. 엘리엇은 활짝 웃으며 그레이를 향해 말했다.

"와 줄 거지?"

"……물론입니다."

그레이는 희미한 미소를 머금으며 그렇게 대답하고 말았다. 에리히의 얼굴이 처음으로 약간 일그러졌다. 엘리엇이 새로운 일을 해 보는 것 자체는 찬성이지만……. 정말이지, 가족끼리 보내고 싶었는데 말이다.

다음 날, 공부 시간을 끝내고 엘리엇이 가장 먼저 방문하기로 한 것은 리나였다. 사실은 요안나에게 도움을 받고 싶었지만, 요안나는 엄마랑 같이 있는 시간이 길어서 잘못하면 깜짝 파티가 못 되고 들킬 수도 있었다.

엘리엇은 바쁘게 움직였다.

"슈나이더 백작 영애는 오페라 하우스에 계신답니다. 사진을 찍는 중이라고 합니다."

"그럼 거기로 가도 돼?"

"예."

엘리엇이 조심스럽게 묻자 막시밀리안이 고개를 끄덕였다. 어차피 공연 시간도 아니고, 점심 직후의 한낮이라 오페라 하우스는 텅 비어 있을 것이다. 인터뷰가 있다면 더더욱 그럴 것이다. 최근 리나의 인기는 더더욱 높아져서, 경호 없이는 이동하기도 쉽지 않을 지경이었다.

그러니 그녀의 일정에 맞춰서 오페라 하우스 전체를 비웠을 게 틀림없었다.

강변에 새로 생긴 오페라 하우스는 때를 잘 만났다.

몇십 년이나 수도 제일의 극장이었던 오페라 극장이 클라우제너 공작 부인의 납치 사건으로 무너지는 바람에 반사 이익을 얻었다. 그때까지는 멋지게 건물을 지어 놓고도 대규모 가극을 무대에 올리지 못했는데, 일자리를 잃은 가수와 무용수, 연출가들이 줄지어 문을 두드려 왔던 것이다.

거기에 리나 슈나이더까지 독점적으로 섭외하게 되자, 전성기를 맞이하게 되었다.

리나는 이리스 슈나이더의 전례를 따랐다. 그녀는 이리스보다 훨씬 적극적으로 가수 활동을 했지만, 출연 극장을 가장 품위 있는 극장 한 곳으로 한정 지음으로써 사람들에게 여전히 귀한 몸이라는 인식을 심어 줄 수 있었다. 그 점에 있어서는 이리스의 덕을 본 셈이다.

클레어의 계획은 순조로웠다.

리나는 이제 유명 인사고 스타였으며, 동경과 선망의 대상이었다. 공연에 서면 그 표를 구하기 위해 사람들이 전날 밤부터 줄을 섰고, 그녀가 착용하는 옷과 보석은 날개 돋친 듯 팔렸다.

신문사는 그녀를 따라다니며 일거수일투족을 기록했다. 리나는 굳이 그런 기사를 통제하려 들지 않았다. 클레어가 염려스럽게 물어볼 정도였다.

'힘들지 않아요? 다이아몬드 모델 일 때문이라면, 그렇게까지 하지 않아도 괜찮아요. 공개적인 일정만으로도 충분히 성과를 내고 있어요.'

'어차피 막기 힘들다고 하더라고요.'

리나는 한숨과 쓴웃음을 섞어 지으며 말했다.

'슈나이더 백작가의 힘이 예전 같지 않아서, 이리스처럼 철저하게 주위를 통제하기는 힘들어요. 그리고 실은 레비 순보와 협상을 했답니다.'

'레비 순보랑요?'

'네. 공개할 수 있는 일정의 대부분을 공개해 버리고, 대신 진짜 숨기고 싶을 때는 입 다물어 주기로요.'

레비 순보만 입을 다물어도 아귀 같은 기자들의 시선을 피하기 훨씬 쉬울 것이다. 클레어는 고개를 끄덕이면서도 한숨을 내쉬었다.

'이해는 하지만…… 그래도 사생활이라는 게 있는데. 사람들에게 심어 준 기대대로만 사는 건 너무 숨 막히는 일이잖아요.'

'지금은 불타오르지만, 시간이 지나면 조금은 식겠죠. 그리고

사교계 평판을 지키는 생활이랑 크게 다를 것도 없는걸요. 사실 전 그쪽이 더 힘들어요.'

이리스는 살롱을 엶으로써 상류 사회에서의 입지를 다지고, 또 접근하려는 자를 적절히 조정할 수 있었다. 슈나이더 백작 부인은 그런 부분에서 수완이 훌륭했었다.

그러나 리나는 딱히 사교계에 나서고 싶지 않았다. 이따금 부친의 체면을 생각하여 만찬 같은 곳에 동행하는 게 전부였다. 그러니 그녀를 만나고 싶은, 그리고 자기 신분 정도라면 그럴 권리가 있다고 생각하는 사람들은 모조리 슈나이더 백작가에 방문 요청을 넣었다.

'역시 우리 집에 올래요?'

클레어가 그렇게 물어보았을 정도였다. 리나는 웃기만 하고 사양했다.

그런 일 때문에 견디기 힘들다고 생각할 만큼 약하지 않았다. 극장의 스타라면 당연히 겪는 일들이었고, 거리에서 모습을 드러내어 정치적인 일에까지 관여했으니 더욱 격화되는 게 당연했다. 리나는 각오가 되어 있었다.

'클레어 님은 오해를 하고 계세요. 저는 관심받는 것을 그렇게 싫어하지 않아요. 그랬다면 가수가 되고 싶다고 생각하지도

않았을 거고요.'

'신기하단 말이지요. 리나 양은 조용한 성격인데.'

그래도 일 잘 돌보는 사람이 필요할 거라며 염려하는 클레어에게, 믿을 만한 사람을 찾는 것도 자신의 일이라고 리나는 말했다.

기쁘고 좋은 일도 많았다. 관객들의 사랑도 그랬지만, 이제 새로운 곡이나 물건을 가지고 제일 먼저 그녀를 믿고 찾아오는 사람들이 있다는 것도 좋은 일이었다.

촬영 시간을 극적으로 줄이고, 선명도도 월등히 높인 사진 기술을 발명했다는 사람이 찾아왔을 때는 정말 기뻤다. 그는 가장 먼저 리나의 모습을 선명하게 찍어 남기고 싶었다고 말했다. 물론 홍보 효과도 있을 것이다.

그리고 거기에 가장 기뻐한 것은 클레어였다.

'드! 디! 어!'

그렇게 해서, 오늘의 촬영이 결정된 것이다.

관계자만 남기고 오페라 극장의 안팎은 모두 비워졌다. 햇살이 잘 드는 극장의 로비에서 리나는 검은색의 우아하고 장식 없는 드레스를 입고, 다이아몬드 장신구를 두르고, 쥘부채를 펼쳐 든 채 자세를 잡았다.

"그렇게 가만히 서 있는 게 힘들지는 않습니까?"

지켜보고 있던 디트마어가 불쑥 말을 걸었다. 시간이 극적으로 짧아졌다고는 해도 10분 이상은 가만히 정지 상태로 있어야 하는지라, 리나는 대답하지 못한 채 그림 같은 미소만 짓고 있었다.

"됐습니다!"

촬영자가 신호를 보냈다. 움직이지 말아야 하는 것은 리나 혼자였는데도 마치 모든 사람이 정지 상태에서 깨어난 듯 일제히 안도의 한숨을 내쉬고 부산스럽게 움직였다.

리나가 부채를 접어 내리고 팔을 가볍게 흔들며 말했다.

"20분만 쉴까요?"

"알겠습니다. 아니, 더 쉬셔도 됩니다!"

"고마워요."

그녀는 묵직한 귀걸이를 빼서 보석함에 내려놓았다. 디트마어가 그녀에게 다가왔다.

"갑작스러운 방문인데 폐가 되지 않았으면 좋겠군요."

"아니에요. 촬영 중이긴 하지만, 어차피 대기하는 시간이 더 길어서 심심한걸요. 게다가 한 장 찍고 나면 몸이 찌뿌듯해서……."

리나는 쭈욱 기지개를 켰다. 디트마어가 미소를 지었다. 귀족 영애라면 이런 식으로 움직이지 않는 법이지만, 리나는 그렇게 해도 천진해 보이지, 천박해 보이지는 않았다.

"그런데 어쩐 일이신가요? 바쁜 디트마어 씨가 이런 시간에 다 찾아오시고?"

"이 앞에서 연설회가 있었습니다."

"디트마어 씨가, 여기서요?"

"아니, 아닙니다. 지난번에 초선으로 당선된 친구인데, 오늘 중앙 광장에서는 다른 집회가 있어서 말이지요. 이 근처가 부지가 넓지 않습니까?"

"한층 번화가가 되는 중이니 나쁘진 않네요. 그래서 그분에게 인사하러 오신 김에 들르신 거군요."

"그런 셈입니다. 리나 양을 만난 지 오래되었으니까요. 이렇게 바쁘신 줄 몰랐습니다."

"괜찮아요. 잠깐 쉴 수 있으니까 오히려 더 좋아요. 전 또 다른 용건이 있으신 줄 알았어요."

달리 용건일 만한 게 있던가. 디트마어가 생각하는데, 리나가 방긋 웃었다.

"다음 주에 클레어 님의 생신이 있거든요. 저를 통해서 뭐라도 보내신다든가, 그런 거요."

"아닙니다. 부인께서 원하시는 일도 아닌데, 굳이 부담드릴 생각은 없습니다. 모처럼 시간도 남았고, 근처에 왔으니 리나 양의 얼굴을 보고 가자고 생각했을 뿐입니다."

"말씀을 퍽 잘하시게 되었네요."

만났던 초반에, 둘만 있을 때는 가벼운 대화 주제를 못 찾고 입을 다물고 있던 디트마어를 생각하고 리나는 조금 웃었다. 디트마어는 여전히 진지한 얼굴이었다.

"덕분에 진귀한 것도 구경했고요."

"새로운 사진 말씀이시죠? 클레어 님은 아주 신이 나셨어요. 사진이 나오면, 거기에 색을 칠하시겠다더라고요."

"아."

햇살을 받아 반짝거리는 리나의 머리칼을 보고 디트마어가 알겠다는 듯한 감탄사를 뱉었다. 리나가 또 한 번 웃었다.

디트마어는 그녀가 미인이라는 것을 알고는 있지만 크게 마음 쓰는 편은 아니었다. 그러나 한 번씩 이렇게 의식할 때도, 그림이 예쁘다고 말할 때 같은 얼굴을 하고 있을 뿐이라 리나는 마음 편했다.

그녀가 디트마어의 근황을 물어보려 했을 때였다. 심부름꾼이 편지 봉투 한 장을 가지고 왔다. 리나가 그것을 펴서 읽더니 세상에서 가장 부드러운 얼굴로 빙그레 웃었다. 디트마어가 내용이 궁금해질 정도였지만, 그는 숙녀의 편지 내용을 물어보지는 않았다.

리나가 먼저 말해 주었다.

"엘리엇 님이 오신다고 해요."

"황태손 전하 말씀입니까?"

"네. 혼자서요. 아니, 엄밀하게는 막시밀리안 경이 동행하겠지만, 아무튼 엘리엇 님의 개인적인 용건으로 오시는 모양이네요."

리나가 편지를 디트마어에게 자랑하듯 보여 주었다. 안에 들어 있는 편지는 서투른 아이 글씨로 이렇게 적혀 있었다.

『2시 30분에 귀하를 방문하고자 하니 시간을 내주셨으면 합니다.』

내용은 그것뿐이었다. 디트마어가 약간 고개를 갸웃했다. 급하게 약속을 잡는 것이라기에는 너무 일방적이고, 자신처럼 그냥 연락 없이 바로 방문하는 사람이라기에는 굳이 예고를 하는 게 어색했다. 리나가 재미있다는 듯이 웃으며 말했다.

"공작님이 내용을 써 주신 게 아닐까요?"

"클라우제너 공작께서는 편지를 이런 식으로 쓰십니까?"

디트마어가 다소 황당하다는 듯이 되물었다. 통보라고밖에 볼 수 없는 그 편지는 오만하기 짝이 없었다.

그는 클라우제너 공작가에 내심 친밀감을 갖고 있었다. 클레어가 공작 부인이었고, 적지 않은 수의 보안부 호위팀이 한동안 그를 호위했었으니까.

게다가 작년에 내전이 끝난 후에 알게 되었지만, 그의 부모님을 공작이 신경 써 주어 클라우제너령에서 안전하게 보살핌받은 일도 있었다.

뜻이 달라 집과 인연을 끊은 듯이 살고 있었다지만, 진짜로 가족에게 일말의 마음이 없었을 리 만무하다. 디트마어는 공작의 세심함에 놀랐고, 진심으로 감사하고 있었다.

그것과 별개로 에리히 클라우제너를 만난 적은 없었다. 어딘가의 파티에서 한두 번 스쳐 지나간 적은 있지만, 인사조차 제대로 나눈 적이 없었다.

'아니, 오만해도 이상할 게 없는 분이지만.'

다정하고 배려심 깊다는 평판은 들은 적이 없었고 말이다. 리나가 말했다.

"나름대로 배려해서 그러시는 거긴 하죠. 방문했을 때 부랴부랴 주위를 정리하고, 치우고, 인사시킬 사람을 불러오는 것보다는 미리 준비하는 게 나으니까."

"말씀을 듣고 보니 그렇긴 합니다."

하지만 클레어와는 행동 양식이 완전히 다르다. 그녀는 미리 일주일 전쯤에 반드시 약속을 하는 성격이었다.

'하긴, 일에 관련된 곳이나 친족 상대로는 급히 방문하실 일도 있겠지.'

그럴 때는 클레어가 어떻게 할지 궁금한 마음이 들기도 했다.

"그 두 분이 교제하실 때는 많이 싸우셨겠습니다."

"너무 싸워서 이상하게 생각하는 사람이 많았다고 하시더라고요. 클레어 님이 그렇게 예민한 편은 아니신데, 공작님께 매번 시비 걸듯 말씀하셨다고도 하고."

리나가 재미있다는 웃음을 머금고 말했다.

아무튼 디트마어는 조금 더 기다리기로 했다. 그는 공식적인 자리에서 두어 번 황태손을 만나 본 일이 있었다. 상냥하고 다정한 천성으로 보여서, 보호자들이 모두 별일 없이 아이가 성장하기를 바라는 간절한 마음을 충분히 이해할 수 있었다.

전갈을 미리 받긴 했지만, 리나는 굳이 주위를 정리하거나 특별한 준비는 하지 않았다. 리나 자신도 그럴 필요를 느끼지 못했을뿐더러, 너무 유난 떨지 말라는 클레어의 교육 방침도 잘 알고 있었기 때문이다.

엘리엇이 오페라 하우스에 들어선 것은 그로부터 한 시간쯤 후의 일이다.

"우, 와……!"

클라우제너 공작저에서 살고 있고, 황궁에도 자주 드나드니 화려한 장소에는 익숙해졌다. 그러나 오페라 하우스 같은 신식 건물에는 또 어린아이의 마음을 들뜨게 하는 것이 있었다.

게다가 사람이 많았다. 시종이나 하녀 옷을 입은 사람들이 고개를 숙이고 지나가기를 기다리는 것이 아니라, 각자 제 일에 바쁜 온갖 종류의 사람들이 빠른 걸음으로 남에게는 신경도 쓰지 않고 있었다.

엘리엇은 설레는 마음으로 말했다.

"기차역 같아. 리나 누나가 여기서 사진을 찍는 거예요?"

"그렇습니다. 사진이 무엇인지 아십니까?"

"얼굴 그림이랑 비슷한 거! 엄마가 엄청 좋아해!"

막시밀리안의 질문에 엘리엇이 큰 소리로 대답했다. 지나가던 사람들이 그 목소리를 듣고는 빙그레 미소를 짓고 아이를 돌아보았다. 행여나 잃어버릴까 봐 염려라도 하는 듯 마사가 엘리엇의 손을 단단히 잡고 천천히 걸었다.

리나는 뒤뜰에 있었다. 그사이에 촬영이 다시 시작되어, 화사한 꽃을 배경으로 그녀는 가만히 서 있었다.

"리나 누나!"

엘리엇이 환한 목소리로 외쳤다. 미소를 지은 채 리나가 잠시 눈동자만 돌렸으나 움직이지 않았다. 엘리엇은 달려가려고 했지만, 막시밀리안이 그 전에 잡았다.

"사진을 찍으려면 잠시 동안 가만히 움직이지 않아야 합니다."

"진짜? 얼마나?"

"15분 정도라고 들었습니다."

시간 감각이 아직 없는 엘리엇은 그게 긴 시간인지 짧은 시간인지 몰라 고개를 갸웃거렸다.

그때 낯선 남자가 다가왔다. 마사는 움찔했지만, 막시밀리안이 가만히 있었기에 별일 아니려니 하고 의아하게 남자를 쳐다보기만 했다. 차림새는 소박했지만, 몸가짐만 보아도 훌륭한 신사였다.

"실례합니다. 인사를 드릴까 하고 왔습니다. 디트마어 람스베르크입니다."

그는 엘리엇 대신 막시밀리안에게 말하며 손을 내밀었다. 호위가 둘러싸고 있는 것은 아니지만, 황태손에게 대뜸 말을 걸 수는 없었던 탓이다. 막시밀리안이 놀라며 그의 손을 잡고 마주 악수했다.

"만나 뵙게 되어 반갑습니다, 람스베르크 의원님."

"직접 뵙는 것은 처음이지만, 막시밀리안 자작님이시지요?"

"예. 리나 양을 방문하신 모양이군요."

"그렇습니다. 시간이 비어 잠시 만나러 왔는데, 황태손 전하께서 오신다는 전갈을 듣고 잠깐 두 분께 인사라도 드릴까 해서 기다리고 있었습니다."

막시밀리안이 묻기 전에 디트마어가 먼저 말했다. 막시밀리안은 더 질문하지 않았다. 디트마어는 그가 클라우제너 보안부장이라는 것밖에 몰랐지만, 그는 디트마어에 대해 훨씬 상세히 알고 있었기 때문이다.

리나는 아직도 사진기 앞에 가만히 서 있었다. 막시밀리안은 디트마어를 엘리엇에게 소개했다.

"전하, 이쪽은 하원 의원인 디트마어 람스베르크 경입니다. 알고 계시지요? 하원."

"하……워언!"

엘리엇이 조금 어려운 듯 말뜻을 생각하면서 발음했다. 그리고 환한 얼굴로 말했다.

"디트마어 경은 알아! 엄마가 엄청 좋아하는 사람이에요!"

밝게 외치는 목소리에 디트마어의 얼굴이 붉게 물들었다. 리나가 푸홋 웃어 버리는 바람에 사진 하나를 망쳤다.

"이런, 슈나이더 백작 영애……."

사진사가 탄식했다. 리나는 어차피 망친 김에 그냥 쉬기로 결정했다.

"잠깐 쉬어요. 손님도 오셨으니."

"휴, 알겠습니다. 딱 15분만 쉽시다. 그다음 같은 구도로 다시 찍겠습니다."

손님이 누군지는 알지 못했지만, 어쨌든 찾아온 사람이 있으니 작업을 계속할 수는 없었다.

시중인이 리나의 어깨에 풍성한 숄을 걸쳐 주었다. 리나가 다가왔다.

"어서 오세요, 엘리엇 님."

"리나 누나!"

엘리엇이 기쁜 듯이 외쳤다. 그리고 아차, 하고 떠올린 듯이 없는 모자를 벗는 흉내를 내며 인사했다.

"안녕하세요, 리나 영애."

"슈나이더 백작 영애입니다."

막시밀리안이 고쳐 주었다. 엘리엇이 앗 하고 아쉬운 얼굴을 했다.

"괜찮아요, 엘리엇 님. 우리는 친구니까 편안하게 인사하면 돼요."

"그래두!"

그 말에 리나는 치맛자락을 펼쳐 마주 숙녀답게 인사해 주었다. 그 자태를 보면 그녀가 몇 년 전까지만 해도 잡일 하녀였다는 사실을 아무도 짐작조차 못 할 터였다.

"그런데, 어쩐 일로 여기까지 오셨어요?"

"우웅, 부탁이 있어서."

"부탁이요?"

"응. 다음 주에 엄마 생일이 있잖아요."

"그렇지요."

리나도 아주 예쁜 비치 웨어와 슬리퍼를 선물로 준비해 두었다. 생일날에는 일 때문에 사무실을 비울 수 없지만, 그다음 주에는 여행을 간다고 들었기 때문이다.

아직 여름은 아니었지만, 남부로 간다면 바다에 갈 만한 날씨였다.

"내가 깜짝 파티를 열려고 하는데에."

엘리엇이 조르는 것처럼 말꼬리를 늘였다.

"리나 누나가 도와줬으면 해서……."

"어머. 엘리엇 님이 직접이요?"

"응. 케이크도 만들고 손님도 잔뜩 초대할 거예요! 그런데 장식하고 노래 부르는 데 도움이 필요해요!"

"당연히 도와드려야지요."

리나는 미소와 함께 대답하면서 이 이야기를 누구까지 알고 있을지 생각해 보았다.

"초대장은 아빠랑 같이 만든 거예요. 여기, 리나 누나 것도!"

엘리엇이 마사를 쳐다보았다. 마사가 들고 있던 가방에서 초대장 봉투를 꺼내어 엘리엇의 손에 쥐여 주었다.

"꼭 와야 해요. 선물 가지고."

"그럼요."

"그리고, 웅……."

엘리엇은 고민했다. 옆에서 미소 지은 채 보고 있는 디트마어에게도 초대장을 주어야 할지 아닌지 고민했던 것이다.

디트마어는 목록에 없는 사람이었다. 사실 이름을 듣고 나서 문득 생각난 것이지, 엄마의 친구라고 엘리엇이 알고 있는 인물은 아니었다. 하지만 마사의 가방에는 여분의 초대장이 더 들어 있었다. 에리히가 필요할지도 모른다며 준비시킨 것이다.

엘리엇은 큰 결심 후에 초대장을 꺼냈다.

"디트마어 경도 와 주세요! 엄마가 좋아하는 사람이니까!"

큰 소리로 외치며 아이가 그에게 초대장을 건넸을 때였다. 누군가가 후다닥 달려가는 소리가 들렸다.

'아, 이런. 기자인가?'

리나와 막시밀리안이 반사적으로 서로를 쳐다보았다.

데스크는 어리석지 않았다.

지금 엘리엇 황태손의 인기는 말할 수 없이 드높았다. 어린 나이, 고운 용모, 때 묻지 않은 천진한 태도, 게다가 부모를 어려서 잃었다는 가련한 사연까지 더하여 황태손을 안쓰럽게 여기고 사랑하는 사람이 대다수였다.

완전히 추락할 뻔했던 황실을 단숨에 인기 절정 상태로 만들어 놓은 황태손을 괜히 건드려 국적이 될 필요는 없다. 게다가 오너께서도 화내실 일이 아닌가.

게다가 귀여운 존재는 일부러 과장되게 서술하지 않아도 그 것만으로도 충분히 눈길을 끌 수 있다.

《엘리엇 황태손 전하, 생애 최초로 주최하는 공식 파티.》
《첫 번째 초대 손님은 리나 슈나이더 백작 영애.》
《사회당의 당수 디트마어 람스베르크, 황태손의 파티에 초대받다.》

다음 날, 조간의 머리기사들은 논조가 근엄하여 더욱 많은 사람의 웃음을 불렀다.

그걸 읽고 서운해진 사람도 있었다. 다음 날 외증손이 방문했을 때, 아렌 공왕은 진심으로 섭섭해하며 말했다.

"서운하구나. 클레어의 생일 파티를 한다면서?"

"헉!? 할아버지, 어떻게 알았어요!?"

엘리엇은 그야말로 기절할 듯이 놀랐다. 깜짝 파티인데, 벌써 소문이 났단 말인가?

아렌 공왕은 도리어 당황했다. 그는 신문 기사로 먼저 이 이야기를 접했기에, 비밀리에 준비하고 있다는 것은 몰랐던 것이다.

"깜짝 파티였어?"

"네. 설마…… 엄마도 아는 건 아니겠죠? 그러면 안 되는데……!"

엘리엇이 초조한 얼굴로 발을 구르며 말했다. 아렌 공왕은 그 모습에 당황했다.

"오, 이런. 나는 그……."

그는 재빨리 프란츠에게 눈짓했다. 프란츠는 그 의미를 알아듣고 고개를 끄덕였다. 자신이 죄를 뒤집어써 주기로 한 것이다.

"프란츠에게 들었단다. 선물을 무얼 가져가면 좋겠느냐고 말이지."

"아!"

엘리엇이 홱 프란츠를 돌아보았다.

"후크 경, 그러면 안 돼요. 비밀은 잘 지켜 줘야죠!"

"죄송합니다."

"어차피 공왕 할아버지한테는 이야기하려고 했으니까, 이번 한 번만 용서해 드릴게요."

엘리엇이 진지하게 말했다. 공왕이 프란츠에게 미안하다는 시선을 건네고, 프란츠는 미소만 지었다.

'클레어는 이미 알고 있겠지.'

클레어가 지난 1년 이상 신문사들을 그대로 방치하고, 또 일부는 일부러 다른 사람에게 팔아 치웠지만, 그래도 진짜 비밀이라면 기사가 날 리 없었다.

신문 이전에, 집 안에서 벌어지는 일을 그녀가 모르고 있을 턱이 없었다. 에리히가 이런 일을 총력을 다해서 감출 리도 없고 말이다.

요컨대, 엘리엇만 모르면 되는 것이다.

그 자리에 있는 모든 사람이 시선을 교환했다. 다음 주가 될 때까지는 요즘 퍽 글을 잘 읽게 된 아이의 주변에서 신문이라고는 쪼가리도 보이지 않게 하자고 말이다.

그런 어른들의 생각을 모르는 엘리엇은 '흠' 하고 잠시 생각한 후에 말했다.

"공왕 할아버지를 초대하지 않을 생각은 아니었어요. 오늘 초대장을 가지고 왔어요."

아이가 정중하게 초대장 봉투를 내밀었다. 공왕이 받은 초대장 봉투에는 특별히 크레용으로 그려진 초콜릿 케이크 그림이 있었다. 공왕은 마찬가지로 정중히 봉투를 열어 날짜와 시간을 보고는 다시 섭섭하다는 듯 말했다.

"역시 나는 서운하구나. 우리 엘리엇이 처음 파티를 여는데, 도와 달라는 말도 하지 않고."

"그치만……."

엘리엇이 손가락을 쪼물거리며 미안한 듯이 말했다.

"할아버지는 할 일이 많은 분이시니까요. 손님으로 초대하는 게 더 좋을 거라고 생각했어요."

"이런, 너와 같이 있을 시간은 얼마든지 있단다."

"괜찮아요. 리나 누나랑 후크 경이 도와주기로 했어요. 마사도 당연히 도와줄 거고요."

공왕은 자연스럽게 엘리엇의 등을 보듬어 자기 곁에 앉히며 물었다.

"그래도 이 할아버지가 할 일이 있지 않을까?"

"음……."

엘리엇이 진지하게 고민에 잠겼다. 그러는 사이에 따뜻한 우유가 나왔지만, 엘리엇은 그걸 마실 생각도 하지 않고 진지하게 고민하다가 말했다.

"할아버지는 종이접기를 잘하니까, 그러면 꽃을 접어 주세요."

"오."

공왕이 웃고 말았다. 엘리엇이 연다는 생일 파티의 실체가 눈앞에 선하게 그려졌기 때문이다.

"얼마나 접어 주면 될까?"

"아주 많이요. 아빠는 제가 원하는 만큼 꽃을 사다 주신다고 했는데, 그러면 그건 아빠가 준비하는 거랑 똑같으니까요. 안 그래도 맨날맨날 꽃 사 오는데."

"그렇구나."

"아 참, 모레 오전에 리나 누나가 준비 같이 하러 와 주기로 했어요. 할아버지도 시간 있으면 와 주세요!"

자신이 끼어들면 리나 슈나이더가 당황할지 어떨지 생각하면서 공왕이 고개를 끄덕였다.

"그럼, 전 이만 가 볼게요. 바빠서요. 꼭 오셔야 해요!"

"물론이지."

"선물도 갖고요!"

엘리엇은 나부시 절을 하고 헤헤 웃어 보이고는 팔랑팔랑 돌아서서 뛰어나갔다.

막시밀리안이 따라가고 프란츠가 잠깐 뒤에 남았다. 공왕이 웃음을 머금은 채 말했다.

"아직 엄마가 최고일 나이지. 저 녀석이 선물까지 챙기는군."

"서운하십니까?"

공왕은 부정하지 못하고 고개를 끄덕였다. 엄마가 최고인 게 서운한 게 아니라, 엄마를 위해서 뭔가를 해야겠다고 생각했을 때 제일 먼저 자신에게 달려오지 않은 게 서운했다.

"그나저나 일이 꽤 커지겠는걸?"

"사실 처음부터 큰일이었습니다. 이다음으로 갈 곳은 무어 공작저거든요. 어제는 빅토리아 대공께 편지를 쓰셨답니다."

프란츠의 말에 공왕은 입을 오므리고 놀랐다. 그러고는 이내 함박웃음을 지었다.

"황제 폐하는 당연히 초대했을 테니, 정말 큰 파티로군. 공식 파티라고 부르기에 부족함이 없는데. 에리히 공은 뭐라던가?"

"누가 오든, 황태손 전하께서 여시는 파티니 황태손 전하의 뜻에 맡기겠다고 하셨습니다."

"하하. 꽃을 아주 많이 접어야겠어. 노인네의 소일거리로 딱 좋군."

공왕이 즐겁게 말했다.

사정을 아는 사람들 사이에서는 초대객의 면면을 제외하면 아이가 만드는 소소한 파티였지만, 정계와 사교계에서는 조그

만 지진이 일어났다.

"아니, 나도 알지. 황태손 전하 연치가 몇인데 공식 파티를 주최하시겠나. 하지만 누가 올지를 생각해 보란 말이야."

울리히 하비흐는 디트마어의 책상 앞에 서서 15분째 설득 중이었다.

공작 부부는 정치에서 거의 완전히 손을 뗐다. 황실이 반드시 필요한 외교 의전이나 경호 관련 업무는 클라우제너 공작이 아들을 대신하여 처리했으나, 그게 전부였다. 여전히 많은 하원 의원이 그의 후원을 받았고, 내각에 막강한 영향력을 갖고 있었지만, 처음에 걱정했던 것처럼 전면에 나서서 권력을 잡으려 하지는 않았다.

클라우제너 공작 부인도 마찬가지였다. 적지 않은 의원들이 그녀가 가진 언론과 아렌의 지지를 두려워했으나, 지금까지 그녀는 그것을 대체로 방치하고 있었다.

'신문사를 팔지 않고 놔둔 것은 아직 엘리엇 님이 어리시기 때문일 거예요.'

리나는 그렇게 말했고, 디트마어도 그 말을 믿었다.

어쨌든 부부 둘 다 사교 활동을 즐기는 편은 아니었다. 하원 의원보다도 영지민 탄원자가 더 만나기 쉬울 터였다.

그러니 이런 기회를 놓칠 수 있겠는가. 기사에 따르면, 초대객으로는 황제와 공왕, 빅토리아 대공과 맨프레드 대공 부부는 물론 참석할 것이고, 귀족원 의원 몇 사람과 왕당파를 지금까지 버티게 했던 거물 정치인도 후보에 올라 있었다.

"아니 디트마어, 잘 생각해 보게. 공작 부인의 후원을 받고 있는 건 사실 자네가 아니라 나란 말이야. 그런데 내가 공작 부인의 생일 축하 파티에도 가지 못한다니, 말이 되나?"

"날 초대한 건 공작 부인도, 공작 부인의 비서실도 아니라 황태손 전하라네. 초대장을 얻고 싶으면 그쪽으로 알아봐."

"황태손 전하는 여섯 살이야!"

여섯 살짜리에게 무슨 인맥이 있겠는가. 엄마의 인맥이 아이의 인맥이지. 울리히의 탄식에 디트마어가 같은 말로 대꾸했다.

"내 말이 그 말일세."

"자네는 그래도 슈나이더 백작 영애를 통해서 말해 볼 수 있잖나!"

"나도 우연히 받은 거라……. 정 그렇다면 차라리 다른 친족 쪽을 알아보는 게 어떤가? 내가 생각하기에, 여기에 진짜로 정치인이 초대될 리는 없어."

"그 다른 친족이라는 게……."

울리히가 손가락을 딱 울렸다. 생각해 보니 만만한 친족이 있었다.

⚜

엘리엇은 깜짝 파티 전날에 빨리 잠들지 못했다. 자꾸만 가

226

습 아래쪽이 간질거려서 비밀을 토해 버릴 것 같았으므로, 평소처럼 그림책을 읽어 주러 온 엄마가 빨리 자러 갔으면 좋겠다고 생각했다.

"우리 엘리엇이 잠이 안 오나 보구나. 따뜻한 우유라도 한 잔 가져다줄까?"

"괜찮아요! 나 잘 거야! 그림책도 괜찮아!"

엘리엇은 강경하게 말하고 이불 속으로 쏙 들어갔다. 그러고는 클레어가 웃음을 억지로 감추고 있다는 것은 짐작도 하지 못한 채 콩콩거리는 심장을 누르고 이불을 뒤집어썼다.

그러자 클레어가 짐짓 슬픈 듯이 말했다.

"엘리엇이 이제는 엄마가 재워 주는 게 싫은가 봐."

"앗, 아니야!"

엘리엇은 깜짝 놀라 이불을 확 걷고 발딱 일어나려다가 엄마 뒤에서 아빠가 조용히 입술에 손가락을 갖다 대고 있는 걸 보고 다시 누웠다.

"그런 거 아니야. 그냥 졸려서 일찍 잘 거야."

"그래."

클레어는 이불을 끌어 올려 다시 덮어 주고, 두어 번 토닥이고는 바로 일어섰다.

그녀의 뒤를 따라 나가며 에리히가 눈을 찡긋거렸다. 그 비밀 신호에 엘리엇은 두 손으로 입을 가렸다가 다시 이불을 뒤집어쓰고 킥킥 웃었다.

엘리엇은 다음 날 아침 일찍 일어나서 케이크를 만들 생각을 하니 너무 긴장해서 잠이 안 온다고 생각했지만, 사실은 몇 분 되지도 않아 색색거리는 소리를 내며 깊이 잠들었다.

"피곤한 모양이네요."

"피곤하겠지. 오늘 하루 종일 리나와 마사와 함께 준비를 했으니까."

"도대체 무슨 준비를 어떻게 하고 있기에."

"은밀하게 준비되는 깜짝 파티야. 미리 알려고 하지 마."

부모가 조용히 그런 대화를 나누는 것은 알지도 못하고 말이다.

아침에 엘리엇은 정말로 종달새처럼 일찍 일어났다. 평소 같으면 마사가 얼굴을 씻으러 가자고 손을 잡아끌 때까지 칭얼댔겠지만, 그날은 그러지 않고 반짝 눈을 떴다.

"초코 케이크. 초코 케이크."

마치 동요라도 부르듯 흥얼거리며 엘리엇은 스스로 침대에서 내려와 욕실로 들어갔다. 발 받침대를 가져다 놓고, 세면대 앞에 올라서서 발돋움하여 물을 튼다. 어린이용 세면대였지만, 그래도 아직 좀 높았다. 찰박찰박 세수를 하고 나자 잠옷이 앞 가슴은 물론 소매까지 젖고 말았다.

그래도 엘리엇은 불평하지 않았다. 어쩐지 어른이 된 것 같은 기분이었다.

"도련님, 벌써 일어나셨어요?"

마사가 온 것은 엘리엇이 스스로 드레스 룸으로 가려고 했을 때였다.

"나 일찍 일어났어! 잘했지?"

"잘하셨어요. 우리 도련님이 이제 다 크셨네요."

"히히."

엘리엇은 기분 좋게 웃었다. 그리고 마사가 젖은 잠옷을 벗겨 주려는 것도 거절하고 스스로 옷을 갈아입었다. 멜빵을 메는 것만은 서툴러서 마사가 대신 해 주었다.

그다음 엘리엇은 한달음에 주방까지 달려갔다.

"티미!"

"오셨군요, 도련님."

팀이 초콜릿 케이크의 밑 준비를 모두 해 놓고 기다리고 있었다. 미리 갖다 놓은 발 받침대에 엘리엇을 번쩍 들어 올려, 이미 준비되어 있는 케이크 시트 앞에 세워 주고는 말했다.

"이제 초콜릿 크림을 바를 겁니다."

"응!"

"손대지 말고 주걱으로만 이렇게 바르시는 겁니다."

잘할 수 있다고 엘리엇은 고개를 여러 번 끄덕였다. 팀은 엘리엇의 손에 주걱을 쥐여 주었다.

팀 나름대로 고심 끝에 결정한 레시피였다. 초콜릿을 녹인다거나 오븐을 쓰는 일 같은 건 위험해서 시킬 수 없고, 반죽을 만드는 건 여섯 살에게는 너무 어렵다. 그렇다고 완성한 것 위에 장식만 시키면 서운해할 게 분명했다.

그래서 평소에는 잘 만들지 않는, 시트와 크림을 겹겹이 쌓는 평범한 케이크를 만들기로 한 것이다. 안쪽 모양이 좀 망가지더라도, 어차피 밖에 초콜릿으로 코팅을 할 것이니 괜찮다.

엘리엇은 꾸덕꾸덕한 크림을 듬뿍 떠서 온 힘을 다해 신중하게 시트 위에 발랐다. 초콜릿은 많은 쪽이 좋으니까 듬뿍. 그 위에 팀이 시트 한 장을 얹어 주었다.

"자아, 또."

"응!"

엘리엇은 제 손이 움직일 때마다 한 층 한 층 쌓여 두꺼워지는 케이크에 행복해졌다.

"잘하셨어요!"

"아주 맛있을 겁니다."

적당한 크기로 시트와 크림이 쌓이자, 팀은 흐뭇하게 웃으며 초콜릿 코팅을 손수 입혔다.

"자아. 이건 잠시 냉장고에 넣어 두겠습니다. 이제 장식용 초콜릿을 만들까요?"

"응!"

팀이 미리 만들어 둔 큼직한 초콜릿 판을 꺼내고, 엘리엇의 손에 짤주머니를 쥐여 주었다. 안에는 하얀색 크림이 들어 있었다.

"케이크 위에 얹을 겁니다. 원하시는 글씨를 쓰시면 됩니다."

"우웅……."

엘리엇이 조심스럽게 짤주머니를 들었다. 이건 전에도 해 본 적 있었다. 엄마랑 같이 진저 쿠키에게 얼굴을 그려 주었던 것이다.

"생, 일, 축……."

혼신의 힘을 다해 엘리엇이 글씨를 쓰고 있을 때였다. 급사 하나가 다급한 걸음으로 들어왔다. 그는 일단 형식적으로 엘리 엇에게 인사를 하고 큰 목소리로 말했다.

"빅토리아 대공 전하께서 오셨습니다, 도련님!"

"앗!"

엘리엇이 울상이 되었다. 놀라는 바람에 글씨를 망쳤던 것 이다.

급사가 몸 둘 바를 몰랐다. 그 나름대로는 주방 사람들을 배 려하기 위해서 빨리 달려와 큰 소리로 알려 준 것이다. 빅토리 아 대공을 맞이할 마음의 준비를 하라는 뜻에서 말이다.

"죄송합니다, 도련님……."

"히잉, 케이크 망쳤어……."

빅토리아 대공이 주방으로 들어선 것은 그때였다. 그녀 나 름대로는 큰 결심을 한 걸음이었다. 빅토리아 대공이 주방에 들어온 것은 태어나서 이것이 처음이었다.

어제 아렌 공왕이 하루 종일 엘리엇과 함께 색종이를 접고 잘랐다는 이야기를 들었고, 베티나 공녀도 도와주러 갔다고 했 다. 괜히 뒤처진 느낌이 들었다. 아렌 공왕을 질투할 입장은 아 니었지만, 그래도 자신도 뭔가 도와야겠다고 생각한 것이다.

그래서 아침 일찍 방문해서 엘리엇을 도와줄 작정이었는데, 아무래도 상황을 보니 잘못된 선택이었던 모양이다.

"이모할머니……."

엘리엇이 반 울음 상태로 눈물을 그렁그렁 담고 빅토리아 대공을 쳐다보았다.

"이런…… 나 때문에 망친 모양이구나."

빅토리아 대공도 어쩔 줄 몰라 하며 말했다. 코와 뺨에 초콜릿 크림을 묻히고 짤주머니를 들고 있는 엘리엇은 깨물어 주고 싶을 만큼 귀여웠지만, 울리려던 게 아니니까 말이다.

주방의 지배자 팀은 엘리엇의 손에서 짤주머니를 받아 들며 여유롭게 웃었다.

"염려 마십시오, 대공 전하. 망치지 않았습니다."

"그치만, 이거 이렇게 됐어."

엘리엇이 초콜릿 판을 가로지른 하얀 크림을 가리키며 말했다. 애초부터 실패가 있을 거라고 생각해서 케이크 위에 직접 쓰게 하지 않았던 팀은 새 초콜릿 판을 꺼냈다.

엘리엇의 얼굴이 확 밝아졌다.

"티미, 최고! 최고!"

"이건 망쳤으니까……."

팀이 침착하게 엘리엇에게 환호성을 불러일으킬 만한 말을 했다.

"다 같이 나눠 먹을까요?"

"진짜!? 진짜!? 마사, 나 이거 먹어도 돼!?"

"네, 도련님. 대신 식사 남기시면 안 돼요?"

"나 밥 잘 먹을 거야!"

마사가 웃으며 고개를 끄덕였다.

팀이 초콜릿 판을 칼로 균등하게 부쉈다. 엘리엇이 한 조각을 입에 넣고는 행복해진 채 빅토리아 대공에게도 한 조각 건넸다.

빅토리아 대공은 도저히 클라우제너 공작가의 주방이라고는 믿을 수 없는 화기애애하고 느슨한 분위기에 놀랐다. 그러나 그게 나쁘게 보이지 않았다.

자신이 있다는 것에 신경을 곤두세운 사람은 거의 없었다. 모두가 엘리엇을 기쁘게 해 주는 일에 집중하고 있었다. 그리고 그것은 빅토리아 대공에게도 보기 좋은 일이었다. 달콤한 초콜릿이 입 안에서 사르륵 녹았다.

"아 참, 그런데 이모할머니는 어쩐 일로 오셨어요?"

"아아, 별것은 아니란다. 네가 케이크를 만든다고 해서 도와줄까 하고 왔지."

"이모할머니, 케이크 만들어 본 적 있어요?"

엘리엇이 눈을 휘둥그렇게 뜨고 쳐다보았다. 빅토리아 대공은 거짓말을 하고 싶은 충동을 느꼈다.

잠깐 망설이는 사이에 엘리엇은 멋대로 결정을 내렸다. 이건 팀에게 허락받아야 하는 일이었다.

"티미, 이모할머니도 같이 해도 돼?"

"물론입니다, 도련님."

조금 부담스럽긴 했지만, 팀은 미소를 짓고 그렇게 말했다. 이제 남은 건 어차피 장식을 얹는 것뿐이었다. 엘리엇이 당당히 어깨를 세우고 주장했다.

"좋아요. 같이해요. 그래도 글씨는 제가 쓸 거예요."

"그러려무나."

"이모할머니는 과일을 얹어 주세요."

"그래."

빅토리아 대공은 웃었다. 자신이 아침부터 주방까지 와서 초콜릿 케이크 위에 과일을 손수 얹는 일 같은 걸 하리라고 언제 상상이나 했겠는가.

모든 게 사랑스럽고도 새로웠다.

요안나 앞에 편지가 산더미처럼 쌓인 쟁반 세 개가 놓였다.

비서가 봉투에서 이름을 보고 1차로 분류를 마친 다음이었다. 평소보다 특별히 더 많은 것은 아니었지만, 평소와 조금 다르긴 했다. 쟁반 하나가 요안나 앞으로 온 것이었기 때문이다.

청탁은 전부터 있었다. 블룸 남작가는 에른스트 사교계에 출입하는 입장이었으므로, 그쪽에 아는 사람이 많았다.

에른스트 공작가가 반역죄로 처벌되었을 때, 방계와 가신은 물론이고 인근 지역의 소귀족 중에 연루되지 않은 자가 거의 없었다. 가주가 재판을 받는 처지까지는 이르지 않은 자들도 제법 있었으나 대부분이 상당한 재산을 압류당했고, 귀족원의 의석을 잃었다.

그 폭풍 속에서 루덴도르프와 블룸 남작가는 오히려 승승장구하고 있었다. 부친이 무능하여 에른스트 공작가의 사업에 뭐 하나 제대로 끼지 못한 게 이제 와서 보니 전화위복이 되었다고 할 수도 있었다.

거기에 요안나 자신이 클레어의 측근이기도 하니, 어떻게든 그녀에게 줄을 대어 활로를 찾으려는 자들이 끊이지 않았다.

요안나는 그런 편지와 만남 요청 대부분에 직접 대답하지도 않았다. 비서한테 대신 거절의 답장을 쓰게 했고, 사교 모임도 거의 나가지 않았다.

우스운 일이었다. 영지에 있을 때는 티파티와 무도회에 가는 일이 세상에서 제일 중요한 것처럼 느껴졌는데, 정작 모든 모임에서 초대장을 보내오자 별로 중요한 일처럼 느껴지지 않았다.

그때는 할 수 있는 일이 그것뿐이었기에 중요하게 느껴졌던 것 같다고 요안나는 생각했다. 클레어와 에리히가 중요한 만찬 정도만 참석하고, 그 외의 모임은 띄엄띄엄 가는 이유를 알 것 같았다. 삶의 방향이 아예 다른 것이다.

'클레어 님은 나에게 일을 떠맡기고 있다고 말씀하시지만, 오히려 내가 배우고 있는걸.'

블룸 남작령을 어떻게 이끌어 가야 할지에 대해서도 전과는 다른 시선으로 보게 되었다.

아직은 용기가 부족했지만 말이다. 요안나는 착실하게 준비하고 있었다. 언젠가는, 아마도 머지않은 시일 내에 블룸의 옥

토는 지금과는 다른 것을 길러 내게 될 것이다.

아무튼 평소와 비슷한 편지라면 비서가 알아서 했을 터이니, 오늘 온 것은 조금 다른 모양이었다. 수도에 머무르고 있는 백작과 후작, 내각 각료와 하원의 거물에 이르기까지 모두 편지를 보내온 것 같았다.

"이게 다 무슨 일이야?"

"내용은 대부분 비슷합니다만, 제가 임의로 처리할 수 없을 것 같아서요."

비서가 조심스럽게 말했다. 요안나는 그중 제일 위에 있던 편지 한 장을 펼쳐 보았다. 그것은 로텐부르크 경시청장이 보낸 것으로, 오늘 파티의 경호와 보안 문제에 대해 의논하고 싶으니 방문할 수 있겠느냐는 이야기였다.

"아하. 그나마 핑계가 있으시네."

요안나는 웃어 버렸다.

그녀는 물론 매일 신문을 체크하고 있다. 황태손이 삐뚤삐뚤한 글씨로 쓴 깜짝 파티 초대장은 올해의 가장 값진 초대장으로 여겨지고 있었다.

나머지 편지도 대동소이했다. 이리저리 알아보다가 결국 이쪽으로 직접 연락하는 것밖에 방법이 없다고 생각한 모양이다.

"어떻게 할까요?"

"우리는 주최 측이 아니라고 정중하게 양해를 구하는 편지를 보내자. 사실이기도 하고."

"네."

"서두르는 게 좋겠어."

"네. 타이피스트들을 몇 명 더 부를게요."

요안나는 고개를 끄덕였다.

"클레어 님은?"

"오전 중에 공작님과 함께 외출하셨습니다. 자리를 비워 주는 게 마음 편할 거라고 하시더라고요."

비서가 웃음을 감추지 못한 채 말했다. 요안나도 웃었다. 엘리엇에게서 도와 달라는 말을 듣지 못한 것만 빼면, 이 며칠 동안 웃을 일이 얼마나 많았는지 모른다.

'엘리엇 님 입장에서는 그러실 수도 있지만……!'

그래도 리나 슈나이더보다는 한집에 사는 자신이 돕기에 더 적절한 사람이 아니었을까, 하는 생각을 안 할 수가 없었다. 반면 클레어의 최측근으로 인정받은 셈이기도 하니, 서운해해야 할지 기뻐해야 할지 애매한 기분이 되었다.

제임스 델포드와 찰스 델포드가 수도에 도착한 것은 파티 당일이었다. 초대장이 도착하자마자 준비해서 당장 출발했으나, 편지가 오가는 시간과 거리 때문에 어쩔 수 없었다.

기차에서 내리면서 찰스는 한탄했다.

"진짜로 오다니."

"당연히 와야지! 황태손 전하께서 손수 쓰신 초대장을 받지 않았느냐!"

제임스가 강경하게 말했다. 물론 그리고 해서 이런 파티가 썩 마음 편하다고는 생각지 않았다. 그러나 이런 영광된 자리에 참석하지 않는 것도 제국 귀족으로서 옳지 않은 일이다.

찰스가 작게 투덜거렸다.

"우리가 언제부터 그렇게 생일 같은 걸 챙겼다고……."

"그런 소리 마라. 남들이 들으면 오해할라."

"사실이잖습니까? 클레어는 자기 입으로, 안 주고 안 받는 게 마음 편하다고 했었다고요."

델포드에 있었을 때는 물론 식사 모임 정도는 했었다. 그러나 1박 이상의 시간을 들여 멀리 수도까지 기차를 타고 올 정도의 일은 분명히 아니었다. 제임스가 또다시 꾸짖었다.

"어허! 그런 소리 말래도. 너도 신문을 보지 않았니?"

"안 그래도 그 말씀 드리려고 했는데요, 아버지. 엘리엇에게 괜한 말씀 하시면 안 됩니다. 신문 기사 내용도 그렇고요."

"염려 마라. 공작님께서 특별히 따로 편지로 당부하신 걸 내가 잊었겠느냐?"

"글쎄요."

의심 가득한 눈으로 찰스가 부친을 쳐다보았다.

엘리엇이 얽힌 사건은 엘리엇만이 아니라 찰스의 세상도 크게 넓혔다. 그는 여전히 소심하고 남의 눈치를 보는 성미였으나, 그래도 아버지를 델포드의 큰 어른으로 여길 때와는 달라졌다. 클레어가 왜 그리 그를 짐짝처럼 여겼는지 알 것 같았다.

그렇다고 대놓고 그렇게 말할 용기까지는 아직 없어서 그는 작게 투덜거렸다.

"잘 모르시는 것 같은데요."

제임스는 그의 투덜거림을 듣지 못하고 성큼성큼 플랫폼을 나섰다. 클라우제너 공작저에서 마중 나와 있었다. 그리고 예상외의 마중도 있었다.

제임스는 상대를 보고 깜짝 놀라 외쳤다.

"오!"

"어서 오십시오, 제임스 경!"

머리끝부터 발끝까지 완벽하게 연회복으로 갖춰 입은 울리히 하비흐가 세상 반가운 사람처럼 그를 맞이했다. 두 사람은 오랜 친구라도 되는 것처럼 서로 한 차례 포옹하고 악수를 나누었다.

"뵙게 되어 반갑습니다, 하비흐 의원님!"

"이렇게 직접 뵈니 더 좋군요, 하하하!"

"하하하하!"

호탕한 웃음소리가 하나가 되어 하늘을 울렸다. 찰스는 한숨을 내쉬었다. 저 둘이 오늘 초면이라는 것을 누가 믿겠는가.

그는 혼잣말로 중얼거렸다.

"생각하는 것 같은 그런 파티가 아닐 텐데……."

뭐, 말한다고 저 사람들이 들을 것 같진 않았다.

클라우제너 공작저에서 마중 나온 사람들은 울리히의 합류에 당황하긴 했지만, 그걸 드러내지는 않았다. 어쨌든 제임스는 가까운 친척이었고, 손님 한 명 정도는 얼마든지 덤으로 얹어 갈 수 있는 처지였다.

그들이 놀란 것은 울리히의 차림새 때문이었다. 물론 제임스의 짐 가방에도 맞춘 지 얼마 되지 않은 미끈한 연회복이 있었으므로, 당사자들은 깨닫지 못했다.

사실 제일 먼저 제임스에게 연락한 울리히만이 승리자였다. 델포드 쪽의 친척을 떠올린 사람들이 또 있긴 했지만, 출발하느라고 편지를 받지 못했던 것이다.

"파티는 오후부터라고 했지?"

"오후 3시 30분입니다. 보통 티 파티가 열리는 시간으로 맞추셨습니다."

정확히는 그게 엘리엇의 간식 시간이기 때문이었지만 말이다. 제임스가 흐뭇하게 고개를 끄덕였다.

"가서 옷을 갈아입을 시간 정도는 있겠군."

"서두르지 않으셔도 괜찮습니다. 초대장에는 3시 30분이라고 되어 있지만, 주인님과 마님께서는 4시에 도착하실 예정입니다."

"아하. 깜짝 파티니까."

울리히가 알겠다는 듯이 고개를 끄덕거렸다.

세 사람은 곧 공작저에 도착했다. 제임스는 조금 당황했다. 모임 전에는 마차가 북적북적 모여드는 것이 보통인데, 거의 없이 썰렁했다. 아렌 공왕도, 빅토리아 대공도, 리나도, 모두 엘리엇을 돕기 위해 일찌감치 와 버렸기 때문이다.

잠시 세 사람이 망설이고 있는데, 소식을 전해 들은 엘리엇이 목에 색종이로 만든 목걸이를 걸고 뛰어나왔다.

"제임스 할아버지! 찰스 외삼촌! 늦었어요……. 어?"

엘리엇은 한 박자 늦게야 새로운 손님을 알아채고 당황했다.

당황하기로 치자면 울리히가 더했다. 그는 엘리엇의 목에 걸린 색종이 목걸이를 보고 자신이 무슨 실수를 저질렀는지 깨달았다. 세 사람을 안내한 집사는 부드러운 미소를 유지하고 있었지만, 급사 중 몇 명은 참지 못하고 볼을 파들대고 있었다.

'이런, 젠장.'

자신이 어리석었다. 클라우제너 공작저에서 열리는 파티라고 해서 '파티'라고 생각한 것이 잘못이었다.

그러나 그는 얼굴이 빨개져서 당황하거나 하지 않았다. 어차피 웃음거리가 될 거라면, 남들의 비웃음을 사는 것보다 스스로 광대가 되는 게 나았다.

세상에 어른 대접 해 주는 걸 싫어하는 아이는 없는 법이다. 이러나저러나 황태손과 안면을 틀 수 있다는 점에는 차이가 없었다.

그는 과장된 동작으로 엘리엇에게 절하고, 조그만 손등에 입을 맞추며 말했다.

"만나 뵙게 되어 황공합니다, 황태손 전하. 울리히 하비흐라 합니다. 현직 하원 의원입니다. 제가 텔포드 경과 작은 친분이 있는데, 오늘 파티에서 전하를 뵐 수 있을지도 모른다는 희망을 갖고 그에게 동행을 허락해 달라고 청했습니다."

"어, 어……."

"제게 파티에 참석할 수 있는 영광을 부디 허락해 주십시오."

엘리엇은 당황했다. 사람들이 때때로 어른 대접을 해 준다, 신사 놀이를 한다 했지만, 이렇게까지 본격적으로, 진심으로 열과 성을 다해 온 사람은 처음이었다. 뺨과 귀가 흥분으로 확 붉어졌다. 울리히의 말을 전부 바로 알아들은 것은 아니지만 자신을 진짜 어른처럼, 파티의 주최자로서 대우해 주고 있다는 것은 알 수 있었다.

엘리엇은 어른처럼 한번 살짝 헛기침을 했다. 엄마를 위한 생일 파티지만, 자기 손님이 한 명 더 들어간다고 해서 엄마가 화내지는 않을 것이다.

"이렇게…… 이렇게 와 주셔서 기쁩니다. 음……."

그다음에 엘리엇은 고민에 빠지고 말았다. 이름을 들었는데, 그 뒤에 이어진 말이 너무 어려워서 까먹어 버렸던 것이다. 찰스가 슬쩍 알려 주었다.

"하비흐 경."

"하비흐 경!"

엘리엇이 얼른 따라 했다. 그리고 파티의 호스트답게 말했다.

"기꺼이…… 기꺼이 환영하겠습니다."

어렵사리 말을 완성하자 울리히가 활짝 웃었다. 자신이 잘

해낸 것 같아 엘리엇은 어깨가 으쓱해졌다.

그 모습을 보고 사람들 사이에 소리 없는 웃음의 물결이 지나갔다. 엘리엇은 그것을 눈치채지 못하고 제임스의 손을 잡아 끌었다.

"들어가요. 늦었어요, 할아버지. 엄마가 곧 올 거란 말이에요."

"어어."

제임스는 당황하면서 엘리엇의 뒤를 따랐다. 찰스는 한숨을 쉬며, 울리히는 얼굴이 붉어지지 않도록 표정을 관리하며 그 뒤를 따랐다.

클레어의 작은 거실에는 파티 준비가 끝마쳐져 있었다. 손님도 모두 도착해 있었다. 다들 편안한 평상복 차림이었고, 그나마 제일 예의를 갖추어 입은 사람들이 늘 정장을 갖추어 입는 그레이와 디트마어였다.

색종이로 접은 꽃과 오려 만든 축하 메시지가 벽과 테이블을 장식했다. 사람들은 모두 색종이 목걸이를 걸고 있었다.

머리에 반짝이가 뿌려진 고깔모자를 쓰고, 목에 색종이 목걸이를 걸고 있는 황제가 풍선을 손에 쥔 채 다가왔다.

그도 손님이라고 하기에는 좀 일찍 도착해서 풍선을 함께 불어 준 참이었다. 빅토리아 대공과 아렌 공왕이 모두 파티 준비를 도우러 갔다는 말을 듣고, 자신만 빠질 수 없었던 것이다.

"엘리엇, 어딜 갔나 했더니."

"제임스 할아버지랑 찰스 외삼촌이 늦어서요."

엘리엇이 말했다. 제임스와 찰스는 식은땀을 흘리며 깊이 고개를 숙였다. 울리히는 여전히 민망한 기분을 느끼고 있었지만, 그걸 티 내지는 않았다. 실권 없는 황제라도 황제는 황제다. 만날 기회가 드문 만큼, 그는 기회를 놓치지 않았다.

"이렇게 황제 폐하를 뵙게 되다니 황공합니다. 울리히 하비흐라 합니다."

"하비흐 의원."

황제가 빙긋 미소를 지었다. 통치권을 모조리 내각과 의회에 이양한 뒤로 그는 외교상 필요한 자리나 단순한 기념행사 등의 의전 외에는 모습을 보이지 않았으나, 그렇다고 해서 정세를 완전히 모르지는 않았다. 오히려 칩거하던 때보다 훨씬 여러 가지를 파악하고 있었다. 행여나 무슨 일이 생겨 엘리엇에게 위해가 가는 일이 없도록, 미리부터 자신이 잘 파악하고 대처해야 한다는 사명감 때문이었다.

스스로도 잘못되었다고 생각하지만, 이렇게까지 두루 널리 살펴보기 위해 애쓰는 것은 즉위 후 처음이었다. 그러니 하원의 스타를 모를 리가 없었다.

사실 울리히의 회고록은 1년째 서점의 전면에서 빠지는 날이 없었다. 듣자 하니 1년 만에 25쇄를 찍었다던가. 이 정도면 저술가로 나서도 명성이 모자라지 않았다.

"만나서 반갑네. 경은 클레어의 후원을 받고 있으니, 축하해 주러 온 것을 알면 기뻐할 걸세."

"진짜?"

엘리엇이 깜짝 놀랐다. 후원에 여러 종류가 있다는 것은 몰랐으나, 그 단어 자체는 알았다. 엄마가 후원하는 사람 중에 엘리엇이 가장 잘 아는 사람은 리나였다.

"엄마 친구였어."

"영광입니다."

그냥 해 주는 말이라고 생각한 울리히가 반사적으로 대답했다. 엘리엇은 기쁜 얼굴을 했다. 제임스 할아버지가 데려와 주지 않았으면, 엄마 친구를 한 명 놓칠 뻔했다.

아이는 순진하게 그렇게 생각하며, 자기가 걸고 있던 색종이 목걸이를 벗어서 두 손으로 내밀었다. 손님 수에 맞춰서 준비했기 때문에, 한 개 모자랐던 것이다.

"여기요!"

"아."

"저는 괜찮아요."

엘리엇이 말했다. 울리히는 조금 당황했지만, 손님 모두가 걸고 있는 것을 보고 그것을 받아 연회복 위에 걸쳤다.

"할아버지, 그 풍선 저 주세요."

엘리엇은 야무지게 풍선까지 챙겨 울리히의 손에 쥐여 주었다. 하지만 고깔모자까지는 양보할 수 없었다.

울리히는 풍선을 받아 들고, 또 한 번 과장된 태도로 인사하고 물러났다. 그리고 한쪽 구석에서 주스를 홀짝거리고 있는 디트마어 옆으로 다가갔다. 그도 색종이 목걸이를 걸고 있었다.

"이것도 양보해 줄까?"

그가 고깔모자를 슬쩍 들어 보였다. 울리히는 정중히 사양하고 자신도 주스를 집어 들었다.

"그러게, 내가 그런 파티 아니라고 하지 않았나?"

디트마어가 한마디를 더했다. 울리히는 문득 눈이 마주친 베티나 공녀에게 웃어 보였지만, 디트마어에게는 조금도 웃지 않은 채 대꾸했다.

"내가 뭘. 황태손 전하께서도 기뻐해 주시던데."

"그렇군."

"그렇다니까."

그러고서 그는 또다시 눈이 마주친 사람에게 마치 아무 일 없다는 듯이 매끄럽게 웃어 보였다.

이때 클레어는 에리히와 외출해 있었다.

"아니, 이렇게까지 할 일이에요?"

"엘리엇이 나한테 맡긴 임무 중 가장 중요한 것인데."

에리히가 웃음기 하나 없는 얼굴로 대답했다.

"준비할 시간이 필요한데, 그렇다고 네가 생일에 일하러 나가는 건 싫다더군. 그런 말을 한 적 있나 보지?"

오늘이 내 생일인데 일하러 가야 하냐든가. 클레어가 할 만한 말이긴 했다.

"난 당신이 대신 해 줄 줄 알았는데."

"그건 네가 싫다고 했잖아."

"그야 사업상의 기밀을 다 까발릴 순 없으니까요."

외출해서 특별히 할 일이 있는 건 아니었기에 두 사람은 그냥 모드랄 숲의 공원을 한 바퀴 돌며 산책했다. 에리히가 불쑥 중얼거렸다.

"옛날 생각이 나는데. 승마 연습은 결국 포기한 건가?"

"으, 음……. 오늘 내 생일인데, 꼭 그 이야기를 해야 해요?"

클레어는 조금 반성하고 있었다. 자동차의 시대가 목전이라지만, 그래도 혼자 움직일 수 있는 기동력도 필요하다고 생각하긴 했으니까.

"운동 때문에라도 해야 한다고 했었잖아."

에리히는 클레어의 손을 끌어다 제 주머니에 넣은 채 말했다. 클레어는 손가락을 꼼지락거리며 그를 올려다보았다.

옛날 생각이 나긴 했다. 승마 연습을 하다가 된통 놀림당했던 일 말고 다른 일로.

"으음."

"왜?"

"아니, 밖에서 이러는 거 당신치고는 개방적이지 않나 싶어서."

작별 키스는 해도, 손잡는 것은 에스코트하는 자세밖에 모르던 남자가 이런 건 어디서 배웠는지 모르겠다.

요즘 들어 클레어는 간혹 그런 생각을 할 때가 있었다. 자신이 에리히에게서 영향을 받고 있긴 하지만, 에리히도 자신에게서 영향을 받는 탓인지, 몸가짐이나 행동이 예법에서 조금씩 어긋나면서 클레어가 편안하고 즐겁게 느끼는 방향으로 바뀌고 있었다.

에리히는 별로 신경 쓰지 않는 태도였다. 스스로도 의외라고 생각하기는 했으나, 클레어는 늘 예외적이었다. 몸을 겹치고 키스하는 것도 즐거운 일이지만, 간지럼을 타는 듯 움직이는 손가락을 제 손안에 집어넣고 있는 것만으로도 충만한 기분이 든다.

"그다지. 어차피 남의 눈이 있는 것도 아닌데."

"음. 그렇긴 하죠."

저택의 정원이 넓고, 구역별로 분위기도 다르게 꾸며져 있어서 산책하려면 얼마든지 좋아하는 곳을 골라 갈 수 있으련만, 집 밖으로 나오니 기분이 색다르긴 색달랐다.

'생일 같긴 하네.'

그녀는 조금 웃었다. 이제 더 이상 드레스와 실내악단, 와인과 은제 식기 같은 것은 특별한 날의 상징이 아니었다. 오히려 이렇게 단둘이 나와 있는 시간이 훨씬 특별한 일이 되었다.

결혼하고도 3년째인데, 이런 시간이 너무 적었던 것 같다.

봄 날씨는 산책해도 땀이 나지 않을 만큼 딱 서늘했고, 작년 가을부터 쌓여 남아 있던 바싹 마른 낙엽이 아직도 굴러다녔다.

모드랄 숲은 그들이 아카데미에 다니던 시절과 전혀 달라지지 않았다. 그래서 시간을 툭 잘라 내어 옛 시절과 지금을 이어 놓은 것 같았다.

클레어는 잡힌 손을 움직거려 에리히의 손에 깍지 끼었다. 그리고 발걸음을 멈췄다. 에리히가 따라서 걸음을 멈추며 의아하게 클레어를 돌아보았다. 그녀는 손을 그대로 둔 채 에리히의 앞쪽으로 빙글 돌아가 반대쪽 손도 잡아 그의 주머니에 넣었다.

"왜?"

"나 이거 한번 해 보고 싶더라."

그녀는 에리히의 얇은 개버딘 코트 사이에 얼굴을 묻었다. 퍽 가벼운 차림새라 얇은 셔츠에 곧바로 얼굴을 비빌 수 있었다. 서늘한 체향이 훅 끼쳤다.

"클레어."

"뭐 어때요? 어차피 남의 눈이 있는 것도 아닌데."

그 말에 에리히가 조용해졌다. 클레어는 킥킥 웃으며 그를 올려다보았다.

"그런데 진짜로, 옛날에는 나한테 산책하러 가자는 말도 한 번 한 적 없었잖아요. 나한테 청혼할 작정이었다면, 그 정도 데이트 신청은 할 법하지 않았어요?"

"……없진 않을 텐데."

"있었던가?"

"……."

"음, 진짜 있었어요? 기억에 없는데? 어차피 거절했을 것 같긴 한데."

"너무 시시해서 기억에도 안 남은 일이었나 보군."

"그럴 리가?"

클레어는 고개를 갸웃했다. 그랬다면 분명히 기억하고 있을 텐데 말이다. 그때라고 해서 그를 남자로 의식하지 않았다는 건 아니니까.

에리히가 주머니에서 클레어의 손을 빼내고 회중시계를 확인했다.

"슬슬 돌아가야겠군."

"말 돌리는 거 아니죠?"

"4시로 시간을 잡아 뒀어."

클레어가 킥킥 웃었다.

"뭘 하려는 건지."

"비밀이야."

에리히는 얼굴도 구기지 않고 당당하게 말했다. 그는 이 일을 숨기기 위해 할 수 있는 한의 노력을 다했다.

하지만 엘리엇의 태도가 바뀌는데 클레어가 모를 수가 없었다. 솔직하게 말해서 첫날, 엘리엇이 초대 손님의 목록을 작성했던 날부터 이미 들켰다.

그 뒤로 클레어는 눈을 일부러 돌렸다. 천성은 숨기지 못해서 장난처럼 엘리엇을 콕콕 찔러 보곤 했지만, 엘리엇도 딴엔 열심히 비밀을 지켰다.

집으로 돌아가려니 조금 아쉬운 기분이 들었지만, 클레어는 순순히 에리히와 함께 마차를 타러 돌아갔다.

저택은 평소보다도 각별히, 적막할 정도로 고요했다. 하지만 입구부터 집사가 입가에 미소를 다 숨기지 못한 채 마중을 나왔다.

"흐음, 좋아요. 비밀이 내 생각보다 꽤 재미있는 것인가 보네요."

"옷을 갈아입으시겠습니까, 마님?"

"굳이?"

"그렇게 해."

에리히가 그렇게 말했다. 클레어는 고개를 갸웃했다. 집에서 열리는, 아이가 준비한 파티에 그렇게까지 할 필요가 있을까 싶었다. 손님으로 누가 온다 해도, 지금 나름 외출복 차림이다. 저녁 연회도 아니고, 이 정도는 허용 범위일 것이다.

하지만 에리히가 등을 가볍게 밀었다. 뭔가 계획이 있겠지 싶어서 클레어는 어깨만 으쓱하고 자기 방 쪽으로 향했다.

'마사가 알려 주겠지.'

그리고 개인 거실 문을 여는 순간, 깜짝 놀랐다.

커튼을 두껍게 쳐서 어둡게 만들어 둔 거실에 한꺼번에 촛불 빛이 밝혀졌다. 벽에 풍선으로 '생일 축하합니다'라는 글자가 만들어져 붙어 있었다. 샹들리에와 벽에 색종이로 만든 장식이 내려와 있었고, 반짝이는 종이로 접은 꽃이 문간부터 안쪽 테이블까지 바닥에 꽃길을 만들고 있었다.

손님들은 모두 고깔모자를 쓰고 있었다. 엘리엇이 환한 얼굴로 소리쳤다.

"엄마, 생일 축하해요!"

"생일 축하드립니다."

"생일 축하합니다."

미리 연습하지 않았을 축하의 말이 여기저기에서 솟았다. 클레어는 잠시 그 자리에 서 있었다.

놀랄 만한 일이 아니었다. 깜짝 파티가 있으리라는 걸 알고 있었고, 화려한 것도 아니었다. 그런데도 가슴이 꽉 메어 왔다.

작년에도, 재작년에도 해 주지 못했지만, 델포드에 있을 때 클레어는 엘리엇을 위해 꼭 이런 파티를 준비했다. 색종이를 함께 접고, 엘리엇이 1년간 그려 준 그림을 벽에 붙이고, 풍선을 불었다. 돈으로 좀 더 멋진 파티를 만들어 주는 것은 간단한 일이었겠지만, 너무 어리니까 그런 파티를 좋은 것이라고 느끼지도 못할 것이다.

대신 어렴풋한 기억을 되살려서 손을 놀렸다. 이쪽 세상에서 아이를 위해 이런 생일 파티를 열어 주는 사람은 많지 않겠지만, 금방 잊어버리더라도 정서 교육에 좋겠지, 그런 생각으로 말이다.

엘리엇은 제가 같이 접은 종이꽃과 그림이 거실을 장식하는 걸 무척 좋아했다. 제 생일이 며칠인지는 알아도, 달력을 읽을 줄은 몰랐으므로 정확한 날짜를 모르는 때가 더 많았다.

그래서 준비해 놓고 거실로 데려가면 '오늘이 내 생일이야?!' 하고 깜짝 놀라서 기뻐하곤 했다.

그걸 기억하고 있었던 모양이다. 2년이나 지나가 버려서 이제는 잊었을 줄 알았는데.

그것을 기쁘게 여겼다는 것도, 그리고 제가 기뻤던 일을 해주려고 애쓴 것도, 너무 기특하고 사랑스러워서 눈물이 솟으려고 했다.

"앗, 엄마!"

클레어는 주저앉듯이 쪼그리며 엘리엇의 작은 몸을 꼭 껴안았다.

"엄마 울어요?"

엘리엇이 당황하며 물었다.

"안 울어. 엄마가 왜 울어? 엘리엇이 너무 예뻐서 그래. 너무 예뻐서."

클레어는 잠긴 목소리로 말했다.

"진정해. 사람들 당황시키지 말고."

언제 왔는지, 에리히가 그녀의 등을 가볍게 두드렸다. 클레어는 눈물을 참고 침을 두어 번 삼킨 다음 말했다.

"깜짝 놀라서 그래요."

"아까부터 파티셰가 기다리고 있어."

그제야 클레어는 거실 구석에서 초를 밝힌 케이크를 들고 있는 팀을 알아채고 그쪽에 미소를 보냈다. 그리고 허리를 펴고 엘리엇의 손을 잡은 채 종이를 접어 만들어진 꽃길을 걸어 테이블로 향했다.

팀이 초콜릿 케이크를 가지고 왔다. 커다란 케이크에 써진 생일 축하 메시지는 서툴러서 여기저기 비뚤거렸고, 엎어 놓은 과일도 엉망이었다. 하지만 세상에서 제일 사랑스러운 케이크를 앞에 두고, 생일 축하 노래를 불렀다.

"엄마! 촛불 끄기 전에 소원!"

"우리 가족 모두 건강하고 행복하고…… 내년에는 더욱 즐겁게 지내는 거."

클레어는 그렇게 말하고 촛불을 후 불어 껐다. 엘리엇이 끄고 싶어 할까 봐 살짝 살펴보았지만, 그러면서도 꾹꾹 참고 있는 얼굴이었다.

그다음에 그녀는 케이크 칼을 들었다. 엘리엇이 말하고 싶어 견딜 수 없었다는 얼굴로 말했다.

"이거 나랑 티미랑 이모할머니랑 같이 만들었다?"

"정말? 대단한데."

클레어는 갈라진 목소리로 대답하고, 손을 내밀었다.

"같이 자를까?"

"진짜? 그치만 엄마 생일인데."

"엘리엇 생일에도 엄마랑 같이 잘랐잖아."

"아!"

엘리엇이 제 딴에는 심오한 것을 깨달은 얼굴을 했다. 그러더니 손을 번쩍 들고 말했다.

"그럼 프란도 같이!"

"그래."

마사가 안고 있던 프란츠를 가까이 데려왔다. 프란츠는 눈을 말똥말똥 뜨고 주위를 두리번거리고 있었다.

클레어는 칼을 쥐고, 프란과 엘리엇의 손을 그 위에 얹고, 다른 손으로 그 작은 손들을 감싸 쥐었다. 폭신한 케이크는 부드럽게 잘렸다. 엉망으로 발린 초콜릿 크림이 푸욱 흘러나왔다.

세상에서 제일 달콤한 케이크였다.

엘리엇은 케이크 한 조각을 다 먹고, 에리히의 접시에 남은 케이크 절반까지 다 먹고 나서야 마치 전력이 끊긴 것처럼 잠들었다.

"저런……. 피곤했을 거야. 내가 아침 7시에 왔는데, 그때 이미 일어나 있었거든. 케이크를 만드느라 아주 신이 났지."

빅토리아 대공이 미소 지으며 말했다. 프란을 안고 클레어의 곁에 앉아 있던 마사도 고개를 끄덕였다.

"어제도 낮잠을 안 주무셨거든요. 종이꽃이랑 장식을 만드느라 굉장히 집중하셨고요."

"요 녀석이, 공부는 안 하고. 초콜릿 케이크였으니 오죽 좋았을까."

케이크 안에 크림을 얼마나 듬뿍 발랐던지, 입도 후에는 팀이 직접 잘라 주었는데도 자르다가 모양이 무너진 게 태반이었다.

클레어는 기쁘면서도 괜스레 그렇게 말하며 에리히의 품에 안긴 채 잠든 엘리엇의 앞머리를 쓰다듬었다. 그리고 입가에 남은 초콜릿 자국을 한 번 더 닦아 냈다.

"웅⋯⋯."

엘리엇이 칭얼거리며 고개를 돌려 에리히의 품에 얼굴을 파 묻었다. 그걸 지켜보던 사람들이 미소를 지었다.

클레어는 잠시 양해를 구하고 자리에서 일어섰다. 오늘 와 준 손님들에게 감사의 인사를 하기 위해서다. 아이를 안은 에 리히가 그 뒤를 따랐다.

"어유, 깜짝 파티 같은 건 제가 또 준비 잘하는데, 왜 도련님 은 저한테 도와 달라는 말씀을 안 하셨을까요?"

로저가 아쉬워하며 말했다. 그 곁에 서서 나란히 아이스크 림을 퍼먹고 있던 윌리엄이 고개를 살래살래 저었다. 둘은 이 번에 서로 완전히 안면을 튼 사이였다.

"조언을 준 사람에게 먼저 도움을 요청하게 마련이지."

윌리엄이 엄숙하게 말했다. 프란츠가 부드러운 얼굴을 했다.

"어른이 준비하는 것보다, 직접 준비하고 싶으셨을 겁니다. 감사합니다, 공작 부인."

"감사라니요."

클레어는 조금 당황했다. 프란츠가 에리히의 품에서 잠든 엘리엇을 보고 다정한 얼굴을 했다.

"아이는 어른의 거울이라고 하지 않습니까? 저는 이런 파티 는 생각도 하지 못했고, 아마 대부분 그럴 겁니다. 엘리엇 님이 이렇게 손수 종이를 자르고 좋아하는 일을 하며 준비하신 게, 모두 부인께서 해 주신 일이라는 걸 알고 있습니다."

"델포드에 있을 때의 일인데…… 아직 기억하고 있을 줄 몰랐어요."

"할머니 말씀이, 서너 살 때의 일을 어른이 되면 잊어버리더라도, 어릴 때는 기억하는 법이라고 하더군요. 그러니 기억나는 어린 시절이 열 살 때라 하더라도, 그 열 살 때는 다섯 살 때의 일을, 다섯 살에는 세 살 때의 일을 기억하면서 자라는 것이라고."

프란츠가 말했다.

"그러니 10년, 20년 후에 엘리엇 님이 전부 잊어버리시더라도, 부인께 받은 사랑 위에서 자라는 겁니다."

"그렇게 말씀해 주시니 기쁘네요. 정말로 그랬으면 좋겠어요."

클레어는 다정한 눈길로 엘리엇을 한번 바라보았다.

샴페인 잔을 든 울리히와 디트마어가 다가왔다. 클레어는 '흐음' 하고 울리히를 훑어보았다. 흠잡을 데 없는 연미복 위에 색종이 목걸이를 걸고 있었다. 클레어는 웃음을 참으며 말했다.

"능력 좋네요, 의원님. 엘리엇이 의원님을 직접 초대했을 것 같지는 않은데."

"제임스 경의 신세를 졌습니다."

울리히가 다소 민망해하며 말했다. 그의 뻔뻔함은 종종 클레어 앞에서 기능하지 않았는데, 너무 속내를 들여다보고 있다는 느낌을 받을 때가 있어서였다.

클레어는 흘깃 제임스가 있는 쪽을 바라보았다. 그는 와인 잔을 찰랑찰랑 흔들며 맨프레드 대공 부부 앞에서 주책을 떨고 있었다. 클레어는 헛웃음을 머금었다. 부끄러움은 언제나 그녀의 몫이었다.

"숙부님 생각을 한 사람이 달리 없지도 않을 텐데, 성공한 것은 의원님뿐인 것 같은데요? 디트마어 경은…….."

"저는 리나 양이 초대장을 받을 때 마침 함께 있었습니다."

디트마어가 정중히 고개를 숙이며 말했다. 입 밖에 내어 말하지는 않았지만, 사실 그는 그날 엘리엇의 말에 몹시 놀라고, 또 기뻤다.

"생신을 축하드립니다."

"아니에요. 부담이 될지도 모르는데 와 주셔서 감사합니다. 이런 기회로라도 얼굴을 뵙게 되니 좋네요. 신문 기사 때문에 염려하시는 거라면 신경 쓰지 마세요. 아이가 하는 말이니까 아무도 진지하게 받아들이지 않을 거예요."

그 옆에서 에리히가 눈썹을 치켜세우는 것을 깨닫지 못하고 클레어는 말했다. 물론 마주 서 있는 디트마어는 알아챘다. 다만 그가 왜 그러는지 알지 못했을 뿐이다.

울리히가 끼어들어 하하 웃었다.

"저희는 신경 쓰지 마십시오. 무척 즐거우니, 자리를 지키다 적당한 때에 뜨겠습니다."

마치 술이 목적이라도 된다는 듯이 울리히가 샴페인 잔을 내밀어 보이며 말했다. 클레어는 미소 짓고, 그러라고 인사를 건네고 자리를 한 번 더 옮겼다.

에리히가 말했다.

"나는 엘리엇을 침대에 눕히고 오는 게 낫겠어. 마사, 프란도 이리."

"네, 공작님."

프란을 안은 채 뒤따르던 마사가 공손히 대답했다. 그때 황제가 다가오며 고개를 저었다.

"서운하게 그러지 말게. 프란을 본 지도 오래되었는데."

"폐하."

클레어는 가볍게 무릎을 구부려 그에게 인사했다. 황제도 고깔모자를 쓰고, 색종이 목걸이를 걸고, 엘리엇이 할아버지들을 위해 특별히 만든 견장 장식까지 어깨에 붙이고 있었다.

클레어는 웃음을 애써 참았다. 그런 모습을 하고서도 민망해하기는커녕 자랑스러워하는 얼굴을 보면, 그는 역시 황제라기보다는 손자 사랑에 여념이 없는 할아버지일 뿐이었다.

"나한테는 도와 달라는 말을 안 해서 얼마나 서운했는지 몰라. 종이꽃은 못 접어도, 별 정도는 자를 수 있는데."

"아까 마사에게서, 풍선을 불어 주려고 일찍 오셨다는 말을 들었습니다. 감사합니다."

"감사라니. 감사는 내가 해야 마땅하지."

황제가 다정한 눈길로 클레어를 바라보았다.

"돌이켜 생각해 보면, 나는 아이를 사랑한다고 하긴 했지만, 어떻게 사랑해야 좋을지를 잘 몰랐던 것도 같아."

"입장과 상황이 다르니까요. 저도 엘리엇에게 이런 생일 파티를 해 주지 못한 지 오래되었습니다."

"아니야. 그냥, 다 몰랐던 것 같아. 자네가 엘리엇을 키워 주어서 얼마나 다행인지 모르겠네."

그는 너털웃음을 터뜨렸다. 그리고 문득 마사의 품에 안긴 채 근엄한 얼굴로 손을 내뻗는 프란을 살피며 미소 지었다.

"이 애는 정말 널 똑 닮았구나, 에리히."

"그렇습니까?"

"프란츠 공은 널 무척 엄격하게 키웠는데, 이 아이는 어떻게 자랄지 궁금하구나."

"엄격하게 키울 겁니다."

글쎄, 과연? 그런 얼굴로 황제가 에리히를 바라보았다. 그가 엘리엇에게 하는 것을 보면, 전혀 그럴 것 같지 않았다.

"우, 웅!"

프란이 버둥버둥 황제 쪽으로 손을 뻗었다. 황제의 색종이 목걸이가 마음에 드는 모양이었다. 엘리엇이 만들어 준 것이었지만, 그는 기꺼이 목걸이를 벗어서 프란의 목에 걸어 주었다. 프란은 별달리 웃지도 않고 목걸이를 손으로 붙잡았다.

"아 참, 제일 중요한 말을 하지 않았군. 생일 축하하네."

"감사합니다."

클레어는 담백하게 인사했다. 황제가 빙긋 웃었다.

"자아, 내가 너무 방해했군. 아이들을 재우고 오려무나. 힘들겠어."

"예."

에리히가 먼저 대답하고 몸을 돌렸다. 클레어는 마사의 손에서 프란을 받아 안고 그의 뒤를 따랐다.

밖으로 나서면서 에리히는 샴페인과 와인을 더 준비하라고 일렀다. 그가 미리 주방에 말해 둔 연회 음식도 이미 들어갈 준비가 끝나 있었다. 엘리엇이 준비한 것은 모두 과자 종류였던 것이다.

어른들의 생일 파티는 두 사람이 돌아온 다음에 제대로 계속될 것이다. 저녁에는 고용인들에게도 술과 음식이 돌아갈 예정이었다.

클레어는 엘리엇이 오래 잘 것 같으니 마사에게도 가서 쉬어도 된다고 말하고, 에리히와 둘이서 먼저 아기방으로 향했다. 유모가 일어서서 두 사람을 맞이했다. 클레어는 아기 침대에 프란을 내려놓았다. 프란이 양손에 쥔 색종이 목걸이를 힘주어 잡다가 찢었다.

그다음에는 엘리엇의 침실 쪽이었다.

"응, 더……."

침대에 내려놓자 엘리엇이 입을 쩝쩝거리며 잠꼬대를 했다. 꿈속에서도 뭐 맛있는 걸 먹는 모양이었다. 클레어는 침대 가에 앉아서 그 뺨을 손가락으로 콕 찔렀다. 토실토실한 장밋빛 뺨은 아직도 어린아이의 것인데.

"아이들은 너무 빨리 자라는 것 같아요. 진짜 아기일 때는 언제 다 키우나 했는데."

"엘리엇이 너무 키우기 쉬운 아이니까 그렇게 생각하는 것 아니고?"

"그럴 수도 있겠죠."

'고맙다, 엘리엇' 하고 속삭이며 그녀는 엘리엇의 이마와 뺨에 키스했다. 그리고 조용히 몸을 일으켰다.

에리히가 문득 말했다.

"생각해 보니, 내가 말하지 않았군."

"뭘요?"

"생일 축하해."

클레어가 미소를 지었다.

"나한테 생일 축하한 거 처음인 거 알아요?"

"……생각해 보니 그렇군."

에리히가 그녀의 어깨를 가볍게 어루만지며 말했다. 클레어는 가볍게 숨을 뱉으며 그 손에 뺨을 대고 중얼거렸다.

"태어나 줘서 고맙다고 말해 보세요."

"시켜서 하는 말이 의미가 있는 건가?"

"어서요."

"……태어나 줘서 고마워."

에리히의 뺨에 희미하게 붉은 기가 돌았다. 클레어는 만족스러운 얼굴로 몸을 일으켜 그의 목에 팔을 감았다.

"태어나서 잘됐다고까지 생각해 본 일은 없는데, 오늘은 조금 그런 기분이 드네요."

"그런가?"

"그래요. 당신은 안 그런가요?"

"글쎄. 나는 그런 식으로 생각해 본 자체가 없어서."

에리히는 낮게 속삭이고는 클레어의 허리를 안아 가볍게 들어 올리고 그 입술에 입을 맞췄다.

"그 정도로 행복하다니 다행이군. 내년에도 그렇게 될 거야."

"자신만만하긴. 당신이 아니라 엘리엇 덕분이라고요."

프란 덕분이고, 또 에리히 덕분이고, 기꺼이 고깔모자를 써 준 다른 사람들 덕분이기도 했지만, 중간 것은 숨긴 채로 클레어가 웃었다. 그리고 에리히의 팔에 몸무게를 실은 채 그의 입술에 키스했다.

외전3 에리히 클라우제너, 21세

열차의 속도가 느려지기 시작했다.

에리히 클라우제너는 멀거니 차창 밖을 바라보았다. 익숙한 풍경들이 가까이 다가오고, 어떤 객실에서는 벌써부터 내릴 준비를 시작하는지 작은 소란이 있었다.

차장이 종을 치며 정차 역을 알리는 대신 문을 노크했다. 에리히 대신 지난번 역에서 탄 파벨이 대답했다.

"들어와."

차장이 문을 열고 허리를 직각으로 꺾었다.

"이제 곧 로텐부르크 북동역에 도착합니다."

"정말로 여기서 내리실 겁니까?"

파벨이 물었다. 에리히는 이미 마음의 결정을 한 뒤였으나, 그 이유는 스스로도 아직 확언할 수 없었기 때문에 고개만 끄덕였다.

차장이 다시 고개를 숙였다.

"짐꾼을 불러오겠습니다."

"되었네. 어차피 가방 하나뿐이니."

그는 파벨을 만난 후 처음으로 입을 열었다. 나이 든 군의 간부도 아니고, 퇴역하거나 발령지를 옮기는 것도 아니다. 휴가 중인 젊은 장교가 고작해야 작은 옷 가방 하나를 나르려고 짐꾼을 부르는 것도 우스운 일이다.

차장이 한 번 더 허리를 꺾어 인사하고는 문을 닫았다. 에리히의 입술에서 가벼운 한숨이 새어 나갔다. 파벨이 미소를 지으며 물었다.

"마차도 따로 부르지 않을 생각이십니까?"

"자네도 따로 부르지 않았어."

"백작님께서 혼자 움직이시는 게 저는 더 마음이 불편합니다."

"의무 복무 중이야. 가신을 거느리는 건 도리가 아니지."

"휴가이시지 않습니까?"

에리히의 시선이 비로소 파벨 쪽으로 돌아왔다. 뭐, 어차피 집으로 돌아가면 다 만날 얼굴이긴 했다.

굳이 따지거나 할 것도 없는 일이었다. 사실 보통이라면, 시종이 출발역까지 마중 나오고, 내리는 역 앞에 클라우제너의 마차가 대기하고 있을 것이다.

그러지 말라고 미리 편지를 보낸 것은 홀가분하게 여행하고 싶었기 때문이다. 스스로를 감성적이라고 생각한 일이 단 한 번도 없지만, 지금은 혼자서 마음을 정리하고 싶었다.

파벨이 타기 전까지는 조금 효과가 있는 듯도 싶었다. 하지만 그저 아무 생각도 없이 머리를 비우고 있었을 뿐이고, 결국 수도에 가까워질수록 가슴속 어디에선가 심장 박동이 흐트러진다.

로텐부르크로 올 필요는 전혀 없었다. 아버지는 영지에 있었고, 제러드도 이 계절이면 아렌에 있는 옛 왕궁에 머무르고 있을 것이다. 수도에서 만날 사람은 거의 없다시피 했다.

만나야 할 사람으로 따진다면 '거의'라는 말도 떼야 할 것이다. 할 일이 있는 것도 아니니, 영지의 본성으로 돌아가 아버지와 이야기를 나누고, 일을 조금 돕고, 잘츠기터를 둘러보는 것이 옳은 일이리라.

아니면 진짜로 휴양을 하기 위해, 제러드의 초청대로 남부로 내려가든가.

그러지 않고 수도로 온 것은 충동 때문이었다.

'아니지. 이제는.'

충동은 일시적인 것을 말한다. 1년 가까이 생각해 온 일은 충동이라 할 수 없다. 이 기분에 이름을 붙이자면, 부적절한 바람이라고 부르는 게 옳을 것이다.

아니, 부적절하다는 것도 옳은 일인지 아닌지 확실하지 않았다. 그는 냉정하게 자신의 마음이 오락가락한다고 판단하면서도, 실제로는 마음보다 가슴 안에서 물리적인 무엇인가가 오락가락하는 것 같은 느낌을 받고 있었다.

마음이 무거웠다. 자신은 대체 어쩔 작정인 걸까?

"결정해 두신 일정은 있습니까?"

"저택에서 며칠 쉬고, 밀러 교수님을 만나러 갈 예정이야."

에리히는 짤막하게 대답했다. 거짓말은 아니지만 부정확한 대답이다. 물론 수도까지 왔으니 교수님을 만나기는 만날 테지만, 굳이 그래야 할 필요는 없었다.

그가 보고 싶은 것은 밀러 교수가 아니다.

북동역에서 내릴 필요도 사실은 없었다. 그것 역시 에리히 스스로 납득할 수 없는 감정적인 결과다.

뿌아아앙······!

경적 소리가 창문을 뒤흔들 정도로 크게 울리더니 기차가 점점 더 속도를 늦추었다.

짐이 가벼운 에리히는 가져온 가방 하나만 들고 일찌감치 객실을 나섰다. 더 이상 뭉개고 앉아 있는다고 해서 결정을 내려야 할 순간이 더 늦춰질 것도 아니다. 진짜로 밀러 교수를 만나러 갈지 말지는 이제 집에 가서 생각해 볼 작정이었다. 그리고 클레어 델포드를 만날지 말지에 대해서도.

그래, 결국 그게 문제였다.

그는 아카데미를 졸업한 날, 자신이 조만간 그 당돌한 소녀를 잊어버리게 될 줄 알았다. 자꾸 눈에 띄어 신경에 거슬렸으니, 눈에 보이지 않으면 거슬리는 것도 없으리라고.

아니, 물론 진짜 잊지는 않았을 것이다. 우수한 후배가 아닌가. 어쩌면 최초의 아카데미 여자 교수가 될지도 모르는 일이라고 에리히는 생각했다.

사교계에 있는 이상 언젠가는 어디에선가 마주칠 테고, 요즘 같은 세상이면 그녀가 재능과 명민함을 드러내어 다시 눈에 띄는 날이 올 수도 있었다.

그러면 반갑게 인사하면 되는 일이다. 혹은 그녀가 늘 제가 주장하는 것 같은 일을 해낸다면, 클라우제너의 사람으로 만들기 위해 포섭하는 것도 좋다.

그러나 그는 그렇게 생각하고 마음 한구석에 밀어, 다른 아는 얼굴들과 함께 클레어 델포드를 정리하지 못했다.

그는 종종 그녀의 얼굴을 떠올렸다. 당돌하게 굴던 때를 생각하고 피식 웃을 때도 있고, 가끔은 이미 지나간 일을 되새기며 다시 한번 화가 날 때도 있었다.

그리고 지저분한 욕망과 함께 떠올릴 때도 있었다. 사실, 꽤 잦았다. 옳지 않은 일이라고 생각했으나 의지대로 멈춰지지 않았다.

한가한 시간이 되면 늘 떠올랐다. 아니, 실은 시간이 없을 때조차도. 머릿속을 비웠다고 생각할 때조차도 한쪽 구석으로 이 문제를 생각하고 있는 자신을 발견할 수 있었다. 그러니 항상 머리가 아니라 가슴의 불편감이 먼저 찾아오곤 했다.

이런 상태로는 클레어 델포드의 얼굴을 보지 않아야 한다고 생각하면서도 그는 기어이 수도로 오는 기차표를 끊고 말았다. 제대로 된 일이 아니었다.

'차라리 봐 버리면 나아지겠지.'

감정 같은 것은 대부분 일시적인 허상이다. 그걸 깨뜨리는 가장 쉬운 방법은 실재와 맞닥뜨리는 것이다. 하물며 만나지 않은 지 1년은 되었을 사람에 대한 감정이라니.

그는 빠른 걸음으로 기차를 빠져나갔다.

"백작님."

파벨이 그를 따라오며 조심스럽게 불렀다. 에리히는 대꾸하지 않았다. 그럴 기분이 아니었기 때문이다.

"가방은 이리 주십시오."

"괜찮아."

"그러면 먼저 가서 마차를 부르겠습니다."

"그렇게 하게."

에리히는 짤막하게 대꾸하고 기차에서 내렸다.

짐꾼들이 그가 내린 입구로 올라탔다. 삼등칸에서 자기 짐을 자기가 든 사람들이 우르르 내렸다. 북방에 있다 내려오니 여름 바람이 후덥지근하게 느껴졌다. 에리히는 군모를 고쳐 썼다. 여름휴가를 수도에서 보내기로 한 것은 현명하지 못한 선택이었을지도 모른다.

새삼스러운 소리였다. 오는 내내 현명하지 못하다고 스스로 중얼대고 있지 않았나.

역 앞에 손님을 기다리는 마차가 우글거렸다. 에리히는 그 자리에 서서 파벨을 기다리기로 했다.

타다닥······!

뛰는 발소리가 유난히 선명하게 들려왔다. 담배를 피우며서 있던 마부 몇 명이 고함을 질렀다.

"위험하게!"

"미안합니다!"

외치는 건 여자 목소리였다. 어쩐지 목소리가 귀에 익다고 생각하면서 에리히는 헛웃음을 머금었다. 이제 청각까지 허튼 생각을 하는 모양이다.

자신이 찾아가야 하는 건 의사가 아닐까 하고 그가 자조적으로 생각했을 때였다.

"엇!"

인파를 뚫고 달리던 여자가 그를 보고 놀라 걸음을 멈췄다. 에리히도 숨을 들이켰다. 귀가 이상한 게 아니었다. 진짜 클레어 델포드였다.

"에리히 선배!?"

클레어가 거침없이 그의 소매를 잡았다. 도와 달라고 말하지는 않았지만, 의도는 충분히 전해졌다. 에리히는 당황하며 그녀에 이어, 그녀와 손을 잡고 함께 뛰고 있던 소녀를 내려다보았다.

고개를 들자 인파를 헤치며 뛰어오는 남자들이 보였다. 좋은 집 하인처럼 보이지는 않았다. 상황은 그것으로 파악되었다. 도망치던 중인 모양이었다.

에리히는 이게 무슨 일이냐는 소리가 목구멍까지 치솟았다. 고함을 지르고 싶어졌지만, 그러는 대신 그는 가까이에 있는 아무 마차나 문을 열고 클레어를 홱 밀쳐 집어넣었다. 클레어가 소녀의 손을 끌어당겼다.

마부가 놀라며 이쪽으로 다가왔다. 에리히는 그에게 100골드짜리 금화를 던졌다.

"일단 출발해."

"아, 알겠습니다."

마부가 금화를 보고 어쩔 줄 몰라 하며 얼른 마부석에 올랐다.

마차가 천천히 길을 비집고 움직이기 시작했다. 그리고 그들이 마차에 타는 걸 보지 못한 듯 두리번거리는 남자들을 지나 거리로 나섰다.

마차 바닥에 웅크리고 있던 클레어가 슬그머니 고개를 든 것은 마차가 속도를 내기 시작한 시점이었다. 그쯤이면 역사를 완전히 빠져나왔으리라 생각한 것이다. 그리고 그녀의 생각대로 마차는 이제 혼잡한 지역을 벗어나 달리기 시작하고 있었다.

"이게 대체, 무슨 일이지?"

예상대로 에리히의 분노한 목소리가 내리깔렸다. 그녀는 엉망이 된 모자의 리본을 풀어 일단 벗었다. 헝클어진 머리카락 안에 땀이 났다.

"고마워요. 선배 아니었으면 큰일 날 뻔했어요. 그런데 북동역에는 어쩐 일로……."

"설명부터."

에리히가 그녀를 노려보았다. 만나자마자 화를 내는 건 예정에 없던 일이었다. 재회를 애타게 바라고 있지 않았던가. 그리고 다시 만나면 이번에는 좀 더 침착하게 대할 수 있을 줄 알았다.

자신은 이제 스물하고, 엄연히 성인이다. 클레어가 한 살 더 먹었다고 숙녀답게 굴 거라는 기대는 하지 않았지만, 자신이 휘말리지 않으면 될 일이니까. 어른스럽게 예의를 갖춰 줄 작정이었다.

그러나 달라진 건 전혀 없었다. 역시 실재가 허상을 부술 거라는 생각은 틀리지 않았다. 그립다고 생각했는데, 지금은 그저 노여울 뿐이지 달콤한 감정이라고는 하나도 들지 않았다.

클레어가 한숨을 내쉬며 몸을 일으켜 털썩, 그의 건너편에 앉았다. 그리고 그때까지도 발발 떨며 웅크려 있던 동행인을 끌어당겨 자기 옆에 앉혔다. 연한 갈색 머리칼의 소녀는 클레어 또래로 보였다.

"이쪽은 줄리아 피츠월드라고 하고, 제 외사촌이에요. 줄리아, 너한테는 소개할 필요 없지?"

"아."

줄리아라고 불린 소녀가 벌어진 입을 손으로 가리고 새빨개진 얼굴로 어쩔 줄 몰라 했다.

"죄, 죄송합니다. 감히 클라우제너 소공작님께 폐를……."

"어려움에 처한 숙녀를 돕는 건 당연한 일입니다. 괘념치 마십시오."

에리히는 딱딱하게 대답하고, 곧바로 클레어에게로 시선을 돌렸다. 그리고 그녀가 꼬투리를 잡기 전에 먼저 방어했다.

"물론, 네가 나에게 숙녀 대접을 바라는 건 아니겠지?"

"해 줬으면 좋겠다 싶을 때도 있는데요. 그리고 이게, 집안 일이라서……."

"집안에 무슨 일이 있기에 불한당에게 쫓겨? 그리고, 집에 하인이 없는 것도 아닐 텐데 왜 혼자 몸으로 역까지 나온 건가?"

말하다 보니 화가 치밀어 올라 에리히는 팔짱을 끼었다. 서 있었다면 주머니에 손을 쑤셔 넣었을 것이다. 클레어가 모자를 아예 무릎에 내려놓고 적갈색 머리칼을 손빗으로 쓸어내리며 태연하게 대답했다.

"줄리아를 마중 나갔을 뿐이에요. 기차역이잖아요. 혼자 나가는 게 어때서요? 여자라도 그 정도는 다들 혼자 다녀요."

"너는……."

아직 어리고 예쁜 데다가 곱게 자란 소녀고, 혼자 함부로 돌아다니다가는 위험할 수도 있다는 말이 목구멍까지 치솟았으나 그는 그것을 눌러 참았다. 자신은 클레어의 아버지도, 오빠도, 하다못해 사촌도 아니다. 그런 말을 할 권리가 없었다.

대신 그는 손가락으로 제 팔뚝을 톡톡 치며 말했다.

"그래서?"

"그래서라뇨?"

"나는 이미 휘말린 입장 아닌가?"

"아, 그게……."

클레어가 흘끔 줄리아를 쳐다보았지만, 곧 설명하는 게 도리라는 걸 깨달은 모양이다. 그녀가 한숨을 내쉬었다.

"시시한 남작의 집안일인데도 듣고 싶으시다면……."

"말하기 싫으면 차라리 끼어들지 말라고 하지 그래?"

"죄송합니다, 저 때문에 클레어도 휘말린 거예요."

줄리아가 달달 떨리는 목소리로 끼어들었다. 클레어가 그녀의 손을 꽉 잡으며 괜찮다고 고개를 저었다.

"별로 대단한 일은 아니에요. 피츠월드 남작이셨던 제 외할아버지가 석 달 전에 돌아가셨거든요."

"……고인의 명복을 빌지."

이런 이야기가 나올 줄 몰랐던 에리히는 자세를 바로 하고 반듯하게 말했다. 클레어가 피식 웃었다.

"괜찮아요. 뭐, 워낙 오래 앓으셔서 마음의 준비는 끝나 있었어요. 꽤 장수하시기도 했고요. 작위는 작은 외삼촌이 상속받았고요. 큰 외삼촌은 줄리아가 어렸을 때 돌아가셨거든요."

"음."

"문제는 여기부터인데, 작은 외삼촌이 줄리아를 집에서 떠나지 못하게 했어요."

"음?"

그게 무슨 뜻인지 정확하게 이해하지 못하고 에리히는 되물었다. 클레어는 그가 이해하지 못했다는 것을 알아챈 것 같은데도 부연하지 않고 말을 이었다.

"그래서 제가 줄리아한테 아카데미로 돌아오라고, 학비와 숙식은 제가 책임지겠다는 편지를 보냈죠. 그래서 줄리아가 석 달 만에 돌아오게 되어서 제가 마중을 나간 거예요."

에리히는 뒤늦게야 사정을 마저 이해했다. 보수적인 사람 중에는 딸을 아카데미에 보내는 것을 마뜩잖아하는 이들이 있었다. 귀족의 의무라고 해도, 학비와 체류비가 들었으므로 그것을 부담스러워하는 자도 꽤 있었다.

새로운 피츠월드 남작은 조카딸을 아카데미에 보낼 의사가 없었던 모양이다.

"그러면 문제가 해결된 게 아닌가?"

"우리는 그런 줄 알았죠. 그런데 역에 작은 외삼촌이 보낸 사람들이 대기하고 있었던 거예요."

"사, 사실 제가 집에서 빠져나올 때도 몰래 나왔어요. 갇혀 있었거든요……."

에리히는 눈썹을 치켜세웠다. 비상식적이었다.

"그렇다면, 남작이 피츠월드 양을 잡아가기 위해 사람을 썼다는 말인가?"

"지금은 그렇게밖에 생각되지 않아요."

클레어가 모자를 반듯하게 쓰고 리본을 다시 묶었다. 손가락 끝이 하늘색 리본을 매만지는 것이 공연히 에리히의 눈에 걸렸다.

그는 가만히 클레어를 바라보았다. 그녀는 모든 것을 다 말하지 않았다. 하지만 자신이 이 이상 관여할 일은 아닐 것이다. 클레어는 델포드의 가주이고, 자기 식솔과 친척을 위해 해야 할 일을 하고 있다. 그리고 분명히 잘 해낼 것이다.

클레어가 긴장을 풀려는 듯 작게 숨을 뱉었다. 에리히는 시선을 최대한 자연스럽게 돌렸다. 너무 쳐다보고 있었다는 자각이 있었다.

그녀가 말했다.

"고마워요. 솔직히 아까 너무 당황해서 어째야 좋을지 몰랐는데, 선배가 도와줘서 살았어요."

"……."

에리히는 선뜻 대답하지 못했다. 클레어가 이렇게 쉽게 고맙다는 말을 진심으로 하리라고는 생각지도 못했기에 괜히 어색했다.

"그런데 여기는 어쩐 일이에요? 휴가예요?"

클레어의 눈이 그의 군복과 견장을 훑었다. 아무것도 아닌데, 에리히는 귓불이 뜨거워지는 것을 느꼈다.

"그래."

"중앙역으로 안 가고 굳이?"

"북동역이 더 조용하니까."

"하긴, 그건 그래요."

클레어가 별 이유도 없이 웃었다.

"오랜만에 보니 반갑긴 하네요. 아, 저희는 그냥 적당히 대로 아무 곳에나 내려 주세요. 대여 마차 타고 집에 가면 되니까."

"괜찮겠나?"

"줄리아를 잡으러 온 거지, 저한테 해를 끼칠 수는 없으니까요. 집에 가자마자 변호사를 부를 거예요."

"그래. 그러는 게 좋겠군."

에리히는 그렇게 말하고서도 마차를 세우지 않았다.

"집까지 데려다줄 테니까 타고 가."

"괜찮다니까요."

"내가 괜찮겠느냐고 물은 건 집으로 안전하게 돌아갈 수 있겠느냐고 물은 게 아니라, 집에서는 괜찮겠느냐는 의미였어. 혹시 모를 일이니, 집으로 들어가는 것까지 보는 게 낫겠군."

그러자 클레어가 잠깐 입을 다물었다가 미소를 지었다.

"고마워요. 선배도 놀랐을 텐데."

"아니. 괜찮아."

당연히 감사 인사를 받을 만한 일이었음에도 에리히는 역시 그것을 그냥 받아들이기가 어려웠다. 왜 이렇게 일일이 예민하게 신경 쓰이는지 모를 일이었다.

델포드가의 타운하우스는 북동역에서 가까웠다. 마차가 그리로 향하는 동안 에리히는 한마디도 말하지 않고 창밖만 내다보았다. 두 소녀가 작게 소곤거리는 소리가 마차 바퀴 소리에 묻혀 사라졌다. 주로 놀란 줄리아를 클레어가 위로하고 안심시키는 대화였다.

마차는 곧 멈춰 섰다. 에리히가 손을 쓰기 전에 집에서 달려 나온 집사가 문을 열었다. 줄리아가 먼저, 클레어가 그다음에 집사의 에스코트를 받아 내렸다.

마지막으로 클레어가 말했다.

"나중에 다시 연락할게요. 선배가 아니었으면 진짜 큰일 날 뻔했어요. 오늘 고마웠어요."

"그래."

"안녕히 가세요."

클레어는 이미 완전히 침착해진 상태였다. 나중에 연락한다는 말은 감사 편지 같은 걸 보내겠다는 뜻일 것이다.

그것을 알면서도, 에리히는 마차 문을 닫으며 초조한 기분이 드는 것은 자신뿐인 것 같아서 화가 치밀어 올랐다.

"아."

클레어.

에리히는 꿈에서 깨어나면서, 자신이 잠꼬대로 그 이름을 뱉었는지 어땠는지 확신할 수가 없었다. 입 안에서 소리가 맴돌았다.

몸은 나른하고 달콤한 미열에 달아올라 있었고, 벗은 몸에 보드라운 실크 시트가 뒤엉켰다. 안 된다는 자각이 있었기 때문인지, 아니면 무의식의 심술인지, 도무지 마지막 한 걸음을 뗄 수 없었던 꿈이었다.

"젠장."

그는 나직하게 욕설을 내뱉으며 손을 뻗어 머리맡의 회중시계를 집었다. 아직 새벽이었다. 이성을 놔도 되는 혼자만의 시간이었다. 사실 그 어떤 때도 그래서는 안 되었지만 말이다.

3년 전이었다면, 그는 자기 자신에 대한 경멸에 가득 차 욕설을 뱉으며 찬물을 뒤집어쓰러 나갔을 것이다. 하지만 이제 그는 적어도 자신의 욕망은 직시할 수 있게 되었다.

"젠장."

그는 자괴감을 느끼고 다시 한번 욕설을 뱉으며 밑으로 손을 가져갔다. 그리고 꿈에서는 넘지 못했던 선을 눈꺼풀 아래에서 넘었다.

별저는 바쁘게 움직였다.

소공작께서는 어제 본저인 상아궁이 아니라 별저로 오셨다. 아카데미 바로 인근에 있는 이 별저는 클라우제너의 자녀들이 아카데미에 재학할 때 거주하기 위해 사들인 것이었다.

하지만 졸업하고 난 뒤에는 좀처럼 이용되지 않았다. 에리히가 졸업했을 때 관리인 부부만 남기고 고용인은 모두 철수했는데, 어제 갑자기 에리히가 오는 바람에 가구에 덮은 천을 걷고 먼지를 털고 야단을 부려야 했다.

그리고 저녁이 되기 전에 본저에서 고용인들이 도착하여, 오늘 아침에는 에리히가 여기서 지낼 때와 같은 모습을 되찾았다.

파벨은 점심이 되기 전에 별저로 왔다. 그리고 에리히가 벌써 나갔다는 말을 듣고 거실에서 기다렸다.

'굳이 여기로 오셨단 말씀이지. 그렇다는 건, 아카데미에 자주 들를 예정이시라는 거고.'

그리고 그건 계획에 없던 일이었을 것이다. 수도행 기차표를 끊은 것이 계획된 일이 아니었던 것처럼 말이다.

'공작님께서 즐거워하시겠군.'

에리히가 휴가 기간을 클라우제너령의 본성이 아니라 수도에서 보내기로 했다는 것을 알았을 때, 그의 부친인 프란츠 클라우제너 공작은 웃는 얼굴로 파벨에게 말했다.

'자네가 가서 맞이하게.'

'제가, 말씀입니까?'

단순히 휴가를 보낼 뿐이라면, 상아궁에 상주해 있는 고용인들만으로도 충분했다. 필요한 사람이 있다면 에리히가 호출할 것이다.

하지만 공작은 즐거운 듯이 말했다.

'자네가 직접 가 줬으면 해. 그리고 뭔가 재밌는 일이 있으면 알려 주게.'

'가는 것은 별문제 없습니다만, 재미있는 일이라고 하실 만한 게 있을지 모르겠습니다.'

'사실 벌써 재미있긴 하지 않은가? 그 녀석이 이 시기에 수도에 가서 혼자 뭘 하려고? 밀러 교수의 연구실에 뻔질나게 드나든다에 자네의 다음 달 보너스를 걸어도 좋아.'

'제 보너스를 왜 공작님께서 거십니까?'

파벨은 그렇게 농담으로 받으면서도 순순히 에리히의 일정에 맞추어 기차에 올랐다. 그러면서도 다른 용건이 있겠거니 했다.

에리히가 밀러 교수를 은사라고 부르고 있기는 하지만, 그것도 아카데미에 다닐 때까지만의 일이다. 졸업한 시점에서 사회적 신분은 완전히 역전되었고, 대학원생들처럼 학업을 끝까지 이어 갈 것도 아니었다.

그런데 에리히는 진짜로 이 북동 별저로 왔다. 갑자기 기차역에서 혼자 사라지는 바람에 처음에는 얼마나 놀랐는지 모른다.

무슨 일이냐고 캐물을지 말지 고민하고 있는데 에리히가 들어왔다. 별저에는 응접실과 거실의 구별이 없었기 때문이다.

아침부터 체육관에 갔다더니, 땀을 흘리고 온 모양이었다. 평소에는 단정하게 빗어 넘기는 금빛 머리칼은 흐트러져 이마 위에 달라붙어 있었고, 뺨은 상기되어 있었다. 반소매 스포츠웨어는 몸에 달라붙어 있었다.

반면에 눈빛은 지친 듯 그늘져 있었다. 그는 한숨을 내쉬며, 파벨의 존재를 깨닫지도 못하고 욕실이 있는 안쪽으로 들어가려고 했다. 파벨은 일어서서 깍듯한 태도로 인사했다.

"안녕히 다녀오셨습니까, 백작님?"

"아, 파벨."

"아침 일찍 체육관으로 가셨다고 들어서 기다리고 있었습니다. 아직 여독이 풀리지 않으셨을 텐데요."

"그냥 그러고 싶은 기분이었을 뿐이야."

"그러셨군요."

파벨이 슬그머니 미소 지었다. 에리히는 눈을 돌렸다. 혼자 쓰는 침실에서 벌어진 일을 누가 알 리 만무하건만, 공연히 켕기는 기분이 들었다.

오전 내내 화풀이하듯 샌드백을 두드렸으나 기분은 전혀 나아지지 않았고, 들끓는 열도 가라앉지 않았다. 차라리 제 몸을 두들기면 기분이 나아질 수 있을 텐데 말이다.

"무슨 일이라도 있나? 기다렸다니."

"딱히 그런 것은 아닙니다. 비서가 필요하시지 않을까 해서요."

"아버지가 보내셨나?"

"예."

"별달리 일정은 없어. 오후에는 집에서 쉴 생각이네."

"본저 쪽으로 초대장이 몇 장 와 있습니다."

"소식도 빠르군. 적당히 처리해."

"알겠습니다."

에리히는 한 번 더 한숨을 내쉬고 욕실로 향했다.

오후에 쉬겠다고 한 건 그냥 한 말이 아니었다. 에리히는 정말로 아무 일도 하지 않을 작정이었으므로, 점심을 먹고 나서 책을 펴 놓고 무료하게 앉아 오후 늦게까지 시간을 보냈다. 책장은 한 장도 넘어가지 않았다.

얼굴을 봐 버리고 나면 괜찮을 거라고 생각하지 않았던가. 실제로도 마주하고 있을 때는 전과 똑같이 말하고 행동할 수 있었다.

하지만 혼자가 되자 또 생각이 뒤죽박죽이었다. 글자가 눈에 들어오지 않았다. 결국 책을 덮고 신문을 펼쳤지만, 거기에도 집중해서 읽을 만한 거리는 전혀 없었다.

그는 답장이나 쓰려고 받은 편지를 훑었다. 파벨은 나머지 편지는 모두 임의로 처리했으나 한 장만은 그러지 않았다. 제러드에게서 편지가 와 있었다.

『친애하는 에리히에게.

이 편지를 받았다는 것은 로텐부르크에 도착했다는 뜻이 되겠네. 사실 편지를 그리로 보낼지 클라우제너령으로 보낼지 고민하다가 수도로 찍었는데, 과연 형이 진짜로 이 편지를 받게 될지 궁금하군.

모처럼 생각해서 초대한 건데, 거절하다니 실망했어. 전역 때까지 얼굴도 보여 주지 않을 셈이야? 하긴, 형이 휴가지로 로텐부르크를 선택한 게 클라우제너 공작님과 공작 부인의 시간을 방해하지 않기 위해서는 아니겠지.

이곳의 날씨는 조금 덥기는 하지만 무척이나 햇살이 좋아. 온 세상에서 달콤한 향기가 나지. 일광욕을 하려고 겉옷을 벗고 누워 있어도 찬 바람에 소름 돋는 일은 전혀 없어. 같이 왔으면 좋았을 텐데. 일광욕은 안 하더라도 수영하기에는 정말 좋은 곳이야.

284

시간이 없어도 꼭 답장해. 형이 어디로 갔을지 궁금하거든. 선물로 테니스 라켓 한 세트와 공을 보내. 요즘 이쪽 사교계에서는 이게 대유행이거든. 적절한 거리를 유지하면서도 남녀가 함께할 수 있는 운동이라고. 플레이 방법은 클럽 어디서라도 가르쳐 줄 거야.

참고로, 본성 쪽으로도 선물을 보내 뒀는데, 그쪽은 폴로 스틱이야. 본성에서라면 같이 라켓을 휘두를 숙녀분이 없겠지.

휴가 기간이 즐겁기를 바랄게. 좋은 소식이 있다면 언제든지 알려 줘.

온화한 마음이 일상에 깃들기를 바라며.

제러드.』

에리히는 어이없는 기분으로 함께 온 선물 꾸러미를 보았다. 테니스 라켓 하나는 무겁고 하나는 가벼웠다. 그게 에리히더러 편한 것을 고르라고 그런 게 아닌 건 분명했다.

"무슨 오해를 하고 있는 건지."

애초부터 클레어는 운동에는 젬병이다. 말 위에 앉아 있는 것조차 제대로 못 해서 굴러떨어지는 것을 받아 준 적이 있을 정도였다. 아니, 제러드가 그런 것을 알 리는 없지만 말이다. 누구와 같이 팀을 짜라고 말한 것도 아니고.

어찌 되었든 가족 간의 교류에서라면 여자와 팀을 짜는 일도 있겠으나 로텐부르크에서는 그럴 일이 없었다.

'슈나이더 백작가는 여름이라 오히려 북쪽으로 올라갔겠고. 밀러 교수님에게 드리는 게 낫겠군. 부인께서 좋아하시겠지.'

그는 이번에도 충동적으로 일어서서 재킷을 찾아 걸쳤다. 북동 별저까지 와서 하는 일도 없이 앉아서, 밀러 교수를 찾아 가지 않는다는 것은 말도 안 되는 이야기였다.

＊

클레어는 그 뒤로도 한동안 보이지 않았다.

나중에 연락한다더니 소식도 없고 흔적도 없었다. 에리히는 처음에는 신경 쓰지 않으려 했으나 점차 부글부글 끓기 시작했다.

'이건 너무 예의 없는 짓이 아닌가?'

딱히 그걸 따지려고 하는 것은 아니지만 말이다. 그렇게까지 크게 감사 인사를 받아야 할 만한 일을 해 준 것도 아니고.

윌리엄은 그를 보고 이상야릇한 얼굴로 씩 웃으며 말했다.

'클레어는 요즘에 연구실에 잘 안 나옵니다. 집에 동생이랑 사촌이 와 있다고 들었어요.'

'그렇군. 근데 그걸 왜 나한테 말하지?'

'……그냥 궁금하실 것 같아서요.'

조금 신경 쓰이긴 했다. 마주친다면 물어봐야겠다고 생각할 정도로 말이다. 미리 기차역에 사람을 배치해서까지 쫓았다면, 피츠월드 남작이라는 자와 줄리아 사이에는 뭔가 큰 문제가 있는 게 분명했다.

'알아서 잘 처리하겠지만.'

분명히 그럴 것이다. 언제 그녀가 남에게 도움을 청하는 법이 있긴 하던가. 말에서 내릴 때 말고는 그런 적이 없었다.

연구실과 서재를 방문하여 밀러 교수와 체스를 두고, 부인과 딸과 테니스를 치고, 아카데미 체육관에 들러 아는 얼굴들을 두루 살피고, 샌드백을 두들기거나 스파링을 한 것은 할 일이 없었기 때문이다.

에리히에게는 할 일이 없었다. 남과 같이 떠들썩하게 술을 마시거나 하는 취미는 없었고, 그러고 싶어도 친구라고 할 만한 존재가 없었다. 그렇다고 복무 중에 나온 휴가인데, 학업이나 가문의 일을 하는 것도 애매했다. 그럴 만한 시간도 없었지만, 짬을 내어 일을 할 거라면 그냥 처음부터 영지로 갔을 것이다.

'인정하긴 싫지만, 울적하군.'

한창 감정이 날뛰던 소년 시절보다 더 가라앉은 채 그는 낮 시간의 절반을 모드랄 숲 산책으로 보냈다.

그건 나쁘지 않았다. 불분명하게 뒤엉킨 사고의 타래에서 그 끝부분을 찾아내는 것에는 실패했지만, 안락의자에 앉아 있는 것보다는 상쾌하게 생각을 쫓아낼 수 있었다.

그리고 결국 같은 지역에 있는 사람과는 마주치게 되기 마련이다.

"아."

모드랄 숲을 막 나서서 집으로 향하려 했을 때였다. 에리히는 생각에 잠겨 있었던 데다가 클레어가 평소와 달리 얌전한 차림새로 양산을 들고 있었기 때문에 알아채는 것이 늦었다.

저쪽에서 먼저 소리를 내서 눈을 들었다가 그는 클레어가 낯선 남자와 함께 서 있는 것을 보았다.

"클레어."

"어쩐 일이에요? 모드랄 숲에는."

"……그냥 산책 중이었다."

"여기까지 와서요?"

에리히는 어이없는 기분으로 입을 벌렸지만, 이내 그녀가 자신이 북동 별저에 머무르고 있다는 것을 알 리 없다는 데 생각이 미쳤다. 그날 이후로 처음 마주치는 것이었다.

산뜻한 여름용 데이 드레스 자락에 양산에 수놓인 나뭇잎 모양 그늘이 드리워져, 숲속에 드는 빛 모양 그대로 하얀 치맛자락이 환하게 물들었다.

에리히는 불쾌한 얼굴로 혀를 찼다.

"연락한다더니."

"아."

클레어가 짤막하게 감탄사를 냈다. 얼굴에 미세한 짜증이 깃들었다.

"감사 편지를 썼어야 했죠? 미안해요. 너무 정신이 없어서."

"고작해야 그런 일로 감사를 재차 받겠다는 게 아니야. 하지만 연락한다고 했으면, 자기 말을 지켜야 할 게 아닌가?"

"약속 같은 거라고 생각하지는 않았어요. 아무튼 미안해요. 내가 더 깍듯하게 예의를 지켰어야 했는데."

288

"그런 이야기가 아니야."

"아니긴요. 비서가 보고 치운다 하더라도 꼭 써야 하는 편지였잖아요. 각하에게 도움을 받았는데."

"……."

에리히도 가끔은 싸우고 싶지 않은 날이 있었다. 클레어의 말도 틀리지 않았다. 사실 감사는 당일에 충분히 받았으니, 편지까지 다시 보낼 필요는 전혀 없었다. 굳이 편지를 보낸다면, 그것을 기회 삼아 어떻게든 인연을 더 이어 보려는 사람이라고 보는 게 옳았다.

아무튼 그보다는 지금 클레어의 동행자가 신경 쓰였다.

"그쪽은?"

곁에 선 남자를 소개할 마음도 없어 보였기에 에리히는 고갯짓하며 말했다. 낯선 남자는 중키에 갈색 머리, 평범한 정도의 외모를 하고 있었다. 한 번 만난 것 정도로는 전혀 기억나지 않을 만한 상대였다.

"이쪽은 웰즐리 자작가의 셋째인 스콧 웰즐리예요. 스콧, 이쪽은 잘츠기터 백작님."

그거면 소개로 충분하다는 듯이 클레어는 이름도 말하지 않았다. 스콧이 얼른 고개를 숙였다.

"만나 뵙게 되어 영광입니다, 클라우제너 소공작님."

"만나서 반갑군."

에리히는 악수를 청할 생각도 하지 않고 그를 머리끝부터 발끝까지 훑어보았다. 마음에 들지 않는 놈이었다. 클레어와 산책을 하기에는 너무 평범하다.

아니, 사실은 그게 딱 적당했다. 아렌의 자작가 작위를 상속하지 않는 삼남. 이름을 들어 본 적이 없는 것을 보니 아마 델포드보다 격이 아주 낮거나 높거나 하지는 않을 것이다. 문제가 있는 곳이라면 귀에 들어왔을 테니까.

작위 상속자가 아닌 것은 오히려 좋을 수도 있다. 클레어의 성향을 생각해 보면, 상향혼을 하는 것보다는 그녀에게 방해되지 않는 남편을 찾는 게 더 나을 것이다.

그런 식으로 따져 보면, 적어도 외부적인 조건은 잘 맞는 셈이었다.

'내년에 졸업이니까, 집안에서 약혼을 염두에 두고 사람을 만나게 한다 해도 이상하지 않지.'

그 생각에 문득 목이 탔다. 마음에 들지 않았다. 튀는 놈이면 튀는 놈인 대로 마음에 들지 않겠지만, 또 이건 너무 평범하지 않은가.

그렇다고 해서 그가 그 자리에 자신을 대입했던 것은 아니었다. 아렌의 남작이라니, 말이 되지 않는다.

클레어가 뾰족한 목소리로 그의 생각을 깨뜨렸다.

"뭘 그렇게 사람을 훑어봐요? 무례하잖아요!"

"그건 실례했군. 하지만 너야말로 샤프롱도 없이 남자와 단둘이 산책하고 있다니, 무슨 짓이냐?"

역시 마음에 들지 않았으므로 에리히는 다시 시비를 걸었다. 클레어가 어이없다는 얼굴로 그를 쏘아보았다.

"다 뚫린 숲에서 샤프롱은 무슨?"

"너도 내년에는 졸업이야. 이제 어린애가 아니니까 행동에는 신중을 기해야⋯⋯."

"무슨 소리를 하는 거예요? 스콧은 줄리아의 약혼자예요! 의논할 게 있어서 좀 걷고 있었던 것뿐이라고요!"

"아, 그런가?"

"아, 그런가?"

클레어가 그의 말을 따라 하면서 빈정거렸다. 하지만 에리히는 왠지 개운한 기분이 되어 무심코 빙긋 미소를 지었다. 그러자 클레어가 입을 벌린 채 그를 쳐다보다가 이마를 짚고 한숨을 내쉬었다.

"도대체가⋯⋯."

뭐라고 중얼거리는데, 입 속에서만 웅얼거리는 소리라 제대로 들리지 않았다.

"확실히 말해."

"됐어요."

기운 빠진 얼굴로 클레어가 대꾸했다. 스콧이 난처한 얼굴로 말했다.

"아무래도 이야기는 나중에 다시 이어서 하는 게 좋겠습니다, 델포드 남작님. 저는 먼저 줄리아에게 가 보겠습니다. 좀 걱정이 되어서요."

"그렇게 하세요. 시간이 많이 지났네요. 줄리아를 혼자 두지 마세요."

스콧이 클레어에게 인사하고, 에리히에게도 정중하게 고개 숙여 작별 인사를 했다. 그러고는 돌아서서 빠른 걸음으로 그 자리를 떠났다.

에리히는 그 뒷모습을 쳐다보며 약간 갈등했다. 약혼녀와 약혼녀의 사촌이라면 당연히 약혼녀가 우선이지만, 지금 클레어를 두고 가면 자신은 어쩌란 말인가.

"바래다주지."

"뭐예요. 방금은 샤프롱 찾더니."

"바로 옆이 아카데미라고 해도 여기는 숲이야. 너 혼자 보낼 수는 없잖아."

"갈 수 있어요. 산책로인데."

에리히는 대꾸하지 않았다. 그가 양보할 생각이 없다는 것을 깨달은 클레어가 황당하다는 듯이 말했다.

"본인은 괜찮다고 생각하시나 봐요."

"……나를 남자라고 생각하고는 있나?"

이 대화가 불편했다. 클레어가 자신의 머릿속을 뚫어 볼 수는 없겠지만, 한 조각이라도 짐작한다면 이런 말은 하지 못할 것이다. 그녀의 얼굴을 정시할 수 없었다.

물론, 꿈꾼 것과 같은 일은 절대로 벌어질 리 없고, 벌어질 수도 없는 것이다. 에리히는 자신이 그녀에게 안전하다고 확신했다. 기분이야 어쨌든 간에 절대 손을 내밀 리는 없었으니까.

욕망과 의지는 별개의 것이다. 그는 온당치 못한 일을 한 적이 없었고, 할 생각도 없었다. 육체적 욕구 때문에 신분 낮은 여자를 농락하는 것은 그의 도덕관으로는 있을 수 없는 일이다. 클레어가 농락당할 만한 사람이냐 하면 그것도 아니고.

'아렌의 남작이라니, 말도 안 되지.'

그는 무의식적으로 다시 한번 그런 생각을 설핏 떠올렸으나, 제대로 제 생각을 확인하기도 전에 도로 가라앉았다.

그가 클레어와 맺을 수 있는 온당한 관계는 기껏해야 산책로의 보호자 정도다. 친분이 있다고 해 봤자 선후배, 좀 더 깊게 보자면 친구까지일 것이다. 하지만 친구라니, 가능할 것 같지 않았다. 맨날 보기만 하면 물어뜯기는 것 같은데.

클레어는 조금 어이없는 얼굴로 그를 쳐다보고 있었다.

"언니라고 불러 드릴까요? 본인 스스로 대단한 남자라고 생각하고 있는 주제에 무슨."

"내 자아상을 멋대로 규정짓지 마."

"아니라고는 안 하시네요."

클레어가 툴툴거렸다. 그리고 그에게 양산을 내밀었다. 어쩌라는 건가 싶어 에리히는 그 양산을 빤히 쳐다보았다.

"남자다운 일을 좀 하세요. 여자의 짐을 들어 준다거나."

못 들어 줄 건 없었으나 양산을 남자에게 맡기는 여자는 또 처음이었다. 우산도 아니고, 같이 쓸 이유가 있는 것도 아니었다.

하지만 에리히는 순순히 그것을 받아 들었다. 주위에 사람이 있는 것도 아니고, 있다고 해도 별로 신경 쓰이지 않았다.

양산을 기울여 그늘이 클레어에게 닿게 해 주고 천천히 걷는다. 이래서는 시종이 하는 일이 아닌가 하는 생각이 잠깐 들었다. 클레어가 노린 것도 십중팔구 그것일 테지만, 숙녀를 에스코트한다는 건 원래 그런 일이다.

나란히 선 거리가 생각보다 가까웠다.

"그런데, 여기까지 나와서 약혼자와 이야기를 하다니, 피츠월드 양에게 무슨 문제라도 있나 보지?"

"약혼자 있는 애예요."

"내가 피츠월드 양에게 관심이 있다고 말한 적은 없는데."

클레어가 어깨를 가볍게 흔들었다. 옷깃에 달린 얇은 레이스 러플이 팔랑거리며 햇살 사이로 날아갈 것처럼 보였다.

"선배가 휘말렸다는 문제는 이미 종료된 것 같은데요?"

"도와 달라는 말은 안 할 건가?"

그 말에 클레어가 조금 고민하는 얼굴이 되었다.

"저번에도 말했지만 집안일이라서요. 고위 귀족이 개입할 일도 아니고……."

"그렇군."

상속 문제인 모양이었다. 외조부가 돌아가시고 나서 생긴 집안일이라고 했으니 그것밖에 없으리라.

에리히는 알아채고도 굳이 입 밖에 내어 말하지는 않았다. 클레어의 말마따나 집안일인데, 그가 먼저 간섭할 수는 없었다.

클레어가 걸음을 멈추더니 그를 올려다보고 물었다.

"사정 다 알아 버렸죠?"

"뭐, 어느 집안이든 장성한 장남이 없으면 생기는 일이니까."

에리히는 다소 신중한 마음가짐으로 대답했다. 함부로 영역을 침범해서 클레어의 기분을 상하게 하고 싶지 않았다.

그녀는 말할 기분이 된 모양이었다.

"외할아버지는 스콧에게 작위를 상속해 줄 마음으로 줄리아와 약혼시킨 거였어요. 뭐, 둘 다 처음부터 서로 마음에 들었던 것 같지만요. 저한테도 그렇게 이야기하셨었고요."

"그렇군."

그럴 줄 알았다. 그렇지 않다면, 하나밖에 없는 장남의 딸을 굳이 작위도 없는 남작가의 삼남과 약혼시키지 않았으리라. 자신도 그를 소개받자마자 여남작의 남편감으로 나쁘지 않겠다고 생각하지 않았던가.

클레어가 고개를 절레절레 저었다.

"둘째 외삼촌에게 상속할 리는 절대 없어요. 도박꾼이라서 인연을 끊겠다고 몇 번이나 말씀하셨고요, 유언장에도 넣지 않겠다고 하셨죠."

"막판에 마음이 바뀌셨을지도 모르지. 어쨌든 아들이니."

"유언장이 사라졌어요."

에리히는 멈칫했다. 클레어가 걸음을 멈추더니 그를 빤히 올려다보았다.

"유언장이 아예 없다고?"

"네. 그래서 가장 가까운 남자 혈연인 둘째 외삼촌이 작위를 상속한 거죠."

비상식적인 이야기였다. 한 가문의 가주라면, 유언장을 쓰는 게 당연했다. 젊은 에리히조차도 열다섯 살 때부터 법률 고문의 권유로 유언장을 작성하고 있는데, 죽음을 앞둔 노인이 그러지 않았을 리 없다.

클레어가 한숨을 내쉬었다.

"안 쓰셨을 리는 없어요. 줄리아랑 스콧 일만이 아니라, 저한테도 유언장에 외할머니의 보석 중 몇 점을 주시겠다고 적었다거나, 다른 친척에게도 저택의 그림이나 박제 같은 것을 남기겠다거나 하는 말씀을 종종 하셨거든요."

"법률 고문이 매수되었을 가능성은?"

이게 정답이라면, 클레어가 '사라졌다'라고 표현했을 리 없다고 생각하면서도 에리히가 확인 삼아 물었다. 클레어가 미소를 지었다.

"매수되긴 했지만, 유언장의 소재는 모르는 게 확실해요."

"매수는 네가 했군."

그 말에 클레어가 소리 내서 웃었다. 상황을 생각하면, 이상해 보일 정도로 기분 좋은 웃음소리였다.

"양쪽에서 돈을 받아먹었더라고요. 나중에 보복할 거예요. 하지만 어쨌든 변호사도 유언장을 갖고 있지는 않았어요. 작성 후에 외할아버지께서 직접 가지고 가셨다더라고요. 연로한 분중에는 그런 경우도 종종 있다고 들었어요."

"그렇지."

"지금까지 알아낸 건 그게 전부예요."

에리히는 눈을 가늘게 하고 클레어를 쳐다보았다.

"그리고 네 외삼촌이 그 유언장을 찾지는 못했겠군. 찾아서

없애 버렸다면 피츠월드 양을 가둬 둘 필요가 없으니까."

"맞아요. 그리고 수도에 사람을 보내서 줄리아를 잡으려고 한 것을 보면……."

"유언장이 피츠월드가의 타운하우스에 있을 가능성이 높겠군. 영지에 있다면, 찾아내지 못하도록 피츠월드 양을 차라리 수도로 보내 버리는 쪽을 선택했을 테니까."

"그래요. 난 사실 유언장이 이미 존재하지 않으리라 생각해서 줄리아를 내가 돌봐 주겠다고 했던 거였는데, 그게 아니라면 찾아봐야죠."

클레어의 눈동자가 햇살처럼 반짝거렸다. 에리히는 무심결에 숨 쉬는 것조차 잊고 그녀를 내려다보았다.

"이제 다 왔으니까 양산 주세요."

"아."

꿈에서 깨어나기라도 하는 것처럼 에리히는 놀라며 양산을 들고 있던 손을 내밀었다. 클레어가 두 손으로 양산을 받아 갔다. 보드라운 손바닥 감촉이 에리히의 손등을 쓸듯이 닿아 와 그는 몸 안쪽의 심지에 불이 붙는 것을 느꼈다.

"이야기 들어 줘서 고마워요. 뭘 어떻게 할지 좀 정리가 되는 기분이에요. 스콧은 솔직히 별로 도움이 되는 타입은 아니어서."

"어차피 너 혼자 상황 파악은 다 끝낸 것 아니었나?"

"그게 또, 말로 하는 거랑 생각만 멀거니 하는 거랑 느낌이 다르네요. 선배랑은 말이 잘 통하고."

클레어가 양산을 제 어깨에 걸치면서 발을 까닥거렸다. 발목이 살짝 드러나는 스커트가 흔들려서 에리히는 무심코 그쪽을 내려다보았다. 구두 끝에 달린 리본의 보석이 반짝거렸다. 사촌의 약혼자를 만나는 데 이렇게까지 예쁘게 하고 나올 필요가 있었는가 싶었다.

"계획도 잡혔고."

"어떻게 하려고?"

"어쨌든 유언장은 피츠월드가의 타운하우스에 있을 거라고 생각해요. 영주관이 아니면 거기밖에 없고, 제 생각에는 외할아버지가 줄리아 손 닿는 곳에 두셨을 것 같거든요."

"그럴 수 있을 것 같군."

"줄리아의 이름으로 파티를 열까 해요."

"피츠월드 타운하우스에서?"

"우리 집보다 부자거든요. 집이 작긴 하지만, 작게나마 댄스파티를 할 정도는 돼요. 손님이 몰려들면 어지러워질 테니, 그 틈을 타서 찾아보려고요."

"위험할 텐데. 네 외삼촌도 지금쯤은 수도에 와 있지 않겠어?"

"그렇긴 하죠. 그쪽은 스콧이랑 의논해 봐야겠어요. 부탁 하나만 해도 돼요?"

에리히는 딱 잘라 대답했다.

"경시청을 움직여 달라는 부탁이라면 안 돼."

"설마 그런 부탁을 하겠어요?"

그렇게 말하면서도 클레어는 약간 실망한 얼굴을 했다. 농담으로 한 말이었지만, 혹시나 가능성이 있지 않을까 생각했기 때문이다.

에리히는 에리히대로 어이없었다. 사실 하려고 하면 진짜로 불가능한 일은 아니었는데, 그 생각을 잠깐이라도 한 자신이 황당했다.

"그래서, 부탁이 뭔데?"

"초대장 보내면, 참석해 주실래요?"

클레어가 어색한 듯이 머리칼을 매만지며 말했다.

"선배가 온다고 하면, 저쪽에서 무작정 파티를 취소하지 못할 테니까."

"……나는 그런 파티에 별로 참석하지 않아."

"참석할 만한 이유를 만들어 드리면요?"

"그럴 듯한 이유가 있고 시간이 남는다면, 고려해 보지."

"그 약속, 꼭 지켜야 해요."

"약속하는 건 아니지만, 나는 너와 달리 내 입으로 뱉은 말은 반드시 지켜."

에리히는 혀를 차며 말했다. 클레어가 투덜거렸다.

곧 두 사람은 아카데미 건물 사이로 들어섰다. 클레어는 치맛자락을 잡아 올리고 무릎을 구부려 정중하게 인사를 올렸다.

"그럼, 에스코트 감사했습니다, 잘츠기터 백작님. 안녕히 가세요."

"……진짜, 그만 좀 하라니까."

에리히가 신경질적으로 말하자 클레어가 까르르 웃었다. 그리고 손을 흔들어 보이고는 혼자서 미련도 없이 가 버렸다.

적당한 이유가 갖추어지고 시간이 있으면 부탁을 들어주겠노라고 말했지만, 에리히는 사실 그 초대장이 자신의 손에까지 들어오는 일은 없으리라고 생각했다. 아랫사람에게 미리 말해두지 않는 이상 피츠월드 남작가의 초대 같은 것이 그에게 직접 전해지는 일은 없다. 클레어가 그를 초대하고 싶다면, 직접 들고 오는 수밖에 없을 것이다.

일단 방문을 한다면, 귀족 영애를 문전 박대할 수는 없으니 집사가 방문을 전하기는 할 터였다.

'하지만 그러면, 그날 나더러 그냥 유언장 찾기를 도와 달라고 하는 것과 다를 바가 없지.'

막 다림질되어 따끈따끈한 신문을 펼쳐 들었지만, 한 페이지도 넘기지 않은 채 에리히는 생각했다.

물론 클레어 입장에서는 그것보다 간단한 해결책은 없었다. 그가 방문하겠다는데 감히 피츠월드가 거절하는 일은 없을 것이다. 숙녀라면 또 모르겠으나 멀쩡한 남자가 잘츠기터 백작의 방문을 거절하는 것도, 그를 접대하지 않고 자리를 비우는 것도 불가능한 일이다. 그러니 응접실에서 자신이 그자를 몇 마디 말로 붙잡고 있는 사이에 줄리아가 유언장을 찾아보면 될 일이다.

하지만 에리히는 그렇게 쉽게 이용당해 줄 생각은 없었다.

'그렇게 나오면 실망스러울 테지.'

그는 내면의 소리를 선선히 받아들였다. 남의 집안일에 약간의 친분 때문에 그런 식으로 끼어들 마음은 없었고, 클레어도 쉬운 길을 택하려고 얄팍한 짓을 하지는 않으리라고 믿는다.

뭐, 두고 봐야 알 일이긴 했다. 파티 자체가 성사될지 어떨지도 모를 일이다. 마음대로 드나들 수도 없는 집에서 파티를 열겠다니!

파티 준비는 어떻게 할 작정인 건지, 계획이 진행되고 있기는 한 건지도 모르는 채로 나흘이 지났을 때였다. 이제 슬슬 궁금증이 돋으려는 무렵, 생각지도 못한 방문을 받았다.

"휴가 중이신데 죄송합니다, 클라우제너 대위님. 클럽에 우편물이 와 있어서 전해 드리러 왔습니다."

그와 비슷한 시기에 휴가를 나온 북방군의 신참 장교였다. 에리히는 기꺼이 그를 맞이하여 거실로 들였으나, 용건에는 놀라지 않을 수 없었다. 클럽에서 우편물을 받는 사람은 수도에 주소지가 없는 사람이 대부분이다. 그에게 보낼 편지를 장교 클럽으로 보냈다는 게 이상했다.

"초대장?"

겉봉에는 그렇게만 적혀 있고, 수신인의 이름이 없었다. 에리히는 의아하게 되물었다.

클럽에서 무슨 행사라도 할 참인가.

그에게 초대장을 전해 준 장교가 어색하게 뺨을 붉히며 말했다.

"수도에서 휴가를 보내는 중인 스물다섯 살 이하의 미혼 장교 전원이 초대되었습니다. 참석 여부를 결정하여 리스트를 작성 중입니다."

"아하."

에리히는 고개를 끄덕였다. 위로 파티나 자선 파티인 모양이다. 간혹 있는 일이었다.

"여기까지 와 줘서 고맙네. 하지만 나는……."

자선 파티라면 그냥 기부금을 넉넉하게 내겠다고 말하려다가 그는 말꼬리를 흐렸다. 봉투 안에서 피츠월드라는 이름과 함께 예상외의 단어가 나왔기 때문이다.

"가면무도회?"

"예. 그렇게 진지한 자리는 아닌 것 같습니다. 피츠월드 남작이 바뀐 지 얼마 안 되었다더니, 뭔가 이유가 있어서 환심을 사려는 게 아닌가 하고 이야기들 하고 있습니다."

에리히는 어이없는 기분으로 초대객 목록을 보여 달라고 손짓했다. 장교가 그에게 목록을 보여 주었다. 거의 모든 사람의 이름 옆에 참석 예정이 표시되어 있었다.

'참석할 이유를 만들어 오라고 했더니, 개인적인 이유가 없어도 되는 파티를 만들어 왔군.'

그는 짧게 한숨을 내쉬고 참석 쪽에 표시했다. 이게 클레어가 얽혀 있지 않은 일이라면 더욱 쾌히 승낙했을 것이다. 잠깐 얼굴만 비쳐도 되는 일이니까.

"대위님께서 참석하신다면 모두 기뻐할 겁니다. 숙녀분들도 많이 오실 테고."

"어차피 서로 누구인지도 모를 텐데."

물론, 참석자 명단은 피츠월드 남작가로 보내질 것이다. 아무리 얼굴을 가리는 파티라고 해도 주인이 누가 오는지조차 파악할 수 없게 열리지는 않는다.

'호기심을 자극하려는 것이라면 확실하게 성공했군. 어쩌려는 건지.'

가면무도회가 인맥을 위한 사교 활동이라기보다는 순전히 유흥에 가깝다는 것을 생각하면, 난장판이 벌어질 것은 분명했다. 피츠월드 타운하우스를 어지럽히려는 목적은 확실하게 달성할 수 있으리라.

아니, 하기에 따라서는 자신이 얼굴을 내밀고 피츠월드 남작을 붙잡고 있는 것보다 더 나은 선택일 수도 있었다. 가면을 뒤집어쓴 채 저택 전체를 종횡할 수 있을 테니까. 집을 뒤지다가 현행범으로 붙잡히지만 않는다면 말이다.

"대담한 것에도 정도가 있지."

젊은 장교들이 대체로 난잡한 생활을 하고 있다는 것을 생각하면, 이건 사실상 클레어 자신과 줄리아를 인질로 삼아 참석을 강요하는 셈이 아닌가.

지켜보긴 해야지.

에리히는 미간을 손으로 문지르며 집사를 불렀다.

✦

피츠월드가의 차남 빅터 피츠월드는 아렌 남부 사교계에서
는 평판이 최악이었으나, 로텐부르크 사교계에는 인맥이라고
할 만한 게 아예 없었다. 때문에 그가 에리히 클라우제너의 참
석 소식을 알게 된 것은 자기에게도 초대장을 보내 달라는 편
지가 물밀듯이 들이닥친 다음이었다.

"이게 대체 무슨 소리야? 우리 집에서 가면무도회가 열리는
데, 거기에 클라우제너 소공작이 참석한다니!"

그는 노발대발하여 집사를 불렀으나, 집사라고 사정을 알
리가 없었다. 그는 원래 피츠월드 타운하우스를 관리하던 나이
든 집사를 잘라 버리고 빅터가 새로 그 자리에 앉힌 자기 측근
이었기 때문이다. 당연히 집사 일에는 경험이 전혀 없었고, 귀
족가의 고용인끼리 형성하고 있는 인맥에도 끼어 있지 못했다.

피츠월드가가 제대로 상황을 알게 된 것은 장교 클럽에서
보낸 참석자 목록을 받았을 때였다.

"줄리아가 초대장을 보냈다고?"

눈을 끔벅대며 되묻는 그에게 목록을 전하러 온 하사관은
의아하다는 듯이 말했다.

"모르셨습니까? 이거 큰일이군요. 장교님들의 기대가 무척
큽니다."

"아니, 아니. 모를 리가 있겠소? 초대장이 줄리아의 이름으로 발송되었다는 게 놀라워서 그렇지. 내가 주최하는 파티이고, 줄리아에게는 초대장에 관한 일을 맡겼을 뿐이라오."

"아하, 그러시군요. 피츠월드 양이 생각을 잘하신 것일 수도 있습니다. 아시다시피 이런 파티에 참석하는 것은 대부분 미혼 남성이니까요."

"그렇긴 하지."

빅터는 체면 때문에 파티를 열 계획이 없다는 말은 하지 못했다. 장교 클럽의 하급 장교들이 대체로 준귀족이거나, 작위를 상속받지 못할 차남이나 삼남들이라고 해도, 무시할 수 있는 세력이 아니었다.

빅터처럼 도박장에서 육체적인 우열에 치이며 살아온 사람에게는 더욱 그랬다. 게다가 클라우제너 소공작을 거절할 용기는 더욱 없었다. 아니, 용기는 둘째 문제이고, 그가 클라우제너 공작저의 대기실을 넘어서서 응접실까지 들어갈 수 있을지조차 불투명했다.

"줄리아가 이렇게 용감한 짓을 할 수 있을 리가 없어. 클레어 짓이 분명해."

빅터는 노발대발해서 곧바로 델포드가의 타운하우스로 향했다. 하지만 작은 집은 하녀 하나 남기지 않고 텅 비어 있었다.

"이것들이 도망을 갔어?"

그는 펄펄 뛰었지만, 벌써 며칠 전부터 잠겨 있는 집 문을 때려 부숴 연다 한들 없는 사람을 어떻게 찾겠는가.

그러는 사이에도 초대를 부탁하는 편지가 계속 날아들었다.

에리히 클라우제너를 만날 수 있는 기회는 흔치 않았다. 그가 주로 참석하는 모임은 신사 클럽의 스포츠 게임 아니면 주로 지위와 신분이 높은 남자들로 구성된 만찬회였다. 무도회 같은 것에는 좀처럼 참석하지 않을뿐더러, 그가 참석할 만한 대규모 무도회에서 직접 인사를 나누기란 여간 어려운 일이 아니다.

그와 한 곡이라도 춤출 기회를 잡으려는 젊은 여자들과 직접 대화를 나누고 친분을 쌓으려는 남자들이 초대장을 구하기 위해 눈이 벌게졌다. 참석자의 연령과 숫자가 제한되어 있었으나 아랑곳하지 않았다. 어떻게든 초대장만 구하면, 먼 친척의 딸이라도 꾸며서 샤프롱이라는 핑계로 함께 들어갈 수 있을 게 아닌가.

피츠월드라는 이름이 사교계를 쩌렁쩌렁 울렸고, 사교계에 뜬금없이 군 장교를 초청해서 여는 가면무도회 광풍이 불었다. 하지만 참석자 항목에 클라우제너 대위가 체크되는 일은 없었다.

이쯤 되니 빅터는 처음의 분노를 서서히 잊어 갔다.

"하, 이제야 내가 좀 인정받는군."

소공작이 무슨 이유로 줄리아의 초대에 응했는지에 대해서는 깊이 생각해 보지도 않고, 그는 그런 소리를 내뱉으며 파티 준비를 시작했다. 그것도 쉬운 일은 아니었다.

빅터는 몰랐으나, 파티 전날 갑자기 마루를 관리하는 자가

왔다.

"이 댁 아가씨께서 부르셨습니다."

그는 댄스 플로어로 쓰일 홀을 반질반질하게 닦고, 행여나 걸리는 곳은 없는지 꼼꼼하게 점검했다.

파티 당일 새벽에는 마차 두 대분의 음식이 도착했다. 집사는 당황했으나, 자신이 일을 제대로 하지 못했다는 것을 알리고 싶지 않아서 마치 모두 제가 미리 준비한 것처럼 당당하게 그것을 받았다.

"빅터 외삼촌을 믿느니 찰스를 믿지."

클레어는 찰스가 들으면 너무하지 않냐고 화낼 만한 말을 하면서 할 일 목록에서 케이터링이라고 적힌 부분을 지웠다. 애초부터 이럴 작정이었다. 외삼촌은 가문의 행사를 준비하고 계획해 보기는커녕 집에서 제대로 된 손님맞이조차 해 본 적이 없는 사람이었으니까.

"미안해."

줄리아가 어쩔 줄을 몰라 하며 말했다.

"처음부터 끝까지 다 내가 계획한 건데 네가 왜 미안해? 그리고 외할아버지의 유언장을 찾는 일이야. 나랑 관계없는 일도 아니잖아."

"그래도……."

"유언장 찾고 상속받게 되면 열 배로 갚아. 알았어?"

클레어가 킬킬 웃으며 그렇게 말했다.

에리히는 빠르지도, 늦지도 않은 시간에 피츠월드 타운하우스에 도착했다. 일부러 눈에 띄지 않으려고, 사람들이 충분히 입장한 뒤에 들어갈 작정이었던 것이다. 마차도 일부러 장식 없는 대여 마차 같은 것을 가져오게 했다.

'그렇게 마음대로 안 되실 렌데.'

파벨은 웃으며 그렇게 말했지만, 그렇다고 가면무도회에 문장이 박힌 마차를 타고 갈 수는 없지 않는가.

가면도 입만 드러나고 나머지 얼굴을 전부 가릴 수 있는 것으로 따로 준비시켰다. 무도회장에서도 도미노 가면 같은 것을 나눠 줄 테지만, 그걸로는 얼굴을 가렸다고 말하기 어렵기 때문이다.

사자를 형상화한 듯한 황동으로 장식된 가면을 에리히는 무릎 위에 놓고 만지작거렸다. 차라리 도미노 가면을 쓰는 게 클레어의 목적에 더 부합하는 게 아닐까 싶었지만, 또 굳이 거기까지 맞춰 줄 필요는 없겠다 싶었다.

'이왕 온 거, 즐기고 갈 수 있으면 좋겠지.'

그는 가면을 얼굴에 쓰고 마차에서 내렸다.

피츠월드 타운하우스에는 이미 사람이 바글바글 몰려 있었다. 작은 정원에까지 샴페인 잔을 든 사람들이 우글거렸고, 댄스 플로어도 아닌데 그 자리에서 춤을 추는 사람들도 있었다.

에리히는 가벼운 한숨을 내쉬고 안으로 들어섰다.

그는 이만하면 눈에 띄지 않을 수 있겠다고 생각했지만, 착각이었다. 그가 들어간 순간 가까이에 있는 사람들부터 입을 다물고 시선을 집중했다.

감색 야회복은 늘씬한 몸매에 착 감기듯 근사하게 잘 맞았고, 사자 가면은 거기에 완벽하게 어울렸다. 말끔하게 넘긴 금발이 가면과 어우러져 수사자처럼 보였다.

위압감을 타고나기도 했으나, 분위기가 압도적이었다. 혹그가 누구인지 알아보지 못한 사람이 있다 하더라도 시선을 빼앗기지 않을 수 없을 것이다.

그는 그 사실을 의식하지 못한 채 사람들이 열어 주는 길을 통해 거침없이 정원을 가로질렀다. 그러면서 시선으로 상황을 체크했다.

'그럭저럭 준비를 열심히 했군.'

초대장을 클레어가 멋대로 보내 버렸을 텐데도, 부족한 것은 보이지 않았다. 그를 알아본 듯한 장교 클럽의 동료가 고개를 슬쩍 숙여 인사했다. 에리히도 눈인사만 하고 홀 안으로 들어섰다.

홀 안은 물론 1층 전부에 손님이 가득 차 있는 것 같았다. 사람이 많다 보니 2층으로 올라가는 계단에 서서 이야기를 나누는 사람들도 제법 있었다.

사람들은 까르르 웃고 춤추면서 신나게 즐기고 있었다. 홀

한쪽 테이블에는 목을 축일 수 있는 여러 종류의 술이 있었고, 급사들이 계속해서 잔을 채우고 빈 잔을 치우면서 움직이고 있었다.

가면을 쓰지 않은 투실투실한 남자 하나가 허둥지둥 인파를 가로질러 이쪽으로 다가왔다. 에리히는 그를 무시하지 않고 잠시 기다렸다.

"안녕하십니까? 클라우제너 소공작이십니까?"

빅터 피츠월드가 땅에 머리가 닿을 기세로 인사했다. 평소 알고 지내는 사람이라면 또 모를까, 이자가 저를 어떻게 알아봤나 싶었다. 그리고 알아봤다 해도 가면무도회라는 불문율이 있는데, 이렇게 직접 묻는 것은 안 될 일이었다. 에리히는 불쾌한 기분으로 대답했다.

"가면무도회가 아니었나?"

"아."

빅터가 당황하여 어깨를 움츠렸다. 다른 사람이 상대 같으면, 아니 그럼 주최자한테 인사도 안 할 셈이냐고 속으로라도 화를 냈겠지만, 지금은 클라우제너라는 이름에 압도당해서 그러는 것조차도 깜박 잊었다.

"송구합니다. 그, 저어……."

뭐라고 말해야 좋을지 몰라 쩔쩔매면서 빅터가 고개를 숙였다. 손님의 예의로 에리히는 그와 악수를 하고 어깨를 두어 번 두드려 준 다음 잔을 집으러 갔다. 빅터는 감히 따라오지 못했다.

"진짜로 오셨군요."

여우 가면을 쓴 사람이 그에게 인사를 건넸다. 에리히는 목소리를 듣고 상대가 북방군의 페스텔 중위라는 것을 알았지만, 이름을 언급하지 않고 그를 알아보았다는 표시만 했다.

"설마 진짜 오실 줄은 몰랐습니다."

"얼굴만 비치고 갈 거야. 나만 빠지는 것도 좀 그래서."

"그렇군요. 그래도 춤은 몇 곡 추고 가셔야지요."

페스텔 중위가 싱글거리며 말했다. 에리히는 꼭 그럴 필요가 있느냐고 말하려다가, 자신을 쳐다보고 있는 사람이 많다는 것을 새삼 깨달았다. 그중에는 여자도 섞여 있다가 그가 시선을 주자 작게 꺅 하는 소리를 내며 흩어졌다. 몇 명은 일부러 그러는 듯이 고개를 더욱 꼿꼿이 들고 시선을 마주해 왔다.

에리히는 들고 있던 술잔을 반쯤 비우고 말했다.

"내가 그렇게 알아보기 쉬운가?"

"못 알아볼 거라고 기대하시는 게 더 황당합니다."

가발이라도 썼어야 했을까 생각하는데 페스텔 중위가 말했다.

"그리고 신원은 알아보지 못해도, 대위님은 충분히 매력적인 남자입니다."

"자네에게 그런 칭찬을 듣는다 해도 별로 기쁘지 않은데."

그러는 페스텔 중위야말로 인기가 있었다. 그가 아까 만났다는 늑대 가면의 여자와 함께 춤을 추러 플로어로 나가고, 에리히는 혼자 남았다.

그는 주위를 슥 훑어보았으나 알아볼 만한 얼굴은 더 없었다. 페스텔 중위의 말처럼 춤이라도 몇 곡 추어야 하나 생각하는데, 용기를 낸 여자 하나가 다가왔다.

"실례합니다. 같이 춤추지 않으시겠어요?"

그게 낫겠다고 생각은 했으나 썩 내키지 않아 고민하는 참에, 빠른 걸음으로 2층으로 올라가는 여자 하나가 눈에 띄었다. 검은 머리를 등까지 내려뜨린 뒷모습은 모르는 것이었다. 하지만 에리히는 거의 확신을 가지고 잔을 내려놓았다. 그리고 앞에 서 있는 여자에게 사과했다.

"미안합니다. 용건이 생겨서."

"아."

그리고 그녀가 뭐라고 대답하기도 전에 성큼성큼 계단 쪽으로 갔다.

이미 여자는 사라지고 없었다. 에리히는 서두르지 않고 계단을 밟아 올라갔다. 2층은 파티에 사용되지 않는 공간이었다. 하지만 사적인 장소라고 가로막는 고용인은 없었다.

'이래서는 기밀 서류 같은 것도 털리겠는데. 타운하우스라 어차피 중요한 것은 놔두지 않아서 그냥 방치한 건가?'

빅터는 거기까지 생각이 미치지 않았을 뿐이지만, 에리히는 그렇게 생각했다. 이러니까 클레어가 무도회만으로도 유언장을 찾아낼 기회가 있을 거라고 생각한 것도 당연했다.

2층 안쪽으로 들어가자 소란이 좀 잦아들고 사람도 없었다. 그는 서재라고 생각되는 방의 문고리를 살짝 돌려 보았다.

문은 쉽게 열렸다. 후다닥 짧은 야단법석이 들렸다.

"여기서 뭘 하고 있지?"

"아."

검은 머리의 여자가 책상 밑에서 고개를 내밀었다. 얼굴에 큼직한 나비 모양 가면을 쓰고 있었지만, 에리히는 그녀를 알아볼 수 있었다. 일단 그 눈동자만 보아도…….

그는 클레어의 이름을 부르지 않았다. 조금 놀려 줄 생각이었던 것이다. 하지만 클레어는 긴장을 풀고 한숨을 내쉬었다.

"깜짝 놀랐잖아요."

"내가 누구인지 알고."

"누구긴 누구예요? 잘츠기터 백작님이시지."

"……못 알아보는 사람이 없군."

에리히는 한숨을 내쉬었다.

"가린다고…….."

클레어가 다 알아들을 수 없는 말을 혼잣말로 종알댔다. 에리히는 신경질적으로 말했다.

"하고 싶은 말이 있으면 확실히 해."

"아뇨. 본인 같은 가면을 쓰셨다고요. 그나저나 선배야말로 그런 취향인 줄 몰랐네요."

"취향이라니?"

"검은머리 취향이요. 마음에 드는 여자가 있다고 뒤쫓기도 하는 사람일 줄 몰랐는데."

"그런 게 아니야. 행동이 수상해서 쫓아온 거지."

"으음, 다른 사람도 그렇게 생각했을까요?"

서랍을 모조리 열어 보며 끙끙대던 클레어가 문득 동작을 멈추고 말했다. 에리히가 삐딱하게 말했다.

"2층에 지키는 사람이 아무도 없긴 하지만, 부주의해."

부주의하다는 것이 제 이야기가 아니라 빅터의 이야기라고 생각했는지, 클레어가 쥐고 있던 열쇠를 달랑달랑 들어 보이며 말했다.

"일단 잠겨 있긴 하더라고요."

에리히는 문간에 기댄 채 말했다.

"그게 아니야. 2층으로 올라와서 안으로 들어가는 게 눈에 띄더군. 누가 봤으면 어쩔 뻔했어?"

"내가 아니라 선배 때문에 누가 따라올 것 같은데요."

"다행히 뒤에는 아무도 없군. 하지만 너는 진짜로 누가 따라오면 어쩌려고 혼자서……."

에리히는 한숨을 내쉬었다. 이런 무도회에서 왜 샤프롱이 필요한지 모르지 않을 텐데 말이다. 하지만 그런 말을 클레어가 들을 리도 없고, 같이 행동해 줄 사람이 있을 리도 만무했다.

"피츠월드 양은?"

"스콧이랑 같이 다른 곳에 있을 거예요. 만약에 외삼촌이 2층으로 올라오려고 하면 주의를 끌어 달라고 했어요. 그런데, 계속 그러고 있을 거예요?"

"아예 도와 달라고 하지 그래?"

에리히는 삐딱하게 말했다. 클레어가 서랍 안쪽으로 깊이 손을 집어넣으며 소리 없이 웃었다.

"선배가 남의 서재를 같이 뒤져 준다고요?"

"뒤지고 있는 걸 지켜보는 게 상식적인 건지, 차라리 돕는 게 상식적인 건지 분별이 안 가는군."

에리히가 그렇게 말했을 때였다. 딸각, 하고 비밀 서랍이 열렸다. 클레어는 서둘러 서랍에 들어 있던 문서함을 열었지만, 거기에는 유언장이 없었다.

그녀가 입술을 깨물었다.

"여기에 있을 줄 알았는데."

"네가 알고 있는 걸 보면, 그 비밀 서랍은 비밀이 아닌가 보지?"

"어릴 때 열어 본 적이 있어요. 자주 볼 일이 없는 문서는 여기 넣어 두면 좋다고 하셨는데……. 영주관에도 비슷한 책상이 있거든요."

"그래도 유언장을 비밀 서랍에 넣어 두는 사람은 없을 텐데. 금고에 있지 않겠나?"

"금고는 빅터 외삼촌이 이미 털어 봤을 거예요. 거기에 유언장이 있었으면 이미 없애 버렸겠죠."

"타운하우스의 금고 열쇠를 그자가 갖고 있는 건 확실한가?"

"음……. 아마 그럴 거예요. 법률 고문이 열쇠 대부분을 넘겼거든요. 확실한 건, 내가 금고 열쇠는 갖고 있지 않다는 거예요."

그러고는 '역시 압수 수색이 필요한데……' 하고 클레어가 웅얼거리면서 몸을 쭉 폈다. 그리고 서재 안을 한 바퀴 둘러보

앉다. 또 뒤질 만한 곳이 있나 생각하는 모양이었다.

"처음부터 다시 생각해 보는 게 좋겠군. 피츠월드 남작은 여기에 자주 오던 사람이 아니지?"

"거의 영지에 계셨죠. 저랑 줄리아가 아카데미에 다니니까 가끔 보러 오시는 정도였어요."

"그런 사람이 굳이 유언장을 타운하우스에 놔두었다면, 그 이유가 뭘까?"

에리히가 친절한 어조로 말했다. 클레어는 본인의 생각이 독특한 만큼 남의 마음을 잘 짚어 내지 못할 때가 있는데, 이번에도 그런 모양이었다.

"아!"

클레어가 짧게 신음 소리를 냈다.

"선배가 무슨 말을 하는지 이해했어요. 줄리아가 제일 먼저 유언장을 확인하기를 바라신 거군요!"

그렇다면 줄리아가 사용하지 않는 서재에, 알려 주지도 않고 보관했을 리가 없다. 클레어는 서둘러 책상을 돌아 나왔다. 아주 잠깐, 혹시나 하는 마음으로 책장을 둘러보았으나 그럴듯한 장소는 없었다.

에리히가 그녀가 먼저 서재 밖으로 나갈 수 있도록 길을 틔워 주었다. 복도 저쪽에서 말소리가 들려온 것은 그때였다.

클레어의 반응은 이번에도 한발 늦었다. 대신 에리히가 재빨리 그녀를 끌어당겼다. 졸지에 그의 품에 얼굴을 파묻게 된 클레어가 숨을 들이켰다.

"쉿."

에리히는 작게 속삭였다. 바깥에서 이야기 소리가 들려왔다.

"진짜로 이쪽으로 가는 것을 본 게 맞나?"

"웬 여자 꽁무니를 쫓아갔다던데."

그 뒤로 몇 마디 음탕한 농지거리가 오갔다. 가면무도회에서 남녀가 같이 사라졌으면 하는 일이 빤하다느니, 역시 남자는 위나 아래나 똑같다느니 하는 이야기들이었다. 에리히는 그 자들이 기자인지, 자신의 약점을 잡으려는 불한당인지 확실히 분간할 수 없었다.

하지만 어느 쪽이든 해야 할 대처는 똑같았다.

"선배⋯⋯."

클레어가 작은 소리로 뭔가 말하려고 하며 몸을 움직였다. 그는 클레어의 뒤통수를 눌러 얼굴을 숨기게 한 채 서재 문을 삐끗 열었다.

깜짝 놀란 남자들이 그를 돌아보았다. 에리히는 클레어가 보이지 않도록 몸으로 가린 채 고개를 반만 돌리고 싸늘하게 말했다.

"내 뒤를 쫓다니, 무슨 용건이라도 있나?"

"아, 아닙니다!"

남자들이 어찌할 바를 몰라 하며 그렇게 외치고는 후다닥 달아났다.

에리히는 발소리가 사라진 다음에야 클레어에게서 한 걸음 물러났다. 클레어는 숨을 멈추고 있었다.

"놀랐나 보군."

"아니에요. 고마워요."

"내 뒤를 쫓아온 것 같아서, 내가 처리하는 게 맞겠다고 생각했을 뿐이야."

에리히는 변명이라는 자각도 없이 말했다. 클레어가 한숨을 내쉬면서 고개를 들고, 시선을 맞추지 않고 멀리 보냈다. 가면 아래로 드러난 뺨이 조금 발개져 있었다.

"몰라서 그러는 건지, 알고 그러는 건지, 도대체."

"무슨 뜻이야?"

"아무것도 아니에요. 아무튼 선배는 내려가 보세요. 덕분에 어디에서 찾아야 할지 알 것 같아요."

에리히는 그 자리에 더 이상 머물 수 없었다. 자신이 주목을 모은다는 사실을 확실하게 알아 버린 상태에서 괜한 일로 위험성을 늘릴 필요는 없었다.

"그래. 조심하고."

클레어가 고개를 끄덕이고는 서두르는 걸음으로, 반쯤 뛰어서 복도 저편으로 사라졌다.

그는 느릿한 걸음으로 왔던 길을 되돌아 계단을 다시 내려갔다. 경쾌한 폴로네즈가 연주되는 가운데 웃음소리와 즐거운 함성이 여기저기에서 흩뿌려졌다.

파티가 막 시작되었을 때와는 달리, 술과 춤에 취한 참석자들은 이제 통제 불능의 상태였다. 댄스 카드라든가 춤곡의 순서 같은 격식은 흔적도 찾아볼 수 없었고, 심지어 플로어까지

나가지도 않고 여기저기에서 춤을 추었다.

더 이상 에리히에게 신경 쓰는 사람은 없었다. 물론 여러 번의 춤 신청이 있었고 술잔을 권유받았지만, 막 들어왔을 때처럼 시선을 모조리 모아들이지는 않았다.

기분은 나쁘지 않은 편이었지만, 저 혼잡한 와중에 들어가서 춤을 추고 싶은 마음은 별로 들지 않았다. 사실 썩 즐기는 일도 아니었고.

그는 가서 발포주 잔을 하나 집어 들었다. 지켜보는 사람이 있을지도 모르니까, 이것을 다 마시고 한 곡 정도는 춤을 추고 가는 게 좋겠다고 결정했다.

클레어는 잘 해낼 것이다. 사실 자신이 이렇게 신경 쓸 필요조차 없었으리라.

"혼자이신가요?"

새의 날개처럼 생긴 가면을 쓴 여자가 그에게 다가섰다. 에리히는 잠깐 상대를 쳐다보았다.

"한 곡도 춤추시는 것을 못 본 것 같아서요. 어떠세요?"

그녀가 손을 내밀었다. 에리히는 별로 망설이지 않았다. 어차피 한두 곡 추고 자리를 뜰 작정이니 상대가 누구든 상관없었다. 여자가 먼저 춤을 청하는 용기를 냈는데, 굳이 거절할 이유도 없었다.

그는 여자의 손을 잡고 코티용을 추는 행렬 속으로 들어갔다.

소란이 벌어진 것은 코티용에 이어진 카드리유가 끝나갈 때였다. 이때 에리히는 세 번째 춤 신청을 받고 있었다.

이제 파티장에 머무른 시간이 충분하다고 판단했기 때문에 그는 자리를 뜨기로 했다. 유언장은 제대로 찾아냈는지, 줄리아와 스콧은 무사히 자리를 피했는지 궁금하긴 하지만, 그것은 나중에도 들을 수 있을 것이다.

그때 2층에서 소란이 들려왔다.

"잡아!"

외침 소리에 사람들이 그쪽을 쳐다보았다. 나비 가면의 여자가 미끄러지듯 계단 아래로 뛰어 내려오고, 그 뒤를 남자 몇 명이 거칠게 뒤따랐다.

하지만 거기에 신경 쓰는 사람은 그다지 없었다. 이런 파티에서 술에 취해 소란을 피우는 사람은 당연히 있는 법이다. 쫓기는 여자도.

"빨리 잡아!"

빅터 피츠월드가 고함을 질렀다. 클레어는 멈추지 않는 연주와 춤 사이로 뛰어들었다.

"워우!"

"아가씨를 쫓기에는 너무 나이 든 남자인걸?"

무슨 재미있는 일이라도 되는 것처럼 남자 몇 사람이 환호성을 올리며 그녀를 안아 원무의 안에 넣어 피하게 해 주거나 빅터의 발을 걸었다. 클레어는 고맙다는 인사를 흩뿌리며 앗 하는 사이에 에리히 앞까지 도달해 그의 손을 낚아채듯 잡았다.

막 에리히에게 춤 신청을 하고 있던 여자가 언성을 높였다.

"잠깐만요! 이것 봐요!"

"누구 손을 잡을 건지는 신사분이 결정하는 거 아니겠어요?"

클레어는 헐떡거리면서도 태연하게 대꾸했다. 에리히는 어이없는 기분으로 그녀를 쳐다보았지만, 가면 너머로 드러난 제 눈과 입매가 웃음의 모양을 그리고 있다는 사실은 깨닫지 못했다.

"안 돼요?"

"안 될 건 없지."

템포 빠른 폴카 슈넬의 전주는 순식간에 끝났다. 에리히는 클레어의 두 손을 잡아 홀드 했다. 사람들이 깔깔 웃으며 박수를 쳤다.

그는 낮은 목소리로 물었다.

"그런데, 네가 이런 춤을 출 줄 아는 건가?"

"발을 밟을지도 몰라요."

뒤늦게야 걱정된 듯 클레어가 말했다. 에리히는 별로 걱정하지 않았다. 춤을 못 춰도 리드가 좋으면 그럭저럭 따라올 수 있는 법이다.

힐끗 쳐다본 시선 끝에서 빅터 피츠월드가 이를 갈고 있었다. 클레어도 그걸 알고 있는 듯 가쁜 숨을 진정시키며 말했다.

"선배 주변은 안전지대니까, 헉."

춤곡의 속도는 매우 빨랐다. 클레어가 박자를 제대로 따라가지 못하고 발을 헛디뎠다. 에리히는 스텝을 크게 밟아 빙글 돌아서 그녀가 넘어지지 않도록 하면서 물었다.

"내 주변이 안전지대라니?"

"빅터 외삼촌은 겁쟁이라서, 하아, 절대 선배한테, 하아, 못 와요."

"유언장은 찾았고?"

"찾았어요. 나 좀 데려다줄 수 있어요?"

에리히는 고개를 끄덕였다.

"이 곡만 끝나면 나가도록 하지. 피츠월드 양과 웰즐리 씨는?"

"찾았다는 이야기는 못 했는데, 잠깐, 헉!"

클레어가 다시 발을 헛디뎠다. 스텝 자체는 알지만, 안 그래도 지친 터라 숨 가쁜 박자를 따라갈 수가 없었다. 연이어 네 바퀴나 달리듯 돌고 나자 클레어는 더 이상 긴장할 힘도 없었다.

"앗!"

에리히는 발을 밟히는 대신 홀드 방법을 바꾸어 클레어의 허리를 감아 당겼다. 그리고 빙글빙글 돌 때마다 아예 허공으로 들어 올렸다.

"이게 더, 헉! 힘들어요!"

발끝이 바닥을 스칠 때마다 치맛자락이 부풀어 올랐다.

클레어에게 다행스럽게도 곡이 길지는 않았다. 여섯 바퀴를 더 돌고 나자 연주가 끝났다.

그녀가 물러나리라고 생각했는지 두 사람에게 새로운 춤 신청이 여기저기에서 몰려들었다. 에리히는 그들로부터 클레어를 보호하듯 어깨를 감싼 채, 플로어 밖으로 물러나는 사람들

322

틈에 섞여서 문 쪽으로 걸음을 옮겼다.

빅터가 다급한 걸음으로 둘을 뒤따라오는 것을 알고 있었지만, 둘 다 보지 못한 체했다. 일단 여기서 빠져나가기만 하면, 빅터가 쓸 수 있는 수단은 없었다.

"실례합니다만!"

빅터는 기어이 그를 큰 소리로 부르고 말았다. 아무리 상대가 클라우제너 소공작이라도 저 여자는 너무 수상쩍다.

하지만 끝까지 쫓아가지는 못했다. 여우 가면의 남자가 그와 부딪치며 술을 옷에 쏟았기 때문이다.

"어이쿠, 실례했습니다."

손수건을 꺼내 닦아 주려는 듯한 동작을 취하며 여우 가면의 남자가 호들갑을 떨었다. 빅터는 욕설을 내뱉었다.

"제기랄. 됐어. 비켜!"

"그런데, 우리 사자 가면 님에게 무슨 용건이라도 있으십니까?"

여우 가면의 남자가 씩 웃으며 물었다. 제 발언에 빅터가 대꾸하지 못하리라고 확신하는 듯한 모양새였다.

"모처럼 마음에 드는 여자를 만나신 것 같은데, 인사를 드리는 것보다 그냥 보내 드리는 쪽이 호의를 사기에 좋을 겁니다."

"그게 아니라 저 여자가……!"

2층의 내실에까지 들어왔다는 말을 미처 다 하기도 전에, 뒤에서 이번에는 다른 목소리가 불렀다.

"숙부님."

빅터는 깜짝 놀라 뒤를 돌아보았다. 손에 모레타 가면을 들고 있는 줄리아였다. 곁에는 도미노 가면을 쓴 스콧이 서 있었다.

"어? 아, 어."

그는 순간적으로 당황했다. 줄리아를 먼저 잡아야 할지, 검은 머리의 여자를 쫓아가야 할지 분간이 가지 않았던 것이다.

"무슨 일이라도 있으신가요?"

마치 아무 일도 없었던 사람처럼 줄리아가 말했다. 겁을 먹어 목소리도 몸도 가늘게 떨리고 있었지만, 댄스 홀의 소란에 묻혀 바로 곁에 선 스콧이 아니라면 알아챌 수 없었다.

빅터의 얼굴이 시뻘겋게 변했다.

"너! 아니, 설마 아까 그게……!"

그는 그제야 검은 머리의 여자가 단순히 도둑이나 비밀을 캐려는 첩자가 아니라는 것을 깨달았다. 하지만 그가 불처럼 화내며 돌아보았을 때 이미 클레어는 사라지고 없었다.

"화내지 마십시오, 빅터 숙부님. 즐거운 날이 아닙니까?"

"이, 이것들이! 너희가 이러려고 작당을 했구나! 내가 반드시……!"

스콧이 말했다. 여우 가면을 쓴 페스텔 중위는 사정을 전혀 몰랐으나, 흥미 가득한 목소리로 빅터에게 말했다.

"작당이라니. 설마 그 안에 클라우제너 대위님을 포함해서 말씀하신 것은 아니겠지요?"

"어, 어……."

빅터는 말을 더듬거렸다. 그러나 클라우제너 소공작을 상대로 그런 말을 할 수는 없었다.

골목에 대기하고 있던 마차 문이 열렸다. 클레어는 그때까지도 숨을 다 고르지 못하고 할딱거리고 있었다. 에리히는 그녀가 마차에 오르기 쉽도록 손을 잡아 지탱해 주면서 말했다.

"춤 연습 좀 해."

"무도회에 참석할 일이 뭐 얼마나 자주 있다고요. 이렇게 빠른 춤은 그냥 좀 피하면 되지."

클레어가 대답하면서 마차 밖을 살피듯 내다보았다. 쫓아오는 사람이 없다고 확인해 주고는 에리히도 그녀의 뒤를 따라 마차에 올랐다.

문이 닫히자마자 클레어가 가면과 가발을 홱 벗었다. 머리칼을 고정시키고 있던 그물까지 벗어 버리자 헝클어진 적갈색 머리칼이 흘러내렸다.

"답답해 죽는 줄 알았네."

"……."

"왜요?"

"아니."

에리히는 가면을 벗어 내려놓으면서 침착하게 의미 없는 대답을 했다. 그렇게까지 천연한 모습을 내놓는 게 아니라는 잔소리가 무심코 나올 뻔했던 것이다.

"고마워요. 막판에 잡힐 뻔했네요."

"조심했어야지."

"도와줬으면서 잔소리는."

"나 아니었으면 큰일 날 뻔하지 않았나?"

그러자 클레어가 미묘한 얼굴로 웃었다.

"그렇죠. 고마워요. 한창 신나게 즐기고 있는데 끼어들어서 미안해요."

"즐기다니, 누가."

"춤 신청하는 손이 열 개는 되어 보이던데요. 골라잡아도 되겠던데. 검은 머리도 셋이나 있었고."

"그런 무도회에 가서 한 곡도 추지 않고 자리를 뜨는 게 더 이상하지 않나?"

"그렇죠. 누가 뭐래요?"

에리히가 혀를 찼다. 방금까지 분위기가 좋았는데, 10분도 지나지 않아 이 모양이었다.

"달리 빠져나갈 방법을 미리 준비해 두었던 거 아닌가? 네가 그 정도 생각도 없이 일을 벌이진 않았을 텐데."

"선배가 안전지대라는 건 진심이에요. 7할 정도는."

역시 3할 정도의 다른 수단이 있었다는 의미였다.

가슴 한구석이 간질거렸다. 클레어의 말을 종합해서 나온 어떤 결론이 깃털처럼 심장 언저리에서 파닥파닥 흔들렸지만, 그는 섣불리 그런 말을 내뱉지 않았다.

그가 말하면, 농락에 불과하다. 클레어는 가벼운 놀림 정도로 받아들일지도 모르지만, 아니 아마도 화가 날 정도로 그럴 테지만, 그렇다고 그가 선을 넘어가서는 안 된다. 그건 상대를 몰아붙여 강요하는 일이 되고 마니까.

책임질 수 없는 일을 해서는 안 된다.

마차가 움직이기 시작했다. 둘 다 입을 다물자 포만감 어린 공기가 편안하게 마차 안에 내려앉았다.

에리히는 시선을 돌려 어둠 속에 잠긴 창밖을 바라보았다. 무어라도 말하지 않으면, 해서는 안 될 말을 뱉을 것 같았다.

"유언장은."

"응?"

"줄리아의 방에 있었어요. 화장대 서랍에. 거기에 편지함이 있었거든요."

"그렇군."

"외할아버지도 바보 같은 일을 하셨어요. 당신이 위독하시다거나 돌아가셨다는 연락을 받고 영지로 내려갈 때, 줄리아가 화장품이라도 챙길 줄 아셨던 모양이에요."

"연세가 있는 분이니까."

"외할아버지가 생각했던 것보다 줄리아가 그분을 너무 많이 사랑했던 셈이네요. 걔는 외할아버지가 위독하시다는 말을 듣자마자 아무것도 안 챙기고 기차를 타러 달려갔거든요."

휴학 수속도 자신이 해 줬노라고 클레어가 덧붙였다.

"고마워요."

비로소 진짜 감사의 인사가 마차 안의 공기를 울렸다.

그 말은 짧았지만, 모든 것을 포함하고 있었다. 북동역에서 마주친 첫날 도와준 것부터, 오늘 파티에 참석한 것과 마지막 춤에 이르기까지 전부. 에리히는 그것을 충분히 느낄 수 있었다.

"아니. 괜찮아."

"귀중한 휴가 기간이었을 텐데."

"어차피 할 일도 별로 없었어."

진심이었다. 이러니저러니 속으로 투덜거리고 있었지만, 사실은 전부 아무것도 아닌 일이고, 그 투덜거림조차도 그녀가 생각하는 것보다는 훨씬 즐거웠다.

무료하고 안정된, 완벽한 삶에 바람이 불듯 파랑이 인다. 그는 문득 제 삶이 이제 레일을 따라가는 기차가 아니라 바다에 던져진 조각배 같다는 생각을 했다. 어디로 떠밀려 갈지 모르는.

그 사실을 깨닫는 순간 목구멍부터 가슴 안쪽까지 한꺼번에 뭔가가 물밀듯이 몰아닥쳤다. 해서는 안 될 말이 입 속까지 가득 차 속이 울렁거렸다.

자신은 어디까지 감당할 수 있을까? 도착해야 할 역은 지정되어 있고, 그의 삶은 그 혼자만의 것이 아니었다. 하지만 이미 도착지는 그가 선택할 수 있는 것이 아니었다. 밀물이 들어와 그를 쓸고 나간 것이지, 그가 스스로 원하여 격류에 몸을 던진 것도 아니었으니까.

"왜 그래요? 말도 없이."

"아무것도 아니야."

그는 내내 어지러웠던 머릿속의 어딘가를 파헤쳤다. 실은 그 밑바닥에 무엇이 있는지 모르지 않았으므로, 자신이 무슨 생각을 하고 있는지 분간할 수 없다는 것도 거짓말이다.

마차가 멈췄다. 클레어가 제 손으로 문을 열려 하는 것을 손으로 막았으나, 그렇다고 할 말이 있는 것도 아니라서 에리히는 또다시 입을 다물었다.

여기에서 헤어지면, 그걸로 인연은 끝나리라. 작별 인사는 '또 만나자'가 아니라 '앞으로 잘 지내'라는 말이 될 것이다. 선후배이니 뭐니 했지만, 기껏해야 아카데미 안에서의 일이다. 그가 퇴역하기 전에 클레어는 졸업할 것이고, 그러면 다시 만날 일은 아마도 없을 것이다.

정처 없이 숲을 거닐다 마주치는 일도, 소식을 전해 주는 사람도 없으리라.

혹 몇 년 후에, 혹은 몇십 년 후에 사교계에서 우연히 마주쳐 인사를 나눈다 하더라도, 그때에는 클라우제너와 델포드의 만남이 된다. 형식상의 웃음과 친교의 말 이외에 아무것도 없는 그런 사이가 말이다.

어쩌면 옛날이야기를 하면서 '아카데미 시절에 같은 연구실에 있었어요. 아직 기억하시나요?' 같은 이야기를 하게 될지도 모른다.

에리히는 그렇게 된 미래를 쉽게 상상할 수 있었다. 그러나 동시에 클레어를 잊어버리는 자신을 도저히 떠올릴 수 없었다.

지난 1년 동안 그랬던 것처럼, 당연히 잊어야 할 일들을 잊지 못한 채 휘저어진 진흙탕처럼 헝클어진 머릿속을 정돈하기 위해 애쓰며, 자신이 무슨 생각을 하는지도 모르는 채로 살게 되리라. 어쩌면 몇 년을, 혹은 몇십 년을.

"왜 그래요?"

클레어가 의아한 얼굴로 그를 올려다보았다. 에리히는 물어보고 싶었다. 너는 그래도 괜찮은 거냐고. 이렇게 아무렇지도 않게 헤어질 수 있는 거냐고 말이다.

"이제, 한동안은 못 보겠군."

그는 갈라진 목소리로 겨우 그 말만 꺼냈다. 그가 무슨 말을 하고 싶은지 깨달은 듯 클레어가 웃었다.

"언젠가 또 볼 일이 있겠죠. 인제 와서 하는 말이지만, 선배랑 만나서 즐거웠어요. 꼭 오늘만의 이야기는 아니고요."

그게 아니다.

만나서 즐거웠다는 건 에리히도 공감했지만 그가 하고 싶은 말은 아니었다. 그는 결국 충동적으로 말해 버렸다. 며칠 전에, 기차역에서 만났을 때 했어야 하는 이야기였다.

"네가 보고 싶었어."

"……그거 영광인데요."

클레어는 농담처럼 대답했지만, 그 앞에 섞인 복잡한 침묵을 에리히는 알아챘다. 속이 온통 뒤집어질 듯이 울렁거리고 온몸이 홧홧하게 뜨거워졌다.

그는 클레어를 가만히 바라보았다. 무슨 뜻이 있었던 것은 아니다. 그저 보고 싶었던 사람을 바라보았을 뿐이다.

잊지 못할 순간이 너무 많았고, 지금도 그랬다. 살짝 지친 얼굴, 흐트러진 머리칼, 홍조가 오른 뺨. 눈에 새기려 애쓰지 않아도 그 모든 것을 하나도 남김없이 자신이 기억하고 있으리라는 것을 에리히는 알고 있었다.

말하고 싶은 것이 너무 많아서 목이 메었다고 생각했는데, 정작 꺼내려니 할 말이 아무것도 없었다. 이 순간에는 그냥 그녀가 예뻤다.

"네가……."

뭐라도 말해야 할 것 같은 의무감으로 그가 입을 떼는 순간, 그때까지 수동적인 태도를 고수하고 있던 클레어가 몸을 일으켜 마차 문 쪽으로 움직였다.

"이제 내려야겠어요. 데려다줘서 고마워요."

에리히는 이대로 영원히 그녀를 잡아 둘 수도 없다는 사실을 깨달았다. 스르륵, 마차 문을 막고 있던 손을 뗐다.

클레어가 스스로 문을 열었다. 에리히는 먼저 내려서 그녀를 에스코트하려고 했지만, 그 전에 클레어가 손을 내밀어 막았다.

"괜찮아요. 내리지 마세요."

그러고서 그녀가 마차에서 팔짝 뛰어내렸다. 에리히는 마차 밖으로 몸을 내민 채 클레어의 인사를 받았다.

"안녕히 가세요, 잘츠기터 백작님. 분명히 저도 백작님이 보고 싶을 때가 있을 거예요."

그 인사는 클레어가 그를 놀리려 들 때와는 확실히 다른 의미를 가지고 있었다. 이것은 온당한 인사였고, 서로의 자리를 확인하는 것이었으며, 늘 그렇듯이 그가 하려던 말을 막아 버리는 효과가 있었다.

하지만 에리히는 오늘만은 웃어 버릴 수 있었다. 그는 이제 그것도 나쁘지 않다고 생각했다.

어쨌든 그녀는 그의 마음을 알고 있고, 보고 싶을 거라고 말해 주지 않았는가. 그렇다면 그는 기꺼이 그녀가 일으키는 파도에 올라탈 수 있었다.

넘어갈 수 있는 선은 더 이상 중요하지 않았다. 설령 클라우제너의 이름이 신화 속의 성벽처럼 높다 해도 파랑은 이미 그것을 무너뜨리고 심장까지 침투한 뒤였으니까. 머리끝까지 찰랑거리는 감정에 잠긴 채로 그는 말했다.

"다시 만날 때까지 오래 걸리진 않을 거야."

"네?"

"춤 연습해. 네 졸업 파티에 꽃을 들고 춤을 청하러 갈 테니."

진짜로 해야 할 말은 그날까지 기다리기로 하자. 그녀는 아직 열아홉 살이고, 아카데미도 졸업하지 않은 소녀였다.

"발은 안 밟았잖아요."

클레어가 마찬가지로 웃으면서 대꾸했다. 에리히는 그녀에게 들어가 보라고 손짓했다.

클레어가 다시 한번 치맛자락을 들어 올리며 인사하고, 돌아섰다.

에리히는 어딘가 시원해진 기분으로 그 뒷모습이 건물로 들어갈 때까지 바라보고 있었다. 결심하고 나니, 도무지 풀어낼 수 없는 실타래처럼 보였던 모든 것이 단순해졌다.

청혼해야겠다.

그게 자신이 원하는 모든 것이었다. 그녀 역시 제게 마음이 있다면, 하지 못할 이유가 무엇이겠는가.

마음은 아무것도 해결해 주지 않는다. 감정은 영원하지 않고, 사랑은 허상에 가깝다.

하지만 세상에서 제일 아름다운 것을 보듯 그녀를 보아도 될 터였다.

주변에서 말이 많겠지만 그런 것은 아무래도 좋았다.

그는 클레어가 클라우제너를 감당하지 못하리라고는 생각하지 않았다. 오히려 클라우제너의 완벽한 여주인이 된 그녀의 모습을 쉽게 상상할 수 있었다.

그는 마차 문을 닫았다. 그리고 행복한 기분으로 집으로 돌아갔다.

남부의 햇살은 따뜻했고, 공기는 적당히 습하여 금세 졸음을 불러왔다.

에리히는 피츠월드 영주관의 선룸에 들어온 지 채 10분도 지나지 않아, 긴 의자에서 책을 얼굴에 덮고 낮잠에 빠져들었다. 클레어가 그것을 보고는 어이없다는 듯이 고개를 저었다.

"세상 제일 편해 보이네."

"주무시게 그냥 둬. 어차피 할 일이 있는 것도 아니잖니?"

줄리아가 클레어를 말리려는 듯이 작은 소리로 말했다. 클레어도 얄밉다는 듯이 말하긴 했지만, 진짜로 깨울 작정은 아니었다. 이런 식으로 낮잠이 들다니, 에리히로서는 흔치 않은 일이었다.

"여행이 피곤하셨나 보지요."

스콧도 목소리를 낮추었다.

클레어가 고개를 절레절레 저었다.

"이 정도로 피곤해할 사람이 아닌데, 마음이 편한가 보네."

"그건 좋은 일이네. 너도 좀 쉬어. 그동안 너무 힘들었잖아."

"응."

클레어는 사양하지 않고 쿠션 사이에 몸을 푹 파묻으며 쿠키를 아작아작 씹었다.

클라우제너 부부가 피츠월드 남작령에 방문한 것은 어제였다. 엘리엇이 열어 준 생일 축하 파티가 끝나고, 그다음 주에 가족이 함께 델포드 남작령으로 가기로 되어 있었는데, 그 김에 친지들도 오랜만에 모두 만날 작정이었다.

대부분은 델포드 남작령까지 방문했지만, 피츠월드 남작가만은 예외였다. 외조부는 이미 돌아가셨지만, 클레어는 남작가의 영주관 자체를 여전히 외가로 여겼기 때문이다.

그리고 의외로 에리히는 옛날에 줄리아와 스콧을 만났던 일을 기억하고 있었다.

'왜 그걸 잊었을 거라고 생각하지? 작은 일이 아니었잖아.'
'아니, 사건은 기억해도, 사람까지는 기억 못 할 수도 있잖아
요. 얼굴 봤던 건 아마 한 번인가 두 번인가, 그랬죠?'
'한 번이야. 기억 못 하는 건 너뿐인 것 같군. 피츠월드 남작도
기억하던데.'
'그야 당신이랑 만난 걸 기억 못 하는 사람이 어디 있어요?'

클레어는 객관적으로 말한 것이었지만, 그 말은 또 알 수 없
는 이유로 에리히를 기쁘게 했다.
스콧은 스콧대로 묘한 얼굴로 웃으며 말했다.

'절 기억하시는 게 별로 이상하지는 않은데요, 클레어? 당신
과 오랜만에 재회하셨던 때의 일인 데다가……'

그는 거기서 헛기침을 한 번 하고, 에리히의 명예를 위해서
더 이상 말하지 않겠다며 입을 다물었다. 그러니 또 클레어는
어이없어졌지만 말이다.
줄리아도 웃으며 에리히와 인사를 나누었다.
'결혼식에 참석 못 해서 죄송했습니다. 정말로 꼭 가고 싶었
는데요.'
'괘념치 마십시오. 그때 만삭이었다고 들었습니다. 결혼식 자

체도 급하게 치러진 일이었는데, 임부가 기차를 타고 움직일 만한 일은 아니었지요.'

'그전에도 사실은 감사 인사를 드리고 싶었거든요. 그때 공작님이 아니셨다면, 저희 부부 입장이 어찌 되었을지 모르는 일이었는데.'

'그것도 클레어가 한 일입니다.'

에리히는 클레어가 생각도 한 적 없을 만큼 정중하게 줄리아를 대했다.

그러고는 하루도 지나지 않아서 피츠월드 영주관에서 긴장을 풀었다. 물론 그가 남을 상대로 평소에 긴장하고 지낸다는 것은 아니지만, 반듯하게 앉는 대신 이렇게 느슨하게 긴 의자에 드러누워 낮잠을 자다니. 남부로 내려와서 내내 그랬다. 어딘가 풀어진 것 같았다.

클레어가 어이없다는 듯이 헛웃음을 치며 말했다.

"누가 보면 임신이라도 한 줄 알겠어."

"어머, 클레어, 너?"

줄리아가 깜짝 놀라 그녀를 쳐다보았다. 클레어가 고개를 절레절레 저었다.

"아냐 아냐. 요즘 하도 낮잠을 잘 자서 그래. 이 사람, 입덧도 자기가 했다니까? 진짜 고생하는 게 누군데."

"그게 다 마음이 깊어서 그런다고 하지 않니?"

줄리아가 미소를 지으며 말했다. 클레어는 괜히 얄미운 듯이 에리히를 쳐다보며 말했다.

"델포드는 그렇다 치고, 내 외갓집인데 자기가 왜 이렇게 풀어졌어? 외할아버지가 살아 계셨으면 등받이에 기대지도 못했을 텐데."

"그렇지 않을걸? 할아버지가 등받이에 기대지 못하셨겠지."

보수적이었던 외할아버지를 생각하면 줄리아의 말이 옳을 것이다. 제임스만큼은 아니더라도, 클라우제너 공작 앞에서 기세등등하게 처조부 노릇을 할 만한 배짱까지는 없었으리라.

줄리아가 상냥하게 웃었다.

"네가 그렇게 말해 주니까 안심된다. 클라우제너에 비하면 너무 소박한 저택이라서 불편하게 여기시면 어쩌나 했는데."

"사람이 적으니까 편안해하는 거 같기도 하고……. 그리고 클라우제너 본성보다는 여기가 훨씬 나아."

클레어가 험담하듯이 얼굴을 줄리아 쪽으로 가까이하고 소곤거렸다.

"거기는 진짜 날씨가……. 로멜인 성격이 뭐 같은 건 날씨 탓 아니냐는 소리가 저절로 나온다니까."

"그거 편견이야, 클레어."

"저 사람이랑 살면 편견이라는 소리 절대 못 할걸."

"좋아하면서 또 괜히 그런다. 솔직하지 못한 건 너도 마찬가지 아니니?"

"내가 뭘?"

"결혼 소식 들었을 때, 나랑 스콧이 얼마나 놀랐는지 넌 상상도 못 할 거야. 8년이나 지나서 결혼이라니."

"아니, 그건 엘리엇 때문에 한 거고……."

"사정도 있긴 있었겠지만, 8년 전에 너 졸업식 파티에도 참석 안 하고 당일에 바로 기차 타고 델포드로 내려와 버린 거, 그거 공작님 때문 아니었니?"

클레어가 어이없다는 얼굴로 줄리아를 쳐다보았다.

"아니, 구혼서들 때문에 골치 아파서였거든?"

"그러니까, 그것 때문에. 마음은 다른 사람에게 있는데 엉뚱한 사람들한테서 구혼서를 받고 웃으면서 거절하는 것도 쉬운 일 아니잖니?"

줄리아는 생글거리면서 그렇게 말했다.

"8년이나 기다렸으니까."

"아니, 누가 기다렸다는 거야? 너 뭔가 오해하고 있는 것 같은데."

클레어는 기가 막혀서 말을 잇지 못했다. 언제가 되었든, 다시 만나면 일을 쳤으리라는 사실은 인정했지만, 그것과 연애와 결혼은 또 별개 문제라고 그녀는 생각했다.

하지만 줄리아는 전혀 믿지 않는 얼굴로 웃기만 했다. 그녀와 스콧은 8년 전 클레어의 결혼 소식을 은근히 기대했다. 그러나 시간이 지나도 아무 얘기가 없자 결국 잘 안 됐구나 하고 생각했다. 쉽지 않은 신분 차이이니 당연하다고 여기면서도, 클레어를 안쓰럽게 생각하기도 했다.

클레어가 황당하다는 얼굴로 그녀를 쳐다보았다.

"너 계속 그런 생각 하고 있었니?"

"모르는 사람들이야 네가 계속 구혼을 거절하는 걸 보고 성격 때문이다, 가문 때문이다, 눈이 높다, 그런 말을 했지만, 나랑 스콧은 봤잖니."

"뭘 봤다는 거야?"

클레어가 힘 빠진 목소리로 되물었다. 줄리아는 그 말에는 대답하지 않고 미소만 지었다.

그녀와 스콧은 운이 좋은 편이었다. 그리고 그 좋은 운에는 그녀의 마음을 존중해 준 할아버지의 결정이 많은 영향을 미쳤다.

하지만 대개는 상황과 입장이 딱 맞아떨어지면서, 마음까지 가는 사람과 결혼하기 어렵다. 사교계에서 남녀가 손을 잡고 춤추고, 남자가 여자에게 직접 청혼하는 풍조가 생긴 요즘에도 연애 결혼이라는 말은 아주 특별한 것이었다.

클레어는 체념하고 풀썩, 소파에 다시 몸을 파묻었다. 말하면 말할수록 변명이 되는 것 같아서 오해만 깊어질 것 같았다.

"무화과 쿠키 좀 더 줘."

"마음에 들어 하니 다행이다. 저녁에도 낼까?"

"고마워. 무화과가 빨리 무르니까 로텐부르크에서는 먹기 힘들더라고. 있을 때 실컷 먹고 가야지."

클레어가 널브러진 채 말했다.

잠시 편안한 고요함이 선룸에 가득 찼다. 선룸 테라스 밖 마당에서는 아이들이 뛰어노느라 떠드는 소란이 들려왔다. 엘리엇은 피츠월드가의 아이들이 마음에 드는지, 집 안에는 들어올 생각도 하지 않고 온종일 정원을 쏘다니며 같이 뛰어다녔다. 이러다가 돌아갈 때쯤에는 얼굴이 타서 새카맣게 될 것 같았다.

줄리아도 그 소리를 잠시 듣고 있다가 일어섰다.

"잘 놀고 있는지 가서 한번 보고 와야겠다."

"아. 나도 같이."

"괜찮아. 내가 보고 올게. 넌 쉬고 있어. 손님이잖니."

"고마워."

클레어는 다시 쿠션 사이에 몸을 파묻었다. 줄리아가 선룸 밖으로 나갔다.

그녀는 잠시 혼자서 아무 생각도 없이 소파에 늘어져 앉아 있었다. 그러다가 문득 바스락거리는 소리가 들리는 걸 깨달았다.

"에리히."

"……."

"잠 깼죠? 속일 생각 하지 마요."

그래도 에리히는 움직이지 않았다. 클레어는 그쪽으로 가서 얼굴을 덮고 있던 책을 확 들어 올렸다.

에리히가 졸음기 섞인 나른한 눈으로 그녀를 올려다보았다. 책으로 얼굴을 덮고 있었는데도 하얀 피부에 눌린 자국 하나 없었다.

"뭐 할 말 있나?"

"아니, 그냥. 얄미워서. 뭘 잠든 척하고 듣고 있어요."

"그럼 추궁할까?"

에리히가 입꼬리를 올리며 클레어의 허리로 손을 뻗어 자기

쪽으로 끌어당겼다. 클레어는 그의 입술을 손가락 두 개로 찰싹 때리며 말했다.

"기다린 적 없거든요."

"내가 제일 잘 알지. 넌 우리 사이에 아무것도 없었다고 계속 주장하고 있으니까."

그렇게 말하면서도 에리히의 얼굴에는 미소가 머물러 있었다. 클레어는 괜히 얼굴이 빨개져서 그의 어깨를 한 대 때렸다. 에리히는 신경도 쓰지 않고 그녀를 끌어당겨 제 몸 위로 올렸다. 그리고 어린아이나 쿠션을 안기라도 한 것처럼 도로 편안한 표정으로 눈을 감았다.

"아니, 근데 당신도 청혼할 예정 없었다고 주장하고 있는 주제에."

"믿고 있지도 않으면서 그런 소리를."

"가문의 격이 떨어지지만 받아 주겠다 어쩌고 했잖아요. 그게 청혼하는 사람의 자세냐고요."

"……내가 틀린 말 했나?"

"뭐라고요?"

클레어는 그에게 몸을 맡기려다 말고 눈을 세모꼴로 뜨며 상반신을 일으켰다. 에리히도 잠이 깬 얼굴로 클레어를 노려보고 있었다.

"나랑 잔 건 절대 있을 수 없는 일이라며."

"그 이야기를 이제 와서 한다고요?"

"먼저 꺼낸 건 너야. 절대 있을 수 없는 일이라고 했으니, 그 이유를 나열해 줬을 뿐이고."

클레어는 황당한 얼굴로 그를 쳐다보았다. 반은 농담으로 꺼낸 말인데, 이렇게까지 정색하고 반응할 줄은 몰랐다.

"와, 어이없네. 그렇다고 말을 그딴 식으로 해요? 그럴 거면, 결혼하자는 말을 하지 말든가?"

"아니면, 내가 신분 차이든 뭐든 상관없을 만큼 너한테 정신 없이 빠져서 결혼하고 싶다고 말한들, 그 말 믿기나 했겠어? 어 차피 제대로 듣지도 않고 도망쳤을 주제에."

"내가 언제 도망쳤다는 거예요?"

"그날만이 아니야. 너, 뻔히 알고 있었잖아? 내가 졸업 파 티 때 청혼하러 가려고 했다는 거. 나는 충분히 예고했다고 보는데."

에리히의 날카로운 어조에 클레어는 깜짝 놀란 얼굴로 눈을 깜박거렸다. 에리히는 그제야 그녀가 옛일을 잊고 있었으리라 는 사실을 깨달았다. 그 사실에 분노와 수치심이 동시에 치밀 어 올라 귓불까지 새빨갛게 달아올랐다.

클레어도 어이없다는 듯이 소리쳤다.

"아니, 아니! 몰랐던 건 아니에요! 그렇지만 휴가 나온 군인 이 하는 소리를 누가 진지하게 받아들여요?"

사실이 그렇지 않은가. 학군단 복무 중인 스물한 살짜리 재 벌집 아드님에게서 프러포즈 예고를 들으면, 기뻐하는 게 아니 라 '돌았니?'라고 생각하는 게 정상이다.

"뭐?"

하지만 이번에야말로 에리히의 언성이 올라갔다.

"넌 사람 마음을 대체 뭐라고 생각하는 거야? 내가 널 사랑한다는 걸 알고 있었잖아!"

"내가 뭘 어쨌다고요? 다른 사람들처럼 당신에게 매달려서 관심을 구걸하지 않았다고 해서 불만인 거예요?"

에리히의 얼굴에서 붉은 기가 한순간에 가시더니 얼어붙을 듯이 차가운 낯빛이 되었다.

그는 클레어를 밀어내고 일어섰다. 그때까지 손에 쥐어져 있던 책을 탁 덮어 테이블에 내려놓고 그는 싸늘한 목소리로 말했다.

"내가 너를 상처 주려고 했던 적은 있지만, 가벼운 마음으로 대한 적은 한 번도 없어."

"에리히, 좀 진정해요. 당신 대체 언제 적 일을 아직까지!"

"난 진정하고 있어. 표현이 부족했군. 우리 관계에서 항상 권리를 갖고 있던 건 네 쪽인데, 감히 내가 뭐라도 된 것처럼 오만하게 굴었군. 사과하지."

"비꼬지 말아요."

"진심이야. 네가 우리 사이에 아무것도 없었다고 말하면, 그게 사실이겠지. 이만 먼저 실례하겠어."

그가 정중하고 우아한 동작으로 그녀에게 작별 인사를 했다. 평소에 제가 하던 일을 그대로 돌려받은 클레어는 아무 말도 못 하고 입을 벌린 채 그 자리에 남았다.

그날 저녁 시간까지 클레어는 에리히의 모습을 보지 못했다. 별로 보고 싶지도 않았다. 어디에서 뭘 하고 있는지 신경이 쓰이긴 했지만.

어쨌든 저녁 식탁에서는 얼굴을 마주할 수밖에 없었다. 피츠월드 부부와 아이들까지 모두 있는 식사 자리에서 싸운 티를 낼 수는 없던 것이다. 하지만 줄리아의 눈을 속일 수는 없었다.

식사가 끝난 다음 보모가 아이들을 아이 방으로 데려가고, 남자 둘은 당구대가 있는 응접실로 자리를 옮겼다. 클레어는 혼자서 방으로 돌아갈까 하다가, 그러면 왠지 자신만 신경 쓰는 것처럼 보일 것 같아서 그러지 않고 줄리아와 함께 음악실로 향했다.

에리히는 멀쩡한 얼굴로 미소 짓고 있지 않았는가. 표정을 관리하는 데 도가 튼 사람이긴 했지만, 그래도 아무렇지도 않아 보이는 것을 보니 속이 활활 탔다.

"후."

찬물을 벌컥벌컥 들이켜자 줄리아가 단도직입적으로 물었다.

"싸웠니?"

"쿠, 흡!"

미처 다 못 삼킨 물 때문에 사레들린 클레어가 콜록거리며 기침했다.

"아니, 그게, 콜록, 갑자기 무슨 소리야?"

"그런 것 같아서. 네가 싸움을 다 하다니 별일이다 싶기도 하고, 역시 남편은 남편이다 싶기도 하네."

클레어가 황당하다는 얼굴로 쳐다보자 줄리아가 배시시 웃었다.

"그렇지 않니? 넌 항상 사람하고 거리 두잖아. 그래서 그때도 깜짝 놀랐거든. 누구랑 그렇게 옥신각신하는 거 처음 봐서."

"아니, 내가 대체 뭘 어쨌다는 거야?"

클레어가 기운 빠진 목소리로 말했다.

"사실이 그렇잖아. 너 나랑 싸운 적도 없잖니? 엘리사는 논외였고……. 찰스 경이랑도 싸움다운 싸움 한 적 없지?"

"……."

"그러니까 친구가 없었지."

"친구 있거든."

"지금까지 연락하는 사람 아무도 없잖아. 너는 필요할 때 남한테 항의하는 일은 있을지 몰라도, 마음이 상해서 싸울 정도로 신경 쓰지 않으니까."

클레어는 자신이 그랬던가 하고 당황했다. 줄리아는 태연하게 미소 지으며 말을 이었다.

"너무 오래 끌지 마. 부부간에 이기고 지는 게 어디 있니?"

"있거든?"

클레어는 반박하듯 말했지만 줄리아가 너무도 어른스럽게 '그래, 그럴 때도 있지'라고 말해 버리는 바람에 더 따지지 못했다.

'아니, 근데, 진짜로.'

클레어는 혼자서 침실로 돌아가면서 생각했다.

줄리아의 말은 그렇게 틀리지 않았다. 사실 클레어는 남에게 신경 쓰지 않는 것에 익숙한 사람이기도 했다. 그렇지 않은 가. 그녀 안에 있는 것은 서른에 가까운 여자였다. 어린아이들과 진심으로 싸우기에는 나이가 너무 많았다. 제아무리 신체적으로 호르몬이 날뛰는 청소년기라고 해도 감정 조절에 실패할 리 없었다.

남과 깊은 교감을 맺지 않고 살아가는 것에 그녀는 이미 익숙해 있었다. 게다가 그때는 지금보다도 이 세상이 자신의 세상이라는 감각이 부족했던 것 같기도 하다.

'아니, 그래도 먼저 못 할 소리 한 게 누군데.'

클레어가 투덜거리면서 침실 문을 열었을 때, 예상외로 에리히는 이미 돌아와 있었다. 씻었는지, 물기 어린 몸 위에 가운 하나만 걸치고 있었다. 젖은 앞머리는 이마 위로 흘러내려 있었다. 의도한 것은 아닐 테지만, 머리가 어질어질할 정도로 섹시했다. 클레어는 잠깐 할 말을 잊고 숨을 들이마셨다.

"왜?"

에리히가 선반에서 위스키 잔을 꺼내다 말고 그녀를 보고 물었다. 클레어는 자기 상태를 들키고 싶지 않아 찬찬히 호흡을 고르며 생각했다.

이거, 노린 거 아냐?

하지만 에리히는 그녀가 대답하지 않자 별로 신경 쓰지 않는 태도로 유유히 잔에 위스키를 따랐다. 그제야 클레어는 마음을 진정시키고 말했다.

"나도 한잔 줘요."

"……."

에리히는 웃음기 없는 얼굴로 그녀를 한번 쳐다보고는 잔을 하나 더 꺼냈다. 그가 적당량의 술을 따라 테이블에 놓고 클레어 쪽으로 밀었다.

그녀는 성큼성큼 테이블로 걸어가서 잔을 들어 원샷 했다. 위스키는 독했지만, 그 정도로는 속을 충분히 불태울 수 없었다. 클레어는 에리히의 손에서 술병을 빼앗아다가 잔을 가득 채웠다. 그가 혀를 찼다.

"클레어."

"잔소리하지 말아요. 나 당신이 잔소리하면 진짜로 재수 없다고 생각할 때 많으니까."

클레어는 그렇게 말하고는 가득 채운 잔을 또다시 꿀꺽꿀꺽 비웠다. 그걸로도 충분하지 않아서 그녀는 세 번째 잔을 가득 따랐다. 너무 기품 있는 향이라서 기분이 영 별로였다. 이럴 때는 소주를 마셔 줘야 하는데 말이다.

에리히가 결국 말리려는 듯이 가까이 다가와서 클레어의 손을 잡았다. 클레어는 그 손을 뿌리치고 에리히를 흘겨보았다. 그리고 이번에도 원샷 했다. 그러고 나자 비로소 가슴이 원하는 만큼 불붙는 느낌이 들었다.

"일단 한 가지는 사과할게요. 그 인사하는 거, 그거 진짜 열받더라."

"알아주니 기쁘군?"

에리히가 빈정거렸다. 클레어는 한숨을 내쉬었다.

"근데, 다른 건 사과 안 하려고. 나, 솔직히 당신 마음 몰랐던 건 아닌데. 나도 아무 느낌 없던 건 아닌데."

"……."

"근데! 당신 말이 전부 맞잖아. 고작해야 아렌 촌구석의 하급 귀족이 클라우제너 공작님이랑 얽혀서 뭘 어쩔 건데."

"클레어."

"나 말 이제 시작했어. 입 다물어요."

그러자 에리히가 멈칫하고 입을 다물었다.

모르지 않았다. 아무렴, 열여덟 살짜리 남자애 속마음 하나 눈치채지 못했을까?

하지만 말도 안 된다고 생각하면서도 설렜다. 같이 있는 게 즐거웠다. 시비가 걸리면 진심으로 화가 났다.

줄리아가 말한 것처럼, 다른 사람을 상대로 늘 그랬듯이 거리를 두고 적당히 넘길 수가 없었다. 그게 옳다는 걸 알면서도, 사소한 일에도 마음이 상하고, 또 사소한 일에 풀어지고, 그가 자신의 기대를 충족시키지 못하는 것도, 자신이 그의 기대를 충족시키지 못하는 것도 모두 싫었으니까.

연애는 할 수 있었다. 설렘도 있었다. 하지만 그 이상이면 안 되었다.

연애 감정의 유효 기간은 짧다. 그녀는 그것을 겪어 봤다. 하물며 풋사랑이 얼마나 갔겠는가. 어른이 되면 자연히 잊고, 그다음 사랑으로 넘어가게 마련이다.

그러니 덮어 두었다. 모르는 쪽이 서로를 위한 일이었다.

"그래, 나 프러포즈 받을까 봐 도망친 거 맞아. 당신이 말했던 그 맞는 말 때문에. 격의 차이가 너무 심하잖아. 무슨 수모를 당하라고? 그 모든 일을 감당해야 하는 건 당신이 아니라 난데! 내가 왜 그래야 하는데!"

클레어는 고함을 질렀다. 자신을 지킬 수 있는 것은 자신뿐이었다. 일시적인 연애 감정에 휘말려서 인생을 던지기에 그녀의 마음은 나이가 너무 많았다.

"그때 일은 완전히, 완벽하게 실수였어. 하면 안 되는 짓을 술기운 빌려서 했던 건데. 근데! 당신이야말로 착각하고 있는 건데!"

그녀는 에리히의 가슴을 삿대질하듯 손가락으로 찌르면서 고함쳤다.

"나 마음에 없는 남자랑 자고 그러지 않아! 술에 떡이 됐어도 그걸 구별 못 할 정도는 아니라고!"

감정이 격해진 나머지 클레어는 숨을 고르지 못하고 몇 번 들이쉬기만 하며 헐떡거렸다. 말하다 보니 이유도 없이 서러워져서 눈물이 왈칵 샜다.

에리히가 휘청거리는 그녀를 붙들어 안고, 또다시 고함치려는 입술에 제 입술을 눌렀다.

클레어는 화를 내려고 했다. 그러나 이미 취기가 오른 몸은 제 뜻대로 되지 않고, 오히려 습관이 된 것처럼 에리히의 목을 휘감았다. 에리히가 그녀의 등과 허리를 감아 안고 입술을 깊게 맞물었다. 혀가 잇새를 가르고 들어와 깊게 파고들었다.

"으음."

술 냄새와 눈물 맛이 섞인 한숨이 클레어의 코끝으로 새어 나왔다. 에리히는 그대로 그녀의 엉덩이를 받쳐 안아 들었다.

"미안해."

에리히는 하지 않으려던 사과를 하고야 말았다. 널 사랑하게 되어서 미안하다는 말 같은 건 절대로 하지 않으리라고 생각했지만, 클레어의 눈물 앞에서는 버틸 도리가 없었다.

"울지 마. 울라고 그런 게 아니야."

"내가 당신 안 좋아했으면 물어뜯었어. 뻑 하면 입술부터 들이대고, 사람이 말을 못 하게, 음……."

말이 끝나기도 전에 에리히의 입술이 다시 한번 그녀의 입술을 눌렀다가 떨어짐으로써, 그 말을 뒷받침했다.

클레어의 몸이 침대에 눕혀졌다. 그녀는 손으로 눈가를 가렸다. 얄보이고 싶지 않은데, 일단 터진 눈물샘은 좀처럼 통제되지 않았다.

"미안해."

에리히가 미친 사람처럼 키스를 퍼부었다. 갖고 싶어 미칠 지경이었다. 그녀가 절대 내놓지 않으려 들었던 가장 깊은 곳의 불안정한 마음에까지 닿았다. 그 사실이 그를 충족시켰으나 동시에, 마음만으로는 부족했다. 그는 굶주린 사람처럼 그녀의 몸을 탐식했다.

클레어가 울먹이면서 그의 머리를 쥐어뜯었다. 그래도 에리히가 물러나지 않아, 클레어는 그의 입술을 반쯤 머금은 채로 눈물 젖은 숨을 꼴깍꼴깍 삼키다가 겨우 말했다.

"에리히 클라우제너, 잘 알아 둬. 엘리엇 아니면 난 진짜로 결혼 안 했어."

"알고 있어."

"듣고 있어? 엘리엇 일 아니었으면!"

"그래. 알고 있어. 그래도 날 사랑하긴 했을 거 아닌가."

에리히가 그녀의 입술에 여전히 제 입술을 거의 댄 채로 낮게 속삭였다.

"이 자신감 좀 봐."

헛웃음이 터져 버려 클레어는 눈물 젖은 눈을 한 채 배까지 들썩이며 킬킬거렸다. 그러다가 다시 흐느껴 울었다. 이것도 아무래도 취기 때문인 것 같았다. 통제할 수 없는 감정이 제멋대로 흘러넘쳤다.

그녀는 반은 울고 반은 웃으면서 에리히의 어깨를 쥐어뜯었다. 그러다가 숨 막히는 신음을 흘렸다.

"흐윽······!"

"미안해."

에리히가 또 한 번 그렇게 말했다. 이번의 사과는 사랑한다는 말 대신으로 한 것인지, 아니면 그녀를 놓지 못한 것에 대한 사과인지 분간이 가지 않았다. 어쩌면 거친 행동에 대한 것일 수도 있었다.

클레어의 치맛자락이 허리까지 말려 올라갔다. 그녀는 버둥거렸으나 저항이라기보다는 제 몸을 주체하지 못해 발광하듯 움직이는 것에 가까웠다.

"으음."

변변한 전희도 없었지만, 서로에게 익숙한 몸에는 키스만으로도 충분했다. 에리히는 마치 그녀의 몸이 제 것이라도 되는 양 쉽게 파고들었다.

"클레어, 클레어."

에리히가 그 외의 다른 말은 잊어버린 사람처럼 그녀의 이름을 불렀다. 손으로 더듬어 잃어버린 것을 찾기라도 하는 듯 입술이 얼굴을, 손이 몸을 온통 헤맸다.

클레어는 그의 어깨를 쥔 채 목을 젖혔다. 빠르게 솟구친 열기는 금세 정점까지 치달았다. 전력 질주라도 한 것처럼 숨 가쁜 호흡이 둘 사이의 공기를 달구었다.

"그때는 자신 없었는데……."

한참이나 호흡을 고르고 난 다음에야 에리히가 그녀가 이해할 수 없는 말을 하면서 그녀의 손을 잡고 들어 올렸다.

"지금 와서 보니, 청혼에는 실패했어도 유혹하는 건 실패 안 했을 것 같아. 그렇지 않나?"

그가 그렇게 말하면서 손등에 입술을 댔다가 가만히 손을 뒤집으며 손가락 사이에 혀를 밀어 넣었다. 기시감과 함께 클레어의 몸이 순식간에 달아올랐다. 에리히가 그녀의 손에 깍지를 끼었다. 새파란 눈동자가 어둑한 열망에 물들어 있었다.

"네 정부가 되는 것도 괜찮았을 텐데."

"누구 맘대로요? 하려고만 하면 언제든 할 수 있었다는 듯이 말하네. 나한테 무슨 이득이 있다고?"

클레어는 어이없다는 듯이 대꾸했다. 에리히가 미소 지었다.

"내가 몸만 가지고도 충분히 매력적일 수 있다는 걸 아직도 증명할 필요가 있다니 놀랍군."

그가 이로 클레어의 드레스 어깨끈을 물어 당겼다. 간소한 홑겹 드레스가 풀려 나가면서 순식간에 아래로 미끄러졌다. 흥분 가득한 손이 그녀의 허벅지를 잡았다.

"잠깐, 그건 안 돼요."

배꼽을 간질이는 숨결에 클레어는 할딱이며 제지하려 했지만 소용없었다. 에리히는 그녀가 견디지 못하고 울음을 터뜨릴 때까지, 코와 입술이 엉망이 되도록 그녀의 몸을 훑었다.

✦

"아……."

다음 날 클레어는 정오가 되어서야 눈을 떴다. 줄리아가 곁에 앉아 있었다.

"괜찮니?"

"아, 줄리아."

"일어나지 마. 너 아침에 상태 많이 안 좋았다며."

몸을 일으키려다 말고 클레어는 끄응 신음했다. 목소리가 너무 쉬어서 제대로 나오지 않는 데다가, 속이 뒤집히고, 엉덩이 허리 등 전부 안 아픈 곳이 없었다.

하지만 기분은 좋았다. 울었던 덕분인지, 아니면 에리히를 실컷 쥐어뜯은 덕분인지, 뭔가 응어리가 풀린 듯 가슴속이 시원했다.

"몸살인가 봐."

"술병이겠지."

줄리아의 차분하면서도 딱 자르는 듯한 대답에 클레어는 할 말이 없어졌다.

"……나 술 냄새 나니?"

"괜찮아. 그런 날도 있는 거지, 뭐."

"창문 좀 열어 줘."

클레어는 민망한 기분으로 말했다. 환기를 한번 했을 텐데도, 그녀에게도 실내 공기가 고약하게 느껴지기는 했다.

"화해했으면 된 거야."

"응……."

클레어는 얼굴이 새빨개져서 목을 움츠리고 모깃소리만큼 조그만 목소리로 대답했다.

문이 열리고 손에 큼직한 컵을 두 개 든 에리히가 들어오다가 줄리아를 보고는 가볍게 묵례했다. 줄리아가 일어섰다.

"그럼 나는 이만 가 볼게. 괜찮은지 확인하려고 온 거니까."

"응……."

"황태손 전하는 내가 돌보고 있을 테니까 푹 쉬어."

"고마워."

줄리아가 미소를 짓고 나가면서 문을 닫았다.

클레어는 퉁퉁 부은 눈을 비비고 말끔한 에리히의 얼굴을 황당하게 쳐다보았다. 아무리 기초 체력에 차이가 있다고 해도, 자신은 초주검이 됐는데, 그는 멀쩡하다 못해 얼굴에서 윤이 나고 있다니.

"따뜻한 물이야."

에리히가 먼저 컵 하나를 건넸다. 클레어는 조금씩 빨아 마시듯 물로 입술을 적셨다. 그러고 나서야 겨우 다시 입을 열 수 있었다.

"당신더러 기품 있고 우아하다는 사람들이 이걸 좀 알아야 하는데."

목이 쉬어서 목소리가 제대로 나오지도 않았다. 고픈 배가 꾸르륵거리자 에리히가 여유로운 미소를 지으며 클레어의 손에서 물컵을 받아 들고, 이번에는 적당히 미지근한 수프가 들어 있는 컵을 쥐여 주었다.

"내가 뭘?"

"솔직하게 말해 봐요. 나랑 결혼하기 전에 몇 명이나 만난 거예요? 말로만 기다렸다 하면 뭘 해?"

클레어는 툴툴거렸다. 물론 옛날 애인에게 진지하게 신경 쓰겠다는 것은 아니지만 말이다. 어릴 때는 참 순수했는데, 어디서 이런 음탕한 짓을 배워 왔는지.

에리히가 냉한 목소리로 말했다.

"무슨 소리. 나는 너랑 자기 전까지 완전히 순결한 몸이었어. 누구랑 다르게."

"누구랑 다르다뇨?"

"그리고 그걸로 너한테 따질 생각도 없고."

아.

클레어는 그제야 자신이 했던 거짓말을 기억해 냈다. 그리고 형형하게 불이 들어온 에리히의 눈을 보고서, 잘못하면 2차전이 벌어지리라는 사실을 깨달았다.

'따질 생각이 없다니.'

아니, 따질 생각은 없는지 몰라도, 잔뜩 신경 쓰고 있는 것은 분명했다.

그래서 그녀는 솔직해지기로 마음먹었다. 이제 와서 못 할 말은 아무것도 없었다.

"이리 와요."

이불 한 자락을 열며 몸을 조금 틀자 에리히가 떨떠름한 얼굴로 그것을 바라보았다. 그러나 거절하지는 않고, 순순히 신발을 벗고 곁자리로 들어왔다.

클레어는 그의 가슴에 얼굴을 기댔다. 예상대로, 심적 긴장만큼 몸도 팽팽하게 긴장하고 있었다.

"거짓말이었어요."

"뭐?"

"처음 아니라고 한 거 거짓말이었다고. 말했잖아요. 마음에 없는 남자랑은 안 잔다고."

말하고 나서야 제 말의 이면에 뭔가 다른 것이 있다는 사실을 어렴풋이 느꼈지만, 너무 피곤해서 다른 것까지 생각할 여유가 없었다. 어차피 에리히는 다 알아들었을 것이다.

그래서 그냥 멍하게 머리를 비운 채 눈을 감았다.

"클레어."

에리히가 조심스럽게 그녀의 어깨를 끌어당겨 안았다. 조그만 목소리로 한 고백이 낮잠 속으로 떠난 것 같았기에, 그도 눈을 감고 함께 오후의 한가로움을 즐기기로 했다.

외전4 운 좋은 남자

그는 운이 좋은 남자다.

전생에는 제국 3대 공작가라고 불린 가문의 주인이자 제국 제일의 대부호였다.

그리고 현생에는 석유왕의 맏손자로 태어났다. 2차 대전 시기에 미국으로 팔리듯이 건너온 증조부부터 그의 아버지에 이르기까지, 사업에 실패한 사람은 단 한 명도 없었으며, 그 역시 마찬가지였다.

그의 조부는 미국에서 '가문'이라고 불릴 만한 것을 만들었다. 순수한 혈족 집단은 아니었으나, 조부를 중심으로 상속권을 가진 일가친척과 심복들을 모아 놓은 이 집단은 아마도 재벌이라고 부르는 게 더 어울릴 것이다. 모태라 할 수 있는 석유 기업은 두 번이나 반독점법에 찢겼으나, 지금도 또다시 법정 다툼을 벌이고 있었다.

이만하면, 그가 두 번의 생에 모두 비슷한 행운을 얻었다는 사실을 그 누구도 부정하지 못할 것이다. 귀족이 아니라는 것이 큰 차이점이라고 할 수는 없다. 신분 제도가 없어졌다고 해도, 에너지 자원의 공급을 조절할 수 있는 회사의 주인이라는 것이 가져다주는 권력은 그다지 차이도 없었으니까.

물론 그도 자기가 가진 것이 행운이 아니라 운명이라고 생각했던 시기가 있었다. 부유하고 권세 있는 집안의 장남으로 태어나 고귀하게 살아가며, 타인을 책임지도록 의무 지워졌다는 운명 말이다.

그리고 이번 생에도 역시 그것이 운이라는 사실을 인지하지 못했다. 자신은 룰렛에서 잭 팟을 터뜨린 행운아가 아니라 다른 사람들과 태생부터 다른 존재라고 여겼다.

일곱 살에 계단에서 떨어지면서 전생의 일을 기억해 내기 전까지는 말이다.

'운이 좋았지.'

그는 그 사실을 깨닫게 되었다. 거의 일평생 불만을 투덜거렸던 아내가 안다면, 분명히 또 화를 내리라. 이런 법이 대체 어디 있느냐며 말이다.

'혼자서만 운이 좋다고 화를 내겠지.'

그는 때때로 그런 생각을 하며 킥킥 웃었다. 아내가 자신보다 두어 살 어린 것을 생각하면, 지금쯤 한창 귀여운 모습일 것이다. 그런 얼굴로 팔짱을 끼거나 허리에 손을 올리고 화를 내는 걸 생각하면, 화내는 사람에겐 미안하지만 웃음이 나는 것을 참을 수 없었다.

그러게나 말이다. 그는 세상 제일의 행운아였다. 단 가문이나 부귀 권력만을 말하는 것이 아니다.

진심으로 사랑하고 의지할 사람을 만나, 나이 들 때까지 행복하게 살다 죽었다. 아내가 평화롭게 잠든 채 눈 감는 것을 보았고, 자신도 그랬다. 그것이야말로 진정한 행운이라는 사실을 이제는 아주 잘 알고 있다.

그걸 생각하면, 이번 생에도 그는 그녀보다 훨씬 운이 좋았다.

『이유리.』

결혼 계약서의 서명 끝에 붙어 있었던 그 세 개의 글자가 무엇이었는지 이제는 안다. 그녀가 말하곤 했던 이상한 단어와 표현들, 그가 괴짜 같다고 생각했던 사고방식에 대해서도 함께 깨달았다.

세상에서 그녀를 가장 잘 알고 있다고 생각했지만, 사실은 그렇지 않았다. 그녀가 때때로 누구도 이해할 수 없다는 듯이 제 세계에 파묻히는 버릇이 있었던 것도.

가 본 적도 없는 바다, 먹어 본 적도 없을 식재료, 남부 아렌 식일 거라고 어렴풋이 생각했지만, 마사조차도 희한하게 여기던 요리들. 다른 곳에서는 들어 본 적 없는 동화, 양육 방식, 새로운 아이디어. 그 모든 것이 그녀였으니, 결국 자신은 그녀를 몰랐던 셈이다.

그리고 이제야 세상에서 오로지 유일하게, 그녀를 이해할 수 있는 존재가 되었다.

'클레어는 그 사실을 영원히 모르겠지.'

그와 반대로, 그녀는 이쪽 세상의 그녀가 더 먼저였을 터이다. 그러니 그녀는 지금도, 그때도, 만나기 전에는 그를 모른다.

그는 역시 자신이 행운아라고 생각했다. 아무것도 없이 홀로 떨어졌던 그녀와 달리 그는 이 세상에 그녀가 있음을 알고 있었으니까.

찾으려면 찾을 수 있었을 것이다. 이름을 알고 있고, 생활 습관이나 그 밖의 생각들에 대해서도 알고 있었다. 그녀가 구체적으로 자신이 과거에 어떤 사람이었는지 말한 적은 없지만, 돌이켜 생각하면 단서를 굳이 숨기지도 않았다. 이런 세상에서 환생해 왔다고 말해 보았자 아무도 믿지 않으리라는 것을 알고 있었기 때문이리라.

그러나 그는 서두르지 않았다. 운명이 자연히 만나게 해 주리라고 믿어서는 아니다. 자신의 행운은 믿었지만, 방심하면 품에서 쏙 빠져나가는 게 그녀의 버릇이다.

그래서 그는 충분히 시간을 들였다. 힘과 권력이 할아버지와 아버지의 것이 아니라 진짜 제 것이 될 때까지.

가문을 정리하여 자신에게 반발할 수 있는 자를 없애고, 무슨 이유로든 여자를 들이밀던 자들을 모두 제거했다. 조부조차 염려스러워하며 결혼은 생각조차 없는 것이냐고 물었을 때.

그는 회사를 샀다.

출근했을 때, 사무실 분위기가 어쩐지 흉흉했다. 유리는 벌써부터 피곤한 기분을 느끼며 가방을 내려놓았다. 옆 부서의 김 부장이 도토리를 발견한 다람쥐처럼 조르르 그녀의 책상 쪽으로 다가왔다. 물론 다람쥐처럼 귀엽다는 뜻은 아니다. 굳이 비유하자면, 그는 다람쥐보다는 여러모로 도토리를 닮은 남자였다. 그것도 반질반질하고 귀엽다는 뜻은 아니다.

제 일은 또 팽개쳐 두고 소문 이야기를 하러 온 모양이었다.

"이 과장은 알고 있었나?"

"뭘요?"

뭘 묻는지 알면서도 그녀는 굳이 되물었다. 실무진으로서 알고는 있었지만, 안 그래도 오늘부터 피곤한 일을 해야 하는데, 비공식적인 루트로 전달하고 싶지는 않았다.

"오늘 경영 지원 본부에 새 본부장님이 오신다면서. 대표 이사님 사촌이라던데."

"회사 합병한 지 이제 한 달째잖아요. 당연히 자기 사람 꽂겠죠."

"이제 겨우 서른이라더라고."

"그래요? 대표 이사님도 이제 겨우 스물일곱이잖아요."

"아니, 어차피 대표 이사님은 얼굴마담이잖아. 한국 쪽은 미국 본사랑 다르게 족벌 경영을 해 보겠다는 의지겠지."

이런 말 함부로 하다가 본부장이든 상무든 이사든 누군가의 귀에 들어가면 큰일 나지 싶었으므로 유리는 어깨만 으쓱했다.

'아니, 근데 족벌 경영 할 거면 더더욱 친척을 꽂는 게 당연한 거 아니야?'

……라고 생각했지만, 굳이 말해서 긁어 부스럼을 만들지는 않았다. 하지만 유리가 동의한다고 생각했는지, 김 부장은 목소리를 낮추고 얼굴을 가까이하며 은근하게 말했다.

"그렇잖아. 사실 미국 굴지의 석유 기업이 뭐가 아쉬워서 한국 회사를 사겠냐고."

"우리도 나름 대기업이에요."

물론 석유 기업이 살 이유가 없는 회사라는 점은 유리도 동의했지만, 부장님보다 더 윗분이 무서우므로 입은 다물었다.

"근데, 그거 알아?"

김 부장이 목소리를 낮춰서 은근하게 말했다.

"새로 오는 그 본부장님, 미남이라던데."

"그래요?"

이미 실무자들 사이에 소문 자자한 이야기였지만, 유리는 짐짓 무심하게 대답했다. 미남이면 눈이 즐겁겠지. 그렇지만 별로 기대는 하지 않았다. 돈은 종종 사람 머리 뒤에 후광을 만들어, 마치 조명과 반사판을 대기라도 하는 것처럼 미모로 보이게 하는 법이다.

그래도 도토리보다는 낫긴 할 것이다. 김 부장은 그 속도 모르고 니글거리는 미소를 지으며 말했다.

"역시 유리 씨야. 다른 여자들이랑은 다르지. 그 이야기 하니까 우리 사무실 여직원들은 다 꺅꺅거리고 난리던데."

왜 함부로 이름 부르냐.

슬프지만 유리는 그 말을 할 수 없었다.

"저라고 미남 싫어하겠어요? 그런데 김 부장님, 회의 들어가실 시간 되지 않았어요?"

이제 가서 일 좀 하라는 뜻으로 말했는데, 문득 등 뒤에서 인기척이 느껴졌다. 유리는 자신이 인기척에 예민한 편이 아니라고 생각했으나, 공기 전체가 움직이는 듯한 느낌을 확실히 받을 수 있었다.

그녀는 공연히 깜짝 놀라 뒤를 돌아보았다. 그리고 생전 처음 보는 미남이 서 있는 것을 발견했다.

"헉!"

사무실인 것도 잊고 유리는 입을 벌렸다. 저 얼굴은 스크린 너머에 있어야 하는 게 아닐까? 아니 카메라를 갖다 대면 어떻게 보일지 모르겠지만, 그쪽에서도 별로 흔할 것 같지는 않았다.

"아."

"실례했군. 놀라게 할 작정은 아니었는데."

남자가 말했다. 유리는 놀란 가슴을 누르고 얼른 자리에서 일어섰다. 지금, 상대가 미남인 게 문제가 아니었다. 훤칠한 몸에 딱 맞게 갖춰 입은 슈트가 반지르르하니 아주 비싸 보였다. 그것만 봐도 상대가 누구인지 너무도 분명했다.

그러니까 지금 근무 시간에 본부장에 관한 소문 이야기를 하고 있는 걸 현장에서 본인에게 들킨 셈이었다. 그나마 험담이 아닌 게 다행이었다. 3분만 더 일찍 들어왔으면 족벌 경영이 어쩌고 하는 이야기까지 들었을 것이다.

김 부장이 당황해서 어버버 입을 벌렸다. 그럴 줄 알았다고 비난하는 시선이 사방에서 꽂혔다.

"왜? 내 험담이라도 했나 보지, 이유리 과장?"

'엥? 내 이름을 어떻게 알아?'

유리는 당황했지만, 다행히 멍청한 소리를 입 밖으로 내지는 않았다.

경영 지원 본부에는 부서가 넷이었고, 부서마다 팀이 복수로 있었으며, 팀마다 과장이 두 명 이상 있었다. 원래도 비대했던 조직이 M&A 직전에 더더욱 커졌다. 솔직히 유리는 이번에 본부장이 바뀐 걸 구조 조정을 위해서라고 생각하고 있었다. 그게 아니고서는, 굳이 미국에서 사람을 불러들일 일이 없었기 때문이다.

어쨌거나 지금은 그게 문제가 아니었다. 유리는 황급히 고개를 숙였다.

"아닙니다."

"아닌가?"

"아닙니다."

"내가 누구인지도 모르면서, 이 과장은 어떻게 아니라고 확신하나?"

뭐지, 이 사람.

왠지 시비 거는 것 같기도 하고, 놀리는 것 같기도 했다. 유리는 욱하는 감정을 느꼈지만, 꾹 참았다. 대담무쌍함은 환불할 때 발휘하는 것이지, 회사에서, 그것도 까마득한 상사를 상대로 하는 게 아니었다.

그렇다고 죄송하다고 말하는 것도 뭔가 분했기에, 그녀는 생긋 웃으며 대꾸했다.

"남의 험담을 하고 있지 않았으니까요."

나는 이 사람이 누군지 모른다.

그녀는 마음속으로 세뇌했다. 사실 뒤에 할 말이 오백 가지쯤 더 있었지만, 애써 참았다. 만용을 부릴 생각은 없었다.

남자가 잘생긴 턱을 쓱 쓰다듬으며 그녀를 내려다보았다. 그 와중에도 턱선이 취향인 게 눈에 들어오는 게 한스러웠다. 미남이란 대체 뭘까?

"그렇군. 험담은 아니지. 뒷담화라고 하나?"

"아이고, 본부장님 오셨습니까?"

당황하여 약간 늦었지만, 유리의 상사인 강 부장이 얼른 나섰다. 본부장은 굳이 그 이상 유리를 걸고넘어지지는 않았다. 대신 김 부장을 쳐다보며 냉한 목소리로 말했다.

"일이 없나 보군."

"아, 아니요. 그럴 리가 있겠습니까. 우리 이 과장이 능력이 출중해서."

"그런가?"

또다시 시선이 유리에게 닿았다. 검은 눈동자인데, 흰자위가 맑은 탓인지, 아니면 눈매가 깊은 탓인지, 어쩐지 그 눈빛이 짙푸르게 느껴져서 유리는 괜히 속이 시큰거리는 것 같았다.

"자리를 준비해 두었습니다, 본부장님. 아니, 이거, 사실은 오늘 회의실에 사람들 모아 두고 알리려고 했는데 출근을 일찌감치 하셔서, 하하……. 참, 저는 기획팀 강성규라 합니다."

"저번에 보지 않았습니까? 기억하고 있습니다, 강 부장."

그가 손을 내밀자 강 부장이 거의 황송해하는 태도로, 두 손으로 잡았다. 과연, 윗분들이 접대에 절대 빠뜨리지 않는 분위기 메이커였다.

"영광입니다, 본부장님."

"그냥 에릭이라고 불러요. 이 이야기도 저번에 했던 것 같지만."

"어찌 감히. 말씀도 낮추십시오."

"감히라니요. 알고 있겠지만, 내가 미국 출신이라, 그렇게 위아래를 나누는 게 불편하고 어렵습니다."

그 대화를 들으면서 유리는 멀거니 생각했다.

'그런 것치고는 한국말 너무 잘하는데. 나는 이 과장이라고 불러 놓고, 불편하고 어렵긴 무슨.'

일가가 한국계이고, 특히나 집안의 권한을 쥐고 있는 조부가 이민 1.5세대기도 하지만, 그가 일곱 살 때부터 다른 친척들보다 훨씬 공들여서 한국어를 배우고 연습해 왔다는 사실을 유리가 편린이나마 짐작할 수 있을 리 없다.

강 부장이 말했다.

"제가 사무실로 안내해 드리겠습니다."

"벽이 따로 있군요."

에릭이 중얼거리듯 말했다. 유리는 그 순간 '으엑!' 하고 생각했다. 개방형 사무실로 가는 건가. 지금도 본부장 집무실과 비서실 말고는 대부분 열려 있는데.

눈치 빠른 강 부장이 재빨리 대답했다.

"벽은 가벽이니, 원하시면 언제든 해체할 수 있습니다. 칸막이들도 마찬가지고요. 역시 요즘처럼 협업이 중요한 시기에는 오픈 오피스가 중요하지요. 오늘 저녁 하루면 충분할 겁니다."

"어떻게 생각하나, 이 과장?"

왜 하필 나인가?

유리는 제일 가까이 서 있었던 게 저이니 어쩔 수 없다고 생각하면서 방긋 웃었다. 그래도 짜증이 나지 않는 걸 보니, 미남은 실로 귀중한 존재였다.

물론, 짜증이 나지 않는다고 해서 오픈 오피스가 기껍다는 뜻은 아니었다. 그리고 그녀는 강 부장처럼 출세 지향적인 사람이 아니었기에, 가끔 그러는 것처럼 미친 짓에 도전했다.

"괜찮아요, 에릭."

어차피 안 된다고 말할 순 없었다. 원래 위에서 까라면 까는 거니까. 아무리 싫어도, 죽어도 못 할 일은 아니다. 동료들도 여기서 본부장에게 반대 의사를 표시하지 못했다고 저를 미워하지는 않을 것이다. 다만 이름을 부른 것은 소소한 불만 표시였다.

강 부장이 기겁해서 소리쳤다.

"어이, 이 과장!"

아, 왜? 미국인이니까 그냥 에릭이라고 부르라고 본인이 방금 말했잖아.

남자의 눈이 둥글게 커지는 것을 보면서 유리는 미묘한 쾌감을 느꼈다. 본인이 부르라고 해 놓고, 역시 부르니까 기분 나빠하는 건가 싶었다.

하지만 그는 오히려 부드러운 얼굴이 되었다. 평생 그 방향으로는 주름이 잡히지도 않았을 것처럼 매끈한 입가와 눈가가 시원스럽게 웃는 모양으로 접혔다. 시선을 빼앗기지 않는 사람이 없었다.

"거짓말하긴, 이유리 씨. 칸막이 뒤에 있는 쪽이 더 집중할수 있는 사람이 많다는 건 알고 있어."

"그러면, 그냥 떠보신 건가요?"

"아니. 사무실 구조가 너무 폐쇄적이라고 생각한 건 사실이야. 어차피 전부 가벽이라면, 유리로 바꾸지."

블라인드를 달긴 하겠지만, 지금 상황이 폐쇄적이라고 말한 사람이 중요한 이야기를 할 때도 아닌데 굳이 그걸 내려 둘 리가 없었다. 그러니 비서들은 직통으로 본부장의 시선 속에서 일해야 한다는 뜻이다. 가련했다.

유리는 묵념했다. 하지만 남을 가련히 여길 때가 아니었다.

주변과 인사를 모두 나누고 난 본부장은 유리의 책상 쪽으로 돌아왔다. 그리고 유리 한정으로 이름에서 직책을 완전히 떼 버리기로 했는지, 이렇게 말했다.

"이유리 씨는 나랑 면담 좀 하지."

"네?"

이번에도 유리는 멍청하게 되물었다. 설마, 이름 좀 불렀다고 면담을 하자는 건가. 뭐 이런 좀스러운 미국인이 다 있나. 본인은 대뜸 반말하는 주제에.

"왜? 싫은가?"

말투는 시비 거는 것 같았지만, 미소는 근사했다.

"그럴 리가요."

유리는 애써 굳은 얼굴을 펴고 대답했다. 본부장이 몸을 돌렸다. 다리가 어찌나 긴지, 꽉 조인 듯한 허리가 눈을 안 내려도 보였다.

집무실까지 따라 들어가자 본부장이 책상 뒤로 돌아가면서 말했다.

"유리 씨는 하던 일 인수인계하고, 당분간 내 일 좀 돕지."

"전 비서가 아니라 기획팀 과장입니다만⋯⋯."

"이유리 씨만이 아니라 팀마다 한 명씩 뽑아서 태스크 포스를 구성할 거야. 비서와 별개로, 실무를 잘 아는 사람이 필요해."

"네."

"내가 상황을 파악하는 게 우선이니까. 무슨 말인지 알지?"

"본부장님께 보고드리는 역할이라면, 제가 아니라 강 부장님이 하는 게 맞다고 생각합니다."

이건 절대 추가 업무를 하기 싫어서가 아니다. 위계를 뛰어넘어 윗사람한테 보고해 봐야 좋을 게 없다. 위치로 보나 성격으로 보나 떠안고 있는 일의 양으로 보나, 강 부장이 적임이었다.

하지만 에릭이 깊은 눈으로 말했다.

"내 밑에서 일하는 건 싫은가?"

"……아니요."

까마득한 상사에게 싫다는 말을 할 수 있을 리 없었다. 달리 핑계 댈 만한 것도 없었고.

"그러면 결정됐군. 책상은 비서실에 따로 마련하라고 하지."

"알겠습니다."

결국 추가 업무 확정이다. 한숨이 나왔지만, 유리는 기꺼이 받아들였다. 유리 벽 너머로 저 미모를 감상할 수 있다면, 조금 즐거울 수도 있을 것 같았다.

대화를 나누는 것은 조금 더. 목소리도 훌륭하고, 미소는 더 훌륭하니까.

아니 그 전에 상대는 재벌 3세였고, 본부장이었지만.

'아, 진짜 취향이네. 남자가 너무 잘생기면 얼굴값 하던데.'

그런 생각을 하는데, 본부장이 또다시 그녀를 향해 빙그레 웃어 보였다. 아무리 생각해도, 자기 외모가 유리의 취향이라는 것을 금세 파악한 게 분명했다. 반드시 효과가 있다고 확신하고 있는 미소였다.

아니다. 생각해 보면 인류 대부분에게 취향일 외모긴 했다. 하긴, 자기 잘생긴 줄 모르는 미남은 유니콘이다. 환상 속에나 있다는 뜻이다.

그녀가 트럭 정면에 달린 환생 버튼을 누르게 되기까지, 한 달여의 시간이 남았을 시점의 일이다.

집사가 들어와 정중하게 고개를 숙였다.

"주인님, 언제든 출발하실 수 있습니다."

그때까지 에릭은 거실에 앉아 아무 의미 없이 벽시계를 바라보고 있었다. 최근에 생긴 습관이었다.

시간이 흘러가는 것이 너무 더딘 것 같기도 하고, 너무 빠른 것 같기도 했다. 시간이 더 흐르면 그녀가 눈을 뜰 확률이 낮아지고, 그렇다고 시간이 흐르지 않으면 그녀는 영원히 눈을 감은 상태에 머물러 있을 것 같았다.

오늘은 그녀가 교통사고를 당하고 딱 3개월째 되는 날이다.

'내 탓이다.'

그는 그 순간에 유리를 끌어안고 몸을 날리는 것에 성공했다. 아니, 그런 줄 알았다. 정면충돌은 아니었으나, 트럭에 부딪히는 것을 완전히 피할 수는 없었다.

하지만 정작 트럭에 직접 부딪힌 그는 기껏해야 다리가 골절되는 정도의 부상을 입은 것에 반해, 이유리는 머리를 다쳤다. 물리적 충격이 가시고 정신을 차렸을 때, 그녀의 머리에서 흘러내리는 피를 보고 얼마나 경악했던가.

그 외의 외상은 없었지만, 그로부터 유리는 깨어나지 못했다.

에릭은 잠시 더 시계의 초침이 움직이는 것을 보고 있다가 느릿하게 몸을 일으켰다. 자신은 조각났던 다리뼈가 이제 전부 붙어, 천천히라면 아무 일 없던 것처럼 걸을 수 있는데, 그녀는 도통 돌아올 생각을 하지 않는다.

'돌아오고 싶지 않은 것일지도 모르지.'

이곳에 남은 것이 없어서.

'가족과는 연락이 되지 않습니다.'

당연한 절차로 가족을 찾았지만 부모는 이미 사망한 다음이었다. 동생이 하나 있지만 절연 상태인 것으로 보였다. 그는 식물인간 상태의 유리를 인수하는 것을 거부했다.

'내가 알 바 아닙니다. 혹시 치료비 때문에 그러십니까? 교통사고라면서요? 보험 처리로 해결이 안 됩니까?'

행여나 누나를 떠안게 될까 봐 전전긍긍하는 것이 수화기 너머로도 느껴질 정도였다.

친척이라고 할 만한 사람도 없었다. 동생이 인수를 거부한 마당에 친척이 떠맡아 줄 리가 없다. 그나마 만나러 오지조차 않는 동생에 비해 친척들 쪽은 염려스러운 얼굴로 한 번씩 병문안을 왔다. 어쩌면 동생이 있으니 자신들이 억지로 떠안게 되지는 않으리라고 생각해서 그럴 수 있었던 건지도 모른다.

그는 제가 운 좋은 남자라는 사실을 다행스럽게 여겼다. 재력도, 힘도 넘치도록 있었으므로 그는 손쉽게 유리의 동생을 압박해서 위임장을 받아 내고, 안락하고 호화로운 병실에 최고의 의료진을 붙일 수 있었다.

그런다고 해서 그녀가 돌아오는 것은 아니었지만 말이다. 그는 제가 운 좋은 남자라는 사실을 비참하게 여겼다. 정작 트럭과 부딪친 그는 다리만 골절되고 끝났으니, 그 몫의 불운까지 모조리 그녀에게 전가되었을지도 모르는 일이다.

집사가 문을 열어 주었다. 그는 느릿하게 집을 나섰다.

병실로 가기 전에 그는 꽃집에 들러 수선화를 한 송이 샀다. 의도한 것은 아니었는데, 어느새 병실 전체가 꽃이었다. 들를 때마다 꽃을 샀기에, 한 송이, 한 다발씩 가져다 놓은 것만으로도 병실은 충분히 화사했다.

그는 시들어 가는 꽃 한 송이를 빼고 손수 수선화를 화병에 꽂았다.

눈을 감고 있는 유리는 연결되어 있는 의료 기기만 아니라면 평화롭게 잠든 사람처럼 보였다. 사실 어떤 의미에서는 진정한 평화를 얻은 것인지도 모른다.

쓰러지고 나서야 들여다보게 된 그녀의 삶이 아프도록 가슴을 후벼 팠다. 자신이 결코 알 수 없었던 마지막 한 조각 마음의 비밀마저 알게 되고 만다. 그녀가 무엇을 두려워했는지.

그녀에게 이성과 마음의 균열이 있다고 생각한 일이 있었다. 대의를 말하면서도 그녀는 가족을 우선시했고, 그러면서도 마음을 좀처럼 열지 못하고 모든 일을 아무것도 아닌 일이라며 표면적인 반응만 하고 넘어가려는 때가 종종 있었다.

그것을 귀족적이라고 생각했던 때가 있었고, 안달이 나고 화가 치밀어 참을 수 없을 때가 있었다.

그리고 지금은 그저 안아 주고 싶었다.

이유리는 겉으로 보기에 제법 성공한 인생이었다. 평범한 가정에서 태어나 우수한 학생이 되었고, 회사에서도 인정받았다. 동생에게 위임장을 강요하고 나서야 알게 된 것이지만, 경제적으로도 제법 괜찮은 편이었다.

그런데도 그녀에게는 아무것도 없었다. 한 번 정도 병문안을 온 친구가 한두 명 있었지만, 3개월이 지난 지금 이 병실을 찾는 것은 오로지 자신뿐이다.

확실히 그녀는 운이 좋지는 않았다.

"돌아와."

그래도 그는 그렇게 말하지 않을 수 없었다.

아내가 눈감았을 때를 떠올린다. 그때는 괜찮았다. 마음의 준비가 충분했기 때문일지도 모른다. 그들은 오래도록 행복했고, 아쉬움 없는 결실을 남겼다. 그리고 그리 머지않은 시일 내에 다시 만나게 되리라고 믿었다.

하지만 지금은 1초, 1초가 지나갈 때마다 한 번씩 자신의 숨이 멎는 것 같은 기분을 느낀다.

이대로 그녀가 영원히 잠들어 버리는 것은 아닐까? 그것이 그녀에게는 평안일지라도, 그에게는 그럴 수 없었다.

재회를 기다려 왔다. 포기하려 애쓰면서 참아 견딘 게 아니라 이번에는 실패 없이, 부끄러운 일 없이, 그녀에게 짐 지우는 일이라고는 하나도 없게끔 해내리라고 생각하면서 준비하는 시간이었다. 그 시간은 추억과 기쁨으로 채워져 있었다.

이럴 수는 없었다. 아직 그는 그녀에게 아무것도 전하지 못했고, 아무것도 해 주지 못했다.

그저 옛날 생각을 하며, 하지 않아도 될 장난을 조금 친 게 전부였다. 화를 꾹 참는 얼굴이 귀여워서, 어린 소녀가 아니라 이미 성숙한 여인이었을 때 그녀와 처음 만났더라면 어땠을까 마치 시험이라도 하는 듯이. 어리석게도.

째깍째깍.

초침이 움직이는 소리만 그의 귀에 선명하게 스며들었다. 그것은 희망의 소리이며, 또 절망의 소리였다.

에릭은 유리를 가만히 내려다보았다.

'네가 평온하다면, 보내는 게 옳을까?'

그러면 그녀가 없는 시간을 몇십 년이나 견딜 수 있을까?

대체 자신은 뭐 하러 이쪽 세상에 태어난 것일까. 그녀를 구하지도 못하고, 함께하지도 못할 거라면.

그 순간의 일이었다.

눈꺼풀이 움직였다. 에릭은 자신이 착각한 것일지도 모른다고 생각하며 숨을 죽였다. 그러고도 불안하여, 가만히 손을 들어 그녀의 눈 위에 살짝 얹었다. 파르르 떨리는 속눈썹이 손바닥을 살짝 간질였다.

그는 숨을 멈췄다. 착각이리라. 아마도 이것은 그냥 반사 반응이거나, 그녀가 꿈을 꾸면서 움직이는 것에 불과할 것이다.

하지만 이번에는 확실히 달랐다. 속눈썹이 쓸어 올리는 감촉이 손바닥에 길게 남았다. 그는 가슴 밖으로 치솟아 오르려는 감정을 애써 억눌렀다. 그리고 아주 조심스럽게, 기대하지 않으려고 애쓰면서 손을 치웠다.

몽롱한 눈빛이 그를 올려다보았다.

"에리히……?"

오랫동안 사용하지 않아 바싹 마른 성대가 의문이 가득 담긴 목소리를 냈다. 그는 소리 지르지 않으려고 필사적으로 주먹을 움켜쥔 채 목구멍을 울렸다.

굵은 눈물이 눈 안에 고였다가 후두둑 그녀의 얼굴 위로 떨어졌다.

"날, 알아보겠어?"

"당신, 머리가……? 어……?"

그녀가 혼란한 듯이 중얼거렸다. 그리고 초점이 맞지 않는 눈으로 병실을 둘러보며 중얼거렸다.

"병원…… 교통사고……?"

그는 도저히 참을 수 없어서 도로 그녀의 눈가를 손으로 덮었다. 그리고 주저앉듯이 침대 가에 꿇어앉아 그녀의 손바닥에 얼굴을 묻었다.

"하느님, 감사합니다. 세상에……!"

"에릭……?"

유리의 목소리가 조금 더 또렷해졌다.

"당신을 사랑해."

그는 앞뒤 가리지 않고 그 말부터 했다. 유리가 손바닥을 움찔거렸다. 이게 무슨 상황인지 잘 파악되지 않는 모양이었다.

"당신을 사랑해. 당신을 사랑해. 당신을 사랑해."

마치 그 말을 못 한 채로 떠나보낼 뻔한 것이 한스럽기라도 한 것처럼 그는 반복해서 말했다. 유리가 힘겹게 손가락을 움직여 그의 이마를 살짝 만졌다. 그리고 속삭이듯이 말했다.

"알아요."

그는 울었다. 이것이 그에게 주어진 행운이라면, 앞으로 남은 모든 날 동안 불운해도 상관없으리라 생각하면서.

외전5 여름

놀이방 문을 열고 나서 에리히는 멈칫했다. 놀이방 한가운데에 누더기 천막 같은 것이 있었다.

어디서 가져왔는지 나무 상자 같은 것으로 기둥을 세우고, 이불과 옷가지 같은 것을 가져다가 늘어뜨려 천장과 벽을 만든 것이었다.

"엘리엇?"

"앗, 아빠다."

천막 속에서 빼꼼 얼굴을 내민 엘리엇이 신난 목소리로 외쳤다. 에리히는 조심스럽게 물었다.

"이게 뭐지?"

"제 막사요!"

말해 놓고 엘리엇은 도로 쏙 천막으로 들어가 버렸다. 에리히는 혼자서 어이없는 한숨을 내쉬었다. 막사라니? 무슨 놀이를 하고 있는 건지 짐작이 가지 않았다.

놀이방 한쪽 구석에서 프란과 놀아 주고 있던 클레어가 말했다.

"그러게 내가 뭐랬어요? 비싼 장난감 다 소용없다니까."

"음."

에리히는 신음했다. 비싼 장난감이 소용없다는 말을 그는 아이가 금방 자란다는 뜻으로 받아들였다. 하지만 큰 것은 어차피 프란이 물려받아 쓸 것이니 괜찮다며 무시했다.

하지만 엘리엇이 늘 새 장난감을 잘 가지고 노는 것은 아니었다. 초반에 사 주었던 성과 배처럼 열광적인 반응을 이끌어 낸 경우는 많지 않았다.

그의 입장에서는 어차피 푼돈이라지만, 그래도 장인이 만든 것 중에서도 정성껏 골라 갖다준 훌륭한 장난감보다 누덕누덕 대강 세워 놓은 천막이나 정원에서 가져온 잘라 낸 나뭇가지 같은 것을 더 잘 갖고 놀고 있는 것을 보면 기분이 묘하긴 했다.

"후……."

"엘리엇이 요즘 위인전을 읽기 시작했으니까요."

클레어의 말에 에리히는 고개를 끄덕였다. 그러고 보니 유난히 정복 군주 이야기를 먼저 골라 읽더라니, 제 나름대로 혼자 전쟁놀이를 하고 있는 모양이었다.

'칼싸움이 아니라 막사에서 전술 회의를 하는 장면에 꽂힌 건가.'

어느 쪽이든 놀이일 뿐이지만 말이다. 천막 안에서도 실제로 혼자 연극하는 듯한 목소리가 들렸다.

클레어가 블록 장난감을 심오한 표정으로 만지작거리고 있는 프란을 혼자 놀게 내버려 두고 일어섰다. 아기는 뭐가 재미있는 건지, 아니면 재미가 없는데도 그냥 그러고 있는 건지, 무뚝뚝한 얼굴로 블록을 이 손으로 잡았다 저 손으로 잡았다 하며 고뇌하고 있었다.

그녀가 그대로 소파 쪽으로 가서 널브러지자 에리히가 염려스럽게 물었다.

"몸이 안 좋아 보이는데."

"잠을 설쳐서 그래요. 너무 더워 가지고."

여름이 괴로운가, 겨울이 괴로운가, 하면, 클레어는 스스로 평균적으로 추위를 더 타는 사람이라고 생각해 왔다.

전생에는 확실하게 그랬고, 따뜻한 남방 아렌에 사는 동안에도 여름이 생각보다 괜찮다고 느끼곤 했었다. 하지만 올해는 유독 더운 느낌이 들었다.

'너무 적응해 버려서 그런가?'

더운 날에는 35도, 추운 날에는 영하 15도인 곳에서 살다 온 기억은 잊힌 지 오래다. 어쩐지 로텐부르크가 남쪽에 있는 델포드보다 더욱 더운 것 같기도 하고, 사실 델포드에 있을 때처럼 편한 옷을 입고 널브러져만 있을 수 있는 것도 아니었다.

에리히가 그녀의 뺨을 쓸었다. 더운데 사람 체온을 하나라도 더하는 게 짜증났으므로 클레어는 그의 손을 밀어냈다.

"뭐 좀 시원한 거라도 갖다 줘요."

"아이스크림!"

천막 밖으로 얼굴을 내밀며 엘리엇이 소리치고는, 곧바로 달려나왔다. 천막 안이라 더 더웠는지, 이마에 땀이 묻어났다.

형이 신나서 방방 뛰자 프란이 그쪽을 돌아보고 고개를 갸웃거렸다. 클레어가 말했다.

"그래, 조금 먹자. 대신 저녁은 잘 먹어야 해."

"응!"

엘리엇이 더운 것도 잊은 듯 놀이방을 뱅글뱅글 돌며 뛰었다.

클레어는 피식 웃고는 다시 널브러져서 한탄스럽게 말했다.

"당신은 안 더워요?"

"더워."

에리히가 별로 기복 없는 목소리로 말했다. 그래도 고집스럽게 셔츠 위에 베스트를 걸치는 대신 위빙 상단에서 나온 얇은 직물로 된 홑겹 상의 한 벌만 입고 있는 것을 보면, 덥긴 더운 모양이었다.

클레어는 눈을 반쯤 감고 중얼거렸다.

"낮잠 시간이 없어서 그런가 봐요. 이렇게 더운데 공식적으로 다 같이 자는 시간이 없다니."

"지금 자도 되잖아."

"더워서 잠이 안 와요."

전생에는 더워 죽겠는데 무슨 피서냐, 그 돈으로 에어컨을 빵빵 틀어야지, 하고 생각했었는데, 지금은 왜 여름에 여행을 가는지 알겠다. 이때가 오기 전에 북방으로 도망갔어야 했다.

저택이 석조라 이렇게 뜨거운가 하는 생각도 들었다. 아무래도 달궈진 돌이 안 식는 모양이었다.

"작년에는 어떻게 버텼는지 기억이 안 나요."

"그러게. 작년보다 더 힘들어하는군. 기온은 큰 차이 없는데."

에리히가 한숨을 내쉬면서 부채질을 해 주었다. 클레어는 멀거니 천장을 바라보면서 선풍기는 아직인가 고민했다. 여름의 구원자까지 바라는 것은 아니지만, 선풍기는 모터니까 그거라도 어떻게 좀…….

'아, 전기가 안 되지.'

전생이 그리워지는 순간이었다.

"작년에는 오히려 너무 바빠서 몰랐었나……. 피부 속에서 열이 솟구치는 것 같기도 하고."

처음에 몸에 열기가 뻗친다 싶을 때는 아픈가 했는데, 춥기는커녕 후끈거리는 것을 보면 아파서 열이 나는 건 아니었다.

밤에는 좀 기온이 떨어지는데도 혼자 더워서 잠을 이루지 못하고, 낮에는 낮대로 더워서 잠들지 못했다. 하루 종일 졸린데 제대로 잠들지는 못하니 기력이 달렸다.

"역시, 피서라도 갈까?"

"음…….."

안 그래도 더워 죽겠는데 며칠의 피서를 위해 여행 준비를 해야 하는가, 하고 클레어는 고민했지만, 두 아이를 보고 이내 마음을 고쳐먹었다.

이때가 아니면 언제 데리고 다니겠는가? 조만간 다 컸다고 부모와 같이 다니는 것을 거부할 텐데.

"바다는 너무 멀고, 산은 올라가기 싫고……. 가까이에 갈 만한 곳이 있으려나요? 이왕이면 물놀이를 할 수 있는 곳으로."

"어려운 조건이군."

에리히가 중얼거렸다. 개발이 진행되고 있는 수도 쪽에서 그런 장소를 찾는 게 쉽지는 않을 것이다.

이야기를 듣고 있었는지 엘리엇이 도도도 달려왔다.

"아빠, 우리 물놀이하러 가요?"

신나서 눈이 반짝거렸다. 클레어는 웃으면서 되물었다.

"분수대에서 맨날 놀면서 부족해?"

"그래두 놀러 갈래요."

엘리엇이 명랑하게 말했다. 클레어는 웃으면서 아이의 머리를 쓰다듬었다.

"그러자."

그렇게 결정되었다.

에리히는 여행지를 꽤 고심해서 골랐다. 너무 멀리까지 다녀올 시간은 없고, 엘리엇의 위치를 고려하면 사람이 많은 곳도 안 된다. 가족끼리 단출하게 피서를 하고 싶은 것이지, 사교계 모임을 만들고 싶은 게 아니니까.

마침 맨프레드 대공이 흔쾌히 별장을 빌려주었다.

"베티나가 어릴 때는 자주 갔었는데, 이제는 같이 피서를 가자고 해도 콧방귀만 뀌어."

그런 말을 덧붙이면서 말이다.

맨프레드 대공의 아담한 별장은 숲속에 있었다. 마차에서 내리자마자 서늘한 공기가 느껴졌다.

"와."

클레어는 내리면서 감탄사를 냈다.

"나무가 많으니 확실히 시원하네."

"마음에 들어?"

"살 것 같네요."

벌레는 좀 걱정되지만, 엘리엇이 있으니 걱정 없었다. 엘리엇이 잡아다 보여 주려고 하는 건 에리히에게 떠넘긴 지 오래였다.

마당은 널찍하고 걸리적거리는 게 없었다. 넘어져도 크게 다치지 않도록 고운 모래가 폭신하게 깔렸고, 가장자리에 심어진 큰 나무에는 그네가 있었다.

어른들이 한가하게 시간을 보낼 수 있도록 만들어 놓은 등나무 지붕 아래 해먹이 두 개 걸려 있었다. 클레어가 만족스럽게 웃었다.

"인생을 즐길 줄 아는 분들이셨군요."

베티나 공녀만이 아니라 맨프레드 대공비와도 친하게 지내야겠다고 생각하면서 클레어가 웃음을 머금었다.

"아빠! 아빠! 물소리 나는데!"

에리히가 프란을 안아 내리는데, 엘리엇이 호들갑을 떨었다.

"앞에 개울이 있다던데, 가 보자."

"아직 안 돼요. 엘리엇 옷 적시려고."

"좀 젖으면 어때?"

"외출복이니까 안 돼요. 아무 옷이나 입고 물에 뛰어드는 버릇 생긴다니까요."

"이잉."

"놀이옷으로 갈아입고 가."

옷 한 벌 망친다고 가계가 어려워지는 것은 아니지만, 그렇다고 맘대로 망쳐도 된다고 가르치는 것도 꺼려져서 클레어는 엄하게 말했다. 그리고 에리히에게도 말했다.

"당신도."

"……."

"옷 망가지는 건 똑같지, 뭐. 내가 반바지 줬잖아요."

"으음."

에리히가 껄끄러운 얼굴을 했다. 어린아이라면 모를까, 성인 남자가 아무래도 맨다리를 드러내는 것은 수치스러운 일이다.

"그거 못 입겠으면, 당신도 놀이옷을 입든가. 갖고 왔죠?"

그는 묵묵히 고개를 끄덕였다. 이 나이에 놀이옷이라고 부르는 게 민망하기는 했지만, 아이들 상대하다 보면 옷이 금세 망가져서, 굳이 낭비할 필요 없지 않느냐는 클레어의 말에 동의했기 때문이다.

그러는 사이에 클레어는 프란을 안은 채 마당을 한 바퀴 더 둘러보았다. 모래밭 한가운데에 돌로 만든 모닥불 자리가 있었다.

"엘리엇이 좋아하겠네."

"엄마! 맘마!"

프란이 그녀의 뺨을 손으로 밀며 소리쳤다. 아기를 추어올려 다시 안으며 그녀는 말했다.

"아직 먹을 시간 안 됐는데, 벌써 배고파?"

"아이슈!"

클레어는 웃으면서 아기의 뺨에 제 볼을 대고 비볐다. 그러자 프란이 방긋 웃었다. 엘리엇에 비해 표현이 적은 편이었지만, 제 혼자 노는 것에 쉽게 빠져서 그렇지 저를 예뻐하는 걸 모르는 것은 아니었다.

"마차 타고 오느라 힘들었겠다. 더우니까 시원한 거 조금 먹자."

"아이슈!"

프란이 엉덩이를 들썩이며 다시 외쳤다.

"배 속에 있을 때도 빙수랑 아이스크림으로 연명하더니만……."

다른 사람들이 아이스크림을 먹을 때마다 하도 욕심내서 얼린 우유를 갈아서 작은 티스푼으로 한술씩 떠 주곤 했는데, 그게 얼마나 맛있었는지 까까보다 아이스를 먼저 배웠다.

얼려온 우유는 오늘 저녁까지도 버티지 못할 테니 그냥 빨리 먹는 것이 나을 것이다. 엘리엇도 좋아할 게 분명하니 클레어는 결정을 내리고 아기를 안고 별장 안으로 들어갔다.

질긴 무명으로 만들어진 놀이옷을 입고 뛰어나오던 엘리엇이 프란을 보고 멈칫했다.

"엄마, 프란은 안 가요?"

"빙수 먹고 갈래? 녹아 버리기 전에 만들려고 하는데."

"먹을래!"

"누가 하려고?"

어색한 태도로 뒤따라 나오던 에리히가 물었다. 클레어가 단출한 여행을 원했기 때문에 고용인은 거의 따라오지 않았다. 바리바리 먹을거리를 싸는 걸 보면서도 저걸 어쩔 작정인가 싶었던 것이다.

그리고 클레어는 당연한 것처럼 그를 가리켰다.

"당신이."

"내가?"

"기계 갖고 왔어요. 그냥 돌리기만 하면 돼요."

수동 빙삭기는 그녀가 입덧하고 있을 때 만든 것이었는데, 지금 와서는 냉동고를 구비할 수 있는 대형 식당 같은 곳에서는 꽤 일상적으로 쓰이게 되었다.

에리히는 멈칫 당황했다. 하지만 그를 응원하기라도 하듯이 아이들이 외쳤다.

"아이슈!"

"진짜? 아빠가 만들어 주는 거예요?!"

"같이 하자고 해."

클레어가 웃으며 엘리엇의 머리를 쓰다듬었다. 엘리엇이 반짝반짝 눈을 빛냈다.

에리히는 한숨을 내쉬었다. 별걸 다 하게 된다 싶었다.

별장 부지를 벗어나면 곧바로 앞에 있는 개울은 얕고 깨끗했다.

발가락만 담가봐도 물이 차가워서 클레어는 만족스러운 한숨을 내쉬었다. 수박과 복숭아, 키위에 우유와 설탕을 부은 통을 꽉 닫아 물 깊은 곳에 긴 통을 놓고 담갔다. 조금이라도 냉기가 유지되기를 바랐기 때문이다.

엘리엇은 거침없이 개울로 뛰어들었다.

"엄마, 물고기가 있어요!"

"잡지 말고 보기만 해. 맨손으로 잡으면 물고기가 아야해."

벌써 물속으로 재빨리 손을 집어넣고 있던 엘리엇이 깜짝 놀라 손을 빼냈다.

프란이 두 팔을 벌리고 아장아장 걸었다가 발에 물이 닿자 놀란 듯 주저앉았다. 하지만 울음을 터뜨리는 대신 찰랑거리고 흐르는 물을 손바닥으로 내리치고는 다시 일어나려고 바동거렸다.

울면 쫓아가려고 대기하고 있던 클레어가 웃어 버렸다. 프란은 몇 번을 더 바동댔으나 잡을 게 없어서 못 일어나자 결국 얼굴을 찡그렸다.

"음마!"

아기가 소리쳤다. 클레어는 다가가 손을 내밀었지만, 아기는 그 손을 잡는 대신 클레어의 다리를 잡고 영차영차 일어났다.

물이 발밑에서 찰박대는 것이 재미있는 듯 클레어의 다리를 잡은 채 제자리에서 몇 번이나 발을 굴렀다.

"엄마, 음마! 조아!"

"좋아? 재밌어?"

"조아!"

프란이 다시 엉덩이를 들썩였다.

개울이 얕으니 좀 더 들어가도 될 듯하여 클레어는 프란의 두 손을 잡고 걸음마를 시키며 두어 걸음 더 들어갔다. 프란이 심각한 얼굴로 돌에 부딪히는 하얀 물살을 쳐다보더니 다시 수면을 치려고 몸을 굽혔다.

해가 나무 그늘 사이로 들어와 수면이 반짝거렸다. 그것을 들여다보던 프란이 잡을 수 있는 거라고 생각했는지 제 딴에는 힘껏 물을 움켜쥐었다.

"왁! 잡았다! 프란, 이거 봐!"

한참 물속을 헤집으며 혼자 뭔가에 열중하고 있던 엘리엇이 손에 뭔가를 들고 뛰어왔다.

벌레인 줄 알고 흠칫했던 클레어는 안도의 한숨을 내쉬었다. 프란이 눈을 휘둥그레 뜨고 형이 내미는 가재를 들여다보았다.

"너 줄게! 나는 또 잡을 수 있어!"

"안 돼. 프란은 이거 만지다 물려. 너도 물리면 큰일나니까 조심하고."

"앗."

엘리엇이 실망한 얼굴을 했다. 하지만 금세 다시 밝은 얼굴이 되었다.

"그럼 프란도 가질 수 있는 거 잡을래요!"

"가재는 도로 풀어 줘."

"응!"

엘리엇이 소리치고, 가재를 잡았던 쪽으로 다시 뛰어갔다. 에리히가 미소를 띠었다.

"혼자서도 잘 노는군."

"새로운 장소니까 좋아할 것 같긴 했어요. 오늘 밤에는 푹 자겠네요."

클레어는 벌써 졸린 듯한 프란을 수건으로 싸서 안은 채 에리히에게 물었다.

"그런데, 이렇게 계속 괜찮을지 모르겠어요. 친구를 만들어 줘야 할 것 같은데."

"글쎄. 배동을 들인다고 해도, 웬만해서는 네가 원하는 것 같은 친구 관계는 되지 않아. 아카데미도 아직 멀었고."

"다음에 줄리아네 아이들이라도 다시 초대해볼까 봐요."

"어울려 놀 또래가 필요하다면, 친척이 제일 무난하긴 하지."

"아예 어릴 때는 그런 고민을 한 적이 없었는데, 이제는 걱정이 많아요. 너무 어른들 틈에서만 자라는 것 같아서."

아예 초등학교를 하나 만들어볼까, 하고 클레어는 잠시 생각했다. 신분을 숨기게 하고 다니면 어떨까? 하고 말이다.

하지만 그렇다고 정체를 완전히 숨기는 게 가능할 것인가. 도시화가 아무리 진행되었다고 해도, 이웃이 누군지 모르는 사람은 극히 드물다. 같은 지역의 아이들끼리는 대부분 다 서로 아는 사이일 터였다.

"이제 승마를 가르칠 거라고 했죠?"

"슬슬 때가 됐지."

"당신이 직접?"

"반대하나?"

"내가 왜요?"

"승마 싫어하잖아."

"내가 하는 게 싫다는 거고……. 아니, 웃지 마요."

클레어가 눈을 흘겼다.

"사람은 다 타고나는 성향이라는 게 있는 거라고요."

"부족한 점을 채우는 게 교육이지."

"건강하면 됐죠. 그냥 균형 감각이 좀 없는 게 어때서?"

그녀는 투덜거리면서 프란을 에리히에게 넘기고 자빠지듯 그의 허벅지에 이마를 대고 누웠다. 그리고 중얼거렸다.

"가문이니 신분 같은 걸 따져서 배동을 들이는 것보다 운동하는 모임 같은 데서 자주 만나면 친구 만들기가 쉽지 않을까 싶어서요."

"음……."

에리히가 진지하게 생각했다. 그는 딱히 어린 나이부터 또래 친구를 사귀어야 한다는 생각을 굳이 하지 않았고, 그 자신도 어릴 때 배동과 친척 외에는 같이 어울린 적이 없었지만, 굳이 반대할 생각은 없었다.

엘리엇이 또래와 노는 것을 즐거워한다는 것도 알고 있었다. 어쩌면 이 시기가 마지막일 수도 있었다.

"그럴 거라면 내가 직접 가르치는 건 어렵겠군. 아예 교습소를 찾는 게 나을지도 몰라."

"응……."

잠시 클레어가 말이 없었다. 에리히는 프란을 토닥이며 물었다.

"왜? 무슨 생각인데?"

"아무 생각도 안 해요. 시원하네요."

피부 속이 끓는 것 같은 감각은 여전히 있었지만, 기온 자체가 낮으니까 견딜 만했다. 시원해지니 그동안 못잔 잠이 솔솔 몰려왔다.

그대로 그녀는 오랜만에 숙면했다.

꿈속에서는 바닷가에 가서 에리히와 조개 구이에 소주를 먹었다. 커다란 가리비가 쩍 벌어졌는데 안에 가지런한 진주 두 알이 들어 있는 꿈이었다.

"가리비는 회로 먹어야 되는데……."

클레어의 잠꼬대를 들은 에리히가 어이없는 웃음을 머금은 채 그녀의 머리를 쓸어넘겼다. 먹고 싶다는 것을 갖다 주고 싶긴 했지만, 어패류를 먹을 계절이 아니라서 안타까울 따름이었다.

"아빠, 엄마 자?"

"쉿. 더 자게 두자. 뭔가 맛있는 걸 먹는 꿈이라도 꾸는 모양이니까."

옷을 아주 푹 적시고 고개를 내미는 엘리엇에게 그렇게 말하자 엘리엇이 두 손으로 얼른 입을 막았다.